对决
DUEL
李季彬/著
新世界出版社

图书在版编目（CIP）数据

对决 / 李季彬著 . -- 北京：新世界出版社，2018.8

ISBN 978-7-5104-6571-0

Ⅰ.①对… Ⅱ.①李… Ⅲ.①长篇小说 - 中国 - 当代 Ⅳ.① I247.5

中国版本图书馆 CIP 数据核字（2018）第 149619 号

对 决

作　　者：	李季彬
责任编辑：	丁　鼎
责任校对：	宣　慧
责任印制：	王宝根
出版发行：	新世界出版社
社　　址：	北京西城区百万庄大街 24 号（100037）
发行部：	（010）6899 5968　（010）6899 8705（传真）
总编室：	（010）6899 5424　（010）6832 6679（传真）

http://www.nwp.cn
http://www.nwp.com.cn
版权部：+8610 6899 6306
版权部电子信箱：nwpcd@sina.com
印　刷：天津中印联印务有限公司
经　销：新华书店
开　本：710mm×1000mm　1/16
字　数：330 千字　印张：17
版　次：2018 年 8 月第 1 版　2018 年 8 月第 1 次印刷
书　号：ISBN 978-7-5104-6571-0
定　价：45.00 元

版权所有，侵权必究

凡购本社图书，如有缺页、倒页、脱页等印装错误，可随时退换。

客服电话：（010）6899 8638

目 录
CONTENTS

第一章　　夜捕毒枭 / 001
第二章　　寻凶复仇 / 014
第三章　　情投意合 / 030
第四章　　智审毒枭 / 045
第五章　　水箱藏尸 / 056

第六章　　钓鱼诱饵 / 069
第七章　　明察暗访 / 083
第八章　　晓之以理 / 097
第九章　　钱色双诱 / 111
第十章　　死者身份 / 125

第十一章　　下个目标 / 135
第十二章　　走入视线 / 152
第十三章　　不是巧合 / 167
第十四章　　复仇进行 / 182
第十五章　　初次交锋 / 196

第十六章　短暂较量 / *213*

第十七章　再审毒枭 / *231*

第十八章　寻找真相 / *240*

第十九章　最终对决 / *253*

第一章
夜捕毒枭

远处几辆闪着警灯的警车、警用摩托车,沿江快速行驶,未鸣警笛,却搅碎了月下静谧。

休闲的人们见此情景,驻足观望,注视着警车淹没在跳跃的灯火深处。

寂静温软的夜晚,邗江市公安局三楼会议室灯火通明,人影绰绰。这里即将召开秘密会议,一场密捕贩毒主犯的行动将在这里部署。

几辆警车相继驶入大院,车内下来的人,脚步匆匆地走进会议室。

第一个走进会议室的是陈晓峰——白水区公安分局刑警队队长,他走进会议室,见到市公安局副局长季阳已经端坐在会议桌前,微微愣了一下。

季阳貌似专注地翻阅着文件,却又不时地与进来的便衣刑警打招呼。

可是,随着进来的人数增加,刚进来的或已经落座的人同时面露惊讶,一脸迷惘。因为他们全部来自白水区公安分局刑警队,之前谁也不知道哪些人参加会议。大家各自心中颇觉费解,既然与会者全都来自白水区,为何会议却放在市局召开?

会议通知是半个小时前由市局110指挥中心发短信到与会者手机的,仅要求大家着便装、带枪。这就是说,除了季阳,到会的人谁也不知道开会的内容。

然而,费解之余,大家凭以往经验又都猜到了几分。

紧急会议,事先不透露半点消息,说明有一个保密度很高的行动,而这个行动就在白水区。

陆续进会议室的人见季阳神情严峻、面色铁青,便不敢多言,规规矩矩依次落座。

众人的目光集中在季阳发亮的光头上,在他们看来,眼前这个吊梢眉、单眼皮的黑脸男人，在这样的严肃气氛下，表情添几分神秘之余又透着威严和杀气。

他们见季阳埋头看文件，目光随即齐刷刷地落在季阳左边陈晓峰的板寸头上，陈晓峰的头发平整得像刚刚精心修剪过的草皮。

陈晓峰坐在会议桌前，不言语，只是偶尔看一眼专注翻看文件的季阳。

陈晓峰身材不显高大，面皮白净，长着一双好看的眼睛。谁也想不到，这个外表有几分女人气的男人，曾是邘江市武术比赛的散打冠军。

陈晓峰斯文秀气的外表骗过不少罪犯，他与罪犯单对单决斗时，常常让对方掉以轻心。尤其听到陈晓峰称自己是刑警队队长时，罪犯反而显出倨傲、不屑的神情。

曾有嚣张的歹徒扬言要单挑，如果陈晓峰输了便要放自己走。陈晓峰听了微笑着点点头，且面带几分腼腆，借以掩饰心头的怒火。自认为会几下拳脚的歹徒，与陈晓峰动手后便开始后悔了，没等到拳伸直、脚踢出去，便不明不白地摔在了地上。即便个别歹徒能和他过两招，最终也是惨败求饶。

对于胆敢倨傲挑衅的罪犯，陈晓峰不会手下留情。

跟他一起执行过任务的队友目睹了这样的场面，都咋舌惊叹。他们无法想象他与罪犯交手时那敏捷、狠辣和眼花缭乱的身手。

黑道上流传这么一句话："陈晓峰外表那张秀气的女人脸，坑人。"

因此，白水区乃至邘江市的黑道送给陈晓峰一个外号——玉面杀手。

其实当年特招陈晓峰进警队的老局长，就是看中了他灵巧的身手。

此时，陈晓峰面对自己的队友，面无表情，目光不具体落在谁的身上，他清楚队友想从自己这里得到今晚行动的信息。

事实上，陈晓峰也不知道具体任务，季阳没对他透露半点今晚会议的内容。陈晓峰表面装作若无其事、平心静气，其实内心也挺着急的。

他目光扫过众人，瞄了瞄腕上的手表，无人迟到，松了口气，再转回目光看了一眼虞敏菲。

虞敏菲是队里唯一的外勤女刑警，陈晓峰一直在心里默默地喜欢她。

恰在此时，虞敏菲也望了一眼陈晓峰。

陈晓峰躲过她的目光，将视线投向她身边的李峤。

李峤与虞敏菲正在谈恋爱。

陈晓峰打从虞敏菲进入刑警队开始便喜欢她，可陈晓峰始终没向她表白过。他心想，两人同在刑警队工作，她又是自己下属，等时机成熟了再把心思告诉她也不迟。

直到有一天午饭时间，大家都去食堂吃饭了，陈晓峰手头有事过了饭点才走出办公室，在楼道里遇到了虞敏菲。

陈晓峰望着虞敏菲漂亮的大眼睛，那一刻他有向她吐露心中爱慕的冲动。他看到她手上拿着两个饭盒，还以为是给自己送饭来的，心头一荡，激动不已，柔声问："给我打饭吗？"

虞敏菲笑嘻嘻地说："队长，你也没吃呀？呵呵，我给李崤带的。你饿了，你先吃吧，我再去买。"她说着递过饭盒。

陈晓峰听说她是给李崤带饭，缩回了手。

坐在队员大办公室的李崤听到走廊上的对话，走出来大声说："敏菲，快点呀，我都饿死了。哟！队长，你还没去吃饭呀？"

陈晓峰看了看他俩，笑着说："李崤，你个大男人，让女孩子给你打饭，你好不好意思？"

李崤走过来笑嘻嘻地说："哎哟，队长，这事你也管呀！"

陈晓峰望着高自己半头的李崤，再把目光投向虞敏菲，看到她望着李崤的眼神充满爱意，心头咯噔一沉。他明白了，虞敏菲爱的是李崤。

"李崤，你吃我这盒，你的给队长，我再去打一份。"虞敏菲说。

"队长哪会吃我的饭盒，我一小队员……"

陈晓峰脸上有些发烫，他说："你们吃吧！我正要去食堂。"

陈晓峰说完话，慌乱着脚步往食堂快步走去。

虞敏菲望着陈晓峰的背影小声问："队长今天是怎么了？"

"没事，他是队长，想的事情比我们多。快给我饭，我都饿疯了。"

"你慢点……"

陈晓峰听到身后虞敏菲和李崤亲昵的嬉笑声，内心极度失落，同时又庆幸自己没有把心中的爱意告诉虞敏菲。如果说了出来，糗大了不说，三个人今后面对面多尴尬呀，弄不好还会影响往后三个人之间共事的情绪。

从那以后，陈晓峰把对虞敏菲的喜欢放在了一边，他也曾多次想过，是自己表白迟了，造成现在这种局面，还是他俩早就相爱了。

没找到答案，陈晓峰便埋怨是自己表白迟了。之后他再为自己开脱，或许虞敏菲根本不喜欢自己这种类型的男人，如果说出来被婉拒，自己这个队长还怎么当？他应该庆幸在表白之前知道她爱的是别人。

正当陈晓峰走神之际，市局特警队队长走进会议室，紧随其后的是驻邘江市武警部队的一名上尉。

陈晓峰见此阵势，心中凛然。今晚这个行动果然非同一般，他连忙打起精神，表现出全神贯注的样子。

直到这时，季阳才将他发亮的光头从文件夹里抬起来。

"人到齐了吗？"季阳问。

"狙击手到位了。"特警队队长说。

季阳看了看墙上的挂钟，时针准确地指向了九点，又习惯地看了看自己腕上的表。他扫视落座的人员，合上文件夹，用不高的甚至有几分阴沉的语调缓缓问道："你们知道谁回来了？"

众人你看我，我看你，没有人明白季阳的问话。

"卫水冰回来了。"季阳放缓语调和语速说。

陈晓峰随即从座椅上跳起来大声问："卫水冰？这是真的？他在哪？"

季阳举手往下压了压，示意陈晓峰沉住气，坐下，他继续说："一个月前接到线报，卫水冰从泰国潜回国内。鉴于保密，局里将这一消息汇报了省厅。为了稳妥地抓获这个毒枭，上级部门暗中配合，海关敞开大门将卫水冰放了进来。卫水冰虽然整了容，换了姓名，但还是被认出来了。线报称，卫水冰冒死回来的目的，是要起出藏匿在国内的毒资，妄图带去泰国东山再起。他潜回邘江有几天了，就住在白水区邘江宾馆。今天下午五点钟，他出了宾馆，去过三个地方。这三个地方分别是白水桥、马群镇、江塘镇，我们的同志一直跟着他。今晚无论谁跟他一起回宾馆，全部抓捕，一个不漏。抓捕成功后，刑警队立即派人去这三个地方将与他接触过的人全部拘留，带回白水区公安分局突审。如果案犯有枪，负隅顽抗，就地枪决。"季阳说到这里，停顿了一下，缓缓地扫视了一圈，接着说："之所以不在其入境时抓捕，是为了弄清他藏匿的毒资的去向。"

刑警队队员们望着季阳，心潮起伏。陈晓峰更是激动万分，脸涨得通红。

卫水冰贩毒案破获一年多，六名贩毒成员被捕，头目卫水冰潜逃泰国，不知下落，无法捉拿其归案，迟迟不能结案。

一个月前，季阳得知卫水冰可能潜回国内，这个消息令他兴奋不已，好几夜彻夜难眠。然而，兴奋之余，他又一筹莫展。虽然知道了卫水冰要回来，却不知落脚在哪个城市，他又没有具体日期，部署具体抓捕任务很困难。

为弄清卫水冰潜回国内有可能落脚的城市，季阳组织人员再次提审被抓的几名毒贩，从卫水冰的亲戚、朋友以及社会关系入手，亲自参与审问。

轮番审讯完毕，将毒贩口供汇总后，季阳得出结论：卫水冰可能回邝江市。因为邝江是他的大本营，藏匿的毒资有可能就在邝江某个不为人知的角落。

卫水冰入境后，果然在季阳的预料之中，他首先回了邝江。但是，他回来后并没有回家与家人见面，也不与谁接触，似乎不急于起出隐藏的毒资。也许他觉得自己改了名整了容，警察认不出了，胆子便慢慢大了起来。初时躲在宾馆，昨天开始出来活动，活动范围很大。

季阳觉察到卫水冰在故意试探有没有被跟踪，如果是这样，时间拖长了会被觉察。再者，他们弄不清他究竟有几张假身份证，万一不小心让他溜出境，再实施抓捕引渡，困难就大了。

季阳心里拿定主意，不再犹豫了，决定不等他起出毒资再抓，而是今晚在他回宾馆后实施抓捕。

"我宣布两条命令。一是今晚抓捕卫水冰的任务，仅限于会议室里的人知道。从现在开始，任何人不得往外打电话。如有外泄消息惊跑罪犯，以泄密罪论处。二是只要卫水冰回宾馆，决不能让他再逃了，是死是活都不能让他逃出邝江。哪个环节出了漏洞，当事人就地免职。"

这条死命令让陈晓峰脸上一阵阵发烧，他如坐针毡。

这是窝在他心头的一团火。

卫水冰贩毒案是陈晓峰带人破获的。实施抓捕的前一晚，由于监视卫水冰的两名刑警后半夜在车上睡着了，警察冲进卫水冰家中，发现已经人去房空。于是他们调出小区监控录像，看到两名警察在车内睡大觉，卫水冰从监视的车边从容地走了。

这件事传开后，邝江警界一片哗然。陈晓峰因此被记过处分，监视的两名刑警被记大过处分后调离刑警队，这件事也成了白水区公安分局刑警队无法洗清的耻辱。

此时陈晓峰听季阳这番话，觉得是说给他一个人听的，似乎被当众扇了耳光，脸上火辣辣的。

正在这时，季阳放在会议桌上的手机响了，他神情凛然，拿起手机接听。

会议室里几乎鸦雀无声，只有日光灯管发出细弱的噪声。

"我是季阳，请讲。"

"卫水冰已经回到了宾馆，他的身边多了一个人。"

"嗯！好，继续监视。"季阳说完合上手机。

季阳缓缓扫视众人，轻松地说道："卫水冰回宾馆了，是两个人。现在我命令，所有警车开警灯不许鸣警笛，出发！"

众人旋风般地冲出会议室，奔向各自的车辆。转眼间，一辆辆警车闪着警灯相继驶出市局大院。

途经街心公园，许多市民仍与往常一样，聚集在那里散步、跳舞。流浪歌手怀抱着吉他站在花坛边弹唱。

季阳坐在第一辆警车里，他透过车窗望着邗江市平静的夜晚，用对讲机通知大家关闭警灯。

尽管如此，还是有不少市民看到鱼贯急驰的警车，他们猜测所去方向一定有事发生，站在路边引颈观望。

夜晚交通略显拥堵，半个小时左右，警车驶进了邗江宾馆停车场，几辆摩托车驶向后门。

车停稳后，十几名警察快速地包围了宾馆。

特警狙击手占领了前后门两侧的制高点，举枪封锁了出口要道以及卫水冰所住房间的窗口。

负责监视的便衣警察快步从宾馆大堂跑出来，与季阳会面。

"情况怎么样？"季阳问。

"13层，1312房，刚进房不久，估计在洗澡。"

"辛苦你了，你上车休息吧，剩下的事由我们来负责。"

"季局长客气了，我们请求参与抓捕行动。"便衣警察坚定地说。

季阳点点头，转头对身边的陈晓峰下命令。

"行动。"

陈晓峰掏出手枪，带领队员冲进大堂。他伸出两根手指示意，分两组，双向戒备；一组进电梯，一组上楼梯。

正当陈晓峰带人奔向电梯时,见到电梯门刚刚合拢,升上去了。另一部电梯正在往下行,陈晓峰的目光盯着电梯上闪烁的数字。

宾馆大堂里所有人的注意力都被突然出现的几辆警车吸引了,谁也没看到一高一矮两个男人带着行李箱准备出门,这两人见到警察包围宾馆,连忙退回电梯上楼。这两个人没有引起大堂里跟踪卫水冰的便衣警察的注意,因为他俩看起来像是平常住客,不像是抓捕对象。

陈晓峰望着电梯上了13层,停顿了一会儿掉头下来,心生疑惑。他内心异常焦急,另一部电梯到了,门一开便连忙带人冲了进去。

退回电梯上楼的一高一矮两个青年,拖着行李箱出了电梯,推开消防通道的门,顺着楼梯直接上了顶层,来到天台。

街灯远,照不到顶楼天台,他俩却可以一清二楚地看到楼下警察的一举一动。他们看到狙击手的所有枪口都瞄向宾馆客房的窗口,连后门也埋伏了狙击手,矮个子吓得一屁股坐在了地上。

"妈呀!完了,是不是来抓我们的?"小个子颤抖着声音喃喃自语。

两个人身着同一款式的黑色上衣,各戴一顶压得很低的鸭舌帽。

高个子名叫欧宝松,矮个子叫瞿虎,俩人年龄相仿,二十五六岁的样子。他们的脚边平放着一只拉杆行李箱。瞿虎坐着,欧宝松双手撑着护栏往下看,他看到一名手持长枪的狙击手,趴在宾馆停车场值班室房顶,侧卧瞄准,吓得欧宝松的脸色苍白如纸,冷汗顺着面颊往下流。

瞿虎坐在地上浑身哆嗦,上牙磕下牙,强作镇定地问:"二哥,怎么办?这么多警察,是来抓我们的吗?跑吧!"

欧宝松吓得如惊弓之鸟,琢磨着瞿虎说的话,考虑是否要跑。可是,宾馆大门已经被警察堵住了。这时候往外冲,埋伏的狙击手扳机轻松一扣,他便小命呜呼了。

欧宝松躲在暗处继续往楼下观望。片刻,他掏出手机,按了重拨键。

手机通了,他用手捂着嘴,压低声音急迫地说:"哥,不好了,我和瞿虎没走成,警察包围了宾馆,我俩被逼退回到天台,现在怎么办?"

手机那端传来一个男人的声音:"警察包围了宾馆?"

"我亲眼看见的,有一群警察冲了进来,还有好多狙击手埋伏在外面,前后门全给封死了。东哥,快想办法,警察是不是来抓咱们的?"欧宝松问。

手机里沉默了几秒钟，之后传来镇定的说话声："你们退回天台的时候，警察看到你俩了吗？"

"没有。我们在一楼刚出电梯，见到警察往里冲，就又退回到电梯里，没敢回房，直接上了天台。"

"别慌，你俩在天台别动，不要回房间。赶紧把行李箱找地方藏起来，如果警察上了天台，别让他们发现行李箱，警察不是冲咱们来的。"

欧宝松听到欧亚东说警察不是来抓他们的，顿时便清醒了几分，手捂胸口松了口气，镇定几秒钟后，放眼在天台四处搜寻。

整个天台空荡荡的，欧宝松的目光最后停在了西北角方方正正的一间平房上，看似平房，却没有窗户，欧宝松知道早年的楼房大多建有备用水箱。

"快，把箱子藏进水箱。"

他说完猫腰快速跑向水箱，纵身攀上了水箱顶。

欧宝松趴在水箱顶伸头往下看了看，由于水箱不是贴墙而建，因此在楼下看不到上面。他伸手四处摸索了几下，找到水箱顶盖口，轻松一拉便揭开了。他有些意外，水箱盖竟然没上锁。

瞿虎拉起行李箱，不知是箱子太重，还是他已吓得腿软，几次踉跄，拉杆箱脱手，他半跪在地上，脸色苍白。

"别慌，东哥说了，警察不是来抓咱们的。"欧宝松压低声音说。

瞿虎听了，镇定了许多，爬起身拉起行李箱快步跑过来。

备用水箱有一人多高，瞿虎和欧宝松两人合力将箱子举上了水箱顶。欧宝松再爬上去，揭开盖子，把行李箱丢了进去。

行李箱被推入备用水箱，欧宝松没有听到预想中的入水声，而是箱子砸落水泥地面的沉闷响声。欧宝松明白了，这是一个废弃的水箱，难怪顶盖没上锁。

欧宝松盖好盖子，脱下外套把盖子把手擦干净，他担心留下指纹。

藏好行李箱，欧宝松与瞿虎吊着的心终于放下了。

他俩远离水箱，来到楼顶东北角，一个席地而坐，一个半躺着。欧宝松掏出香烟和打火机，摆放在两人中间的空地上，表面看起来很像房客在天台纳凉闲聊。

一根烟抽了大半，仍没见到警察上来。由于上天台通道的铁门关着，他们根本不知道下面发生了什么事，也没听到枪声。欧宝松架不住好奇与诱惑，慢慢伸头往下望去，恰好看到荷枪实弹的警察押着两个男人走出宾馆大门，走向警车。

欧宝松伸直了腰，大胆地将半个身子伸出护栏，嘴上说："快来看，警察抓到人了，他们要走了，不是冲我们来的。"

瞿虎闻言，欣喜若狂，跑过来与欧宝松并排探出身子看热闹。

楼下，陈晓峰、李峭、武渊押着卫水冰和另一名嫌疑犯走进停车场，虞敏菲握枪跟在身后。

他们将犯人径直押到季阳面前，陈晓峰上前报告："报告局长，人犯均已抓获，请指示。"

"这么简单？"季阳问。

"我们也意犹未尽，似乎刚开始便结束了。"陈晓峰的话让身边的几名刑警都笑了。

其实不是陈晓峰的话有多幽默逗笑了他们，而是卫水冰顺利归案，卸去了压在现场刑警队员心头的一块石头。

季阳上下打量着卫水冰说道："原以为你有三头六臂，上次让你侥幸逃脱，也就是老虎打了个盹。整容整不去你灵魂的原形，你就是化成灰，我们也能扒出你灰里的渣子。"

卫水冰说："被你们抓了，是你们胜了。抓不到我是我赢了，你现在可以得意，可以领功了。我无非就是一死，无所谓。"说完闭上眼睛，头歪向一边，脸上现出一副不屑与季阳争高下的神情。

季阳没有理会卫水冰，面向陈晓峰用力地挥挥手说："带回去突审。"

陈晓峰将卫水冰和另一名嫌疑人分别押上了两辆警车。

季阳向特警和武警指战员宣布任务结束，带队撤回。

警车一辆辆地撤离了。

季阳随陈晓峰去了白水区公安分局。

警车的警灯消失在了夜色深处。

不多时，顶楼天台的小门被推开了。

欧宝松和瞿虎同时听到门被推开的响声，回头看到一个身着黑西装的男人向他们走来，瞿虎连忙站起身恭敬地说："东哥。"

此人名叫欧亚东，他阴沉着脸走近欧宝松和瞿虎面前，一双眼睛发出令人畏惧的寒光。

"害怕是心虚的表现，也是坏事的前兆。你们这样的心理素质，不适合跟我干事。"

"哥，对不起。突然看到那么多警察包围宾馆，不知发生了什么事，以为我们暴露了，警察是冲着我们来的，这才紧张……"欧宝松心虚地说。

"住口，要不是看在你是我堂弟的分上，现在就让你滚。"欧亚东怒气未消地说。

欧宝松比欧亚东高出半个头，但在欧亚东面前，欧宝松显得畏畏缩缩，看起来很怕这个比自己身材矮小的堂哥。

"哥。"欧宝松欲言又止，话没出口，先羞愧地低下了头。

"东哥，对不起，不是二哥害怕，主要是我……"瞿虎小声说。

"警察根本就不是冲我们来的。可是一旦让他们看到了你们惊慌失措的样子，没事也变成有事了，随时会连累我跟你们一起死。"欧亚东怒不可遏地说。

"哥，我们错了。"欧宝松小声说。

欧亚东发泄一通后，心头炽盛的怒火慢慢减弱，看到欧宝松和瞿虎都知错地垂下头，铁青的脸色略有缓和。

"扔哪了？"欧亚东问。

"备用水箱，里面没水，可能废弃了。"欧宝松说。

"警察比警犬还嗅觉灵敏，丝毫线索都能找到你头上，稍不小心我们的脑袋就要搬家，明不明白？"

"东哥，我们明白，现在怎么办？警察走了，要不要取出来，扔到别的地方？"瞿虎问。

"你确定水箱是废弃的吗？里面没水？"欧亚东疑惑地问。

"没水，行李箱扔进去没有水声，是砸在水泥地上的声音，我听得很清楚。"欧宝松赶紧回答。

"警察刚刚来抓过人，此时保安很紧张也很兴奋，突然看到我们搬运这么重的行李出门，会产生怀疑的。万一保安查看行李我们就暴露了。行李箱放在水箱里迟早会被发现，入住的时候带了行李箱，退房时却空手离开，监控录像看一遍就知是谁留下的。把行李箱取走，水箱里要放满水。做完这些，分别退房走人。"欧亚东说。

"哥，你说得对，放满水能把证据冲没了。"欧宝松说。

欧亚东拍了拍欧宝松的肩膀，"去办吧！弄完了回自己房间，不要东张西望，让人一看就是做贼心虚的样子。你俩退房离开，间隔半小时，之后再联系。"

"是，东哥，我们知道该怎么做了。"瞿虎抢着说。

"最好把我们入住和离开时的录像带搞到手，事情出来后，警察会调看录像，查看入住登记。"

"东哥放心，这事我去办。"瞿虎说。

欧亚东是江塘镇人，十二岁时去了河南嵩山少林武术学校学武术，他立志当一名武打明星——像李连杰那样的明星。

习武期间，欧亚东勤奋好学，遵守武德，练就了常人所没有的耐性毅力，干任何事都有一种锲而不舍的韧性。

他懂得习武之人要讲信义，言必行，行必果，为了义气可以铤而走险，可以两肋插刀，甚至可以不惜付出惨痛的代价。

十年习武，他练就了一身好功夫。

欧亚东从武校出来后，选择去浙江横店影视城当群众演员，之后当替身演员。他从躺在地上当死人开始，慢慢地在片中有了露脸的机会。虽然没有台词，但他的演艺事业也算渐有起色。

欧亚东的父母只有他这么一个儿子，于是他们将所有的希望全都寄托在欧亚东身上。当欧亚东从武校出来，走上社会，父母终于看到了这个家的希望。

可是，谁也没想到，好日子刚开始，这个家却祸从天降。

邗江市建材老板马南山得到内部消息，江塘镇即将立项通高铁。他看到了这个商机，于是，在将要立项的高铁站附近买下一块地，兴建建材批发市场。

因此，欧亚东的家莫明其妙地成了拆迁户。

六个月后，欧亚东的父母与所有"被拆迁户"一样，接受了拆迁补偿，他们拿着赔偿款，按揭了镇政府兴建的安置房。原来有地种，如今地没了，两个老人只好四处找些临时的活计，赚点生活费。

建材批发市场的承建合同转了三道手，落到了韩石手上。韩石起初也只是个包工头，拉了一帮人搞建筑，搞久了便挂上牌子，成立了建筑工程公司，挂靠在有资质的建筑工程公司揽活。

马南山的建材批发市场的转包工程到韩石手上后，他已经赚不到大钱了，只能靠克扣和拖欠工人工资等手段捞点黑心钱。

工地开工后，韩石在江塘本地招了不少临时工，尤其是老人。用本村人的好处是不用管饭。

欧亚东的父亲六十多岁了，也跟着村里人去工地打工，他打算挣点外快，留着给儿子娶媳妇。他没有木工或泥瓦匠的手艺，只能干拉水泥浆、拉砖头这样的苦力活。

那天，欧亚东的父亲推着装满水泥的手推车送去吊机，他是沿脚手架下面走的。兴建的建材批发市场要建三层办公楼，虽搭了脚手架，却为了省钱没拉防护网。

毫无征兆，一车砖头连同手推车从三楼的脚手架翻了下来，哗啦，手推车连同几十块砖头正好砸在了欧亚东父亲的头上。

老人当即昏倒在地，人们七手八脚地把他从砖堆里扒出来，送去医院抢救了一天一夜，最终没能抢救过来。

欧亚东接到堂弟欧宝松的电话后，从影视城赶到医院，他望着父亲的遗体，无能为力地号啕大哭。

事故赔偿的时候，韩石提前串通几个工人，说主要责任是老人当天没戴安全帽，不遵守工地规章制度，这才酿成伤亡事故，因此，死者本人也要负一定的责任。

韩石这么做是为了少付赔偿金。

赔偿问题经镇长出面调解，达成由韩石赔偿连同丧葬费共计五十万元的协议。

原本以为事情了结了，欧亚东也没有起疑。但事过一个多月后，欧亚东的堂弟欧宝松听到同在工地打工的同村人说，出事那天老人戴了安全帽的，而且真正付赔偿款的不是韩石，而是幕后的大老板马南山。

欧宝松听到这个议论后开始留心打听，不久又听到有人说，一车砖头是有人故意推下来的，专门要砸死姓欧的老头。

欧宝松把听到的话告诉了欧亚东，欧亚东听后，一时不知所措，顿时陷入迷惘，他不明白父亲在工地卖苦力打工，能与谁结下这么大的仇恨。

他在想为什么是马南山掏钱赔偿，父亲干的是苦力活，怎么可能得罪甲方，这种没有根据的话究竟是真是假？

欧亚东记住了两个人的名字：韩石，马南山。

欧亚东安顿好母亲后，满腹狐疑地回到了影视基地。

他回横店继续工作是做给母亲看的，他准备拍完一部替身合同的电视剧后，暂时不找活干。可是，还没等他回到家，又接到了欧宝松的电话，他的母亲喝农药自杀了。

母亲留下一份遗书，上面只有两行字：亚东，妈妈不愿意一个人活着拖累你，你爸的赔偿款留给你娶妻，将来有了孙子或孙女常带去坟头给我和你爸烧纸磕头。

欧亚东手捧遗书心如刀绞，泣不成声。

不到半年时间，一个完整的家就这么散了，他无法接受这个残酷的现实，随之一病不起。

这一病就是一个多月。

他拒绝去医院，拒绝吃药，想跟随父母一死了之，多亏他的叔叔婶婶悉心照顾，让他活了下来。

这天，欧亚东从床上爬起来，走出房门，坐在屋檐下，透过树冠望着西天的太阳，感觉到了身上的温暖，他知道自己还活着。

他想到自己成了没有父母的孩子，眼泪无法控制地静静地往下流。

他没让自己哭出声来，而是伸手捡起一截枯树枝，在地上划拉了两个人的名字：马南山，韩石。

第二章
寻凶复仇

欧亚东病好后，身体逐渐康复，他与叔叔婶子告别，说继续出去工作。他离开江塘，来到邗江，打听到韩石住在市区。

他要先找到韩石，弄清楚传闻的真假。

他想知道父亲是不是被人故意害死的，是不是有人在背后操纵。

还有一个疑问：为什么是马南山付赔偿款？

他没有再回横店影视城，而是在韩石居住的小区附近租房住下了。

欧亚东租住的房子的窗口，能清楚地看到韩石居住的那栋楼的出入口。

欧亚东十年习武的经历，练就了他头脑活络、反应灵敏的特质，有常人无可比拟的超常忍耐力。

欧亚东从没有伤害过谁，当决定寻找韩石时，他的心中也很紧张。但是欧亚东很清醒，知道这件事不能急，更不能引起韩石的警觉而报警。

如果事情真如传闻，万一动起手来，也不能殃及韩石的家人。

他想，自己的仇恨与韩石家人无关。

为了不引起房东以及邻居的怀疑，欧亚东去中康路服装城应聘当了保安。有了工作，能按时上下班，便不会引起旁人的注意了。

服装城保安工作分四班倒，大多数保安员不喜欢夜班，为了便于掌握韩石的生活规律，欧亚东向保安队长要求，长期值大夜班。因为他每天早班下班后，回到住处，刚好是韩石的上班时间，晚上十一点接班，即便韩石在外应酬，这个时间也该回家了。欧亚东觉得，首先要掌握韩石的活动规律，选好时间和地点再与他接触。

经过一段时间的观察，欧亚东发现韩石上下班并不规律，经常几天不回家。即便回家了，早上也不按时上班，下班时间更不准。欧亚东观察了半个多月，没掌握到韩石的生活规律，很难找到机会与他单独接触。

欧亚东心里有些着急，却不能贸然出现。

这天，他下了夜班，如平常一样站在窗帘后观察韩石居住的那栋楼的出口，这时听到有人敲门，他猜到是欧宝松来了。

他租住这个小区没让第三个人知道，连服装城的同事也不知道，他应聘时填的地址是江塘镇老宅的地址。

欧亚东打开房门，看到欧宝松站在门外。

"怎么现在过来了？早上坐车的人多，不多拉几趟？"欧亚东问。

"车子爆胎了，放在修理店里补胎，也该全面检修一下了。"欧宝松说着，进屋后回身关上了门。

欧亚东又站到窗前，在窗帘后注视着对面。

"哥，你没吃早饭吧。给你，你先吃。告诉你一件事。"欧宝松边说边把手中的豆浆、油条递给欧亚东。

"你吃了吗？"欧亚东问。

"吃了，我在街口吃了，估计你上完夜班刚回来。"欧宝松说。

欧亚东接过豆浆、油条，狼吞虎咽地吃了起来。

喝完一杯豆浆后，欧亚东说："宝松，你安心去拉客，多赚点钱，我的事不要搅进来。"

"哥，每月挣的钱准时交给爸妈了，家里的事你放心。我今天来是告诉你，韩石很少回家的原因是他外面有女人。"欧宝松认真地说。

欧亚东听到这个消息后，心头一震，睁大眼睛盯着欧宝松。

"有这种事？你怎么知道的？"

"这事很巧。每天下午三点到五点是我客源最少的时间，我想着反正也没什么事，空跑还费油，便乘这个空当去韩石的公司附近观察。我在想，韩石平时很少回家，是不是另有落脚点，或者他在外面有情妇？他是公司老板，能没情妇？社会上对这些人总结了顺口溜：'工资基本不用，老婆基本不动，家里红旗不倒，外面彩旗飘飘。'韩石是小老板，手上应该有些钱，如果有情妇，一般就不会按正点上下班。上周五下午四点多,我刚把车子停在树底下,不到五分钟,见韩石的吉普车出来了。我立即开车跟上他,他的车好,我那破车跑不快,如果不是市区交通拥堵,以及红绿灯阻隔,我根本跟不上他,几次都差点跟丢了。果然如我所料,韩石不是回家,而是去了椰树湾住宅区。我远远地跟着他进去,等我找到他的车时,韩石已经不在车上了。我在想,是不是会客?如果是会客,那么时间不会太长,于是,我坐在楼下等着。一个多小时后,韩石和一个女孩出来了。女孩很年轻,二十多岁,长得很水灵,挽着韩石的胳膊,傻子都能看出俩人不是一般的关系。女孩上了他的车子,我又开车跟着他,直到他们进了一间酒楼的停车场,我这才离开。"

这个消息让欧亚东兴奋不已,他放下手中装豆浆的一次性塑料杯,在原地走来走去,不时地连连击掌。

欧宝松见欧亚东如此兴奋,为自己能帮他做一件有用的事而暗暗高兴。

欧亚东在原地走了几圈,又回到窗前观察对面小区的出入口。过了十几分钟,他看了看腕上的手表,心想,如果韩石回这里的家,这个时候该出门上班了,又等了一会儿,仍不见韩石,他问欧宝松:"宝松,你的车子什么时候修好?"

"按说光补胎就很快,如果全部检测一次,最少也得个把小时。"欧宝松说。

"这样吧!你下午过来,带我去椰树湾住宅小区转转。"欧亚东说。

"好,你在家等我,下午我来叫你。"欧宝松说,他觉得自己能为堂哥做成一件事,心中格外高兴。

"你上次提到的你那个兄弟怎么样?可靠吗?"

"他叫瞿虎,人义气,曾因为盗窃电缆被判了三年,出来后买了辆机动三轮车拉客。我和他常在群星迪斯科门前等夜场客人,没客的时候会聚在一起闲聊,就是这么认识的。"欧宝松说。

"没犯过命案?"欧亚东问。

"没听说过,不过我看得出,他有一股狠劲。有一次,我俩先到迪斯科门前候客,等了半小时出来一个客人,但一辆比我俩后到的车子冲到前面,把客人截走了。瞿虎气得发动车追上那辆车,从后面直撞过去,把前面拉客的车子撞翻了,自己的车也撞坏了,人受了点轻伤。"

听了欧宝松的话,欧亚东没有说话,仅是在心里记下了。他觉得这个叫瞿虎的人有血性,同时又有另一个声音说:"这种人有勇无谋,能成事也能坏事,是否要拉他进来，要慎之又慎。"

"哥，要不我哪天把他带来，如果你觉得有用，再定。"欧宝松说。

"不要带到这里来，我们找个地方喝酒聊聊天。"欧亚东说。

"好的，哥，我听你的。那我去看下车子修好了没有。你一晚没睡，抓紧睡会儿。"

"以后你来找我，车子不要进小区，先停在外面，打电话给我，我再下去。"

"哥，我懂。"

欧宝松走了之后，欧亚东并没有因为刚下夜班而生出困意。韩石另有住处的消息令他兴奋不已。

他洗了澡，躺在床上，思索下一步的计划，之后蒙蒙眬眬地睡着了。

下午，欧宝松的电话把他从睡梦中叫醒，欧宝松说车子修好了。

欧亚东翻身起床，打起精神简单地洗漱一番后便出了门。

欧亚东不让欧宝松参与计划，重要环节故意回避他，不让他知道。可是，为了找到韩石的住处，欧亚东只好让堂弟带自己去。

初夏的午后，天气炎热，虽然车子跑起来带风，但还是能感受到空气中的灼热。欧亚东坐在车厢内，望着街两侧的行人脚步匆匆，各自为生活奔波忙碌着。

街道两旁的服装店、家具店、家用电器城等各式店铺飘出不同的歌声与音乐，有强劲的，有柔和的，汇拢到马路中间，冲撞挤压，像一盆刚出锅的杂烩，冒着腾腾热气。也不知谁家的音箱破了，劈刺声充杂其间，左冲右突，穿透耳膜。

欧亚东把身子缩进车斗，闭上眼睛，用意志力抵御着噪声。

机动三轮车驶过商业区之后，欧亚东的耳根清净了，这才睁开眼睛。他看到两侧高高的商住楼，心想，邗江这几年确实变化很大。可是，当想到自己人生经历的重大变故，他顿感黯然，觉得这座城市没有属于自己的东西，即便是浮华的外表，也与自己相隔甚远。

他收回目光，不再往两边看，闭上眼睛，任思绪在轻微的颠簸摇摆中游移不定。

这时候，欧亚东的大脑里想到了一个问题：找到韩石的另一个落脚点之后，如何把他约出来？

欧亚东知道不能进他的家门。

欧亚东想，只要进了韩石的家门，所有见过自己的人都将成为目击者，一旦事情往坏了发展，见过自己面的人都将成为仇人。与无辜的人结仇，只能让自己的人生变得更加坎坷。要想计划天衣无缝，必须做到没有目击者。所以，约韩石出来的这个人很重要，这个人最好是韩石认识的人，让他没有戒心，还得是自己信任的人。

上哪儿找这个人呢？欧亚东觉得这是个难题，还是自己设置的。

欧亚东忽然想到，韩石是建筑公司的老板，对这种人最具诱惑的是金钱和女人，只有从这两方面入手，才能让他放松警惕。

如果能找一个漂亮的女孩子将韩石引诱到宾馆，事情就好办了。

可是，到哪儿去找这个女孩子？即便找到了，这个人也是目击者，能信任吗？

正当欧亚东的思维在死胡同里转圈子时，他听到欧宝松说：“哥，前面就是椰树湾小区了。”

欧亚东闻言睁开眼睛。

他伸头往前方看，见到椰树湾三个烫金大字镶嵌在一面紫红色的大理石墙面上，门口左右两侧站着衣着整齐的保安。从入口的门楼看，小区规模不小，属于有钱人住的高档小区。

"宝松，保安让你的车子进去吗？"

"可以的，我从车辆入口进。"欧宝松说完，将车子驶离住宅区正门，在约二十米处，他找到机动车入口，在自动取卡机上取了停车卡，缓缓驶进去，把车开到韩石曾停过车的位置。

"韩石的车就停在这里。"欧宝松说。

他说话的同时，四处观望寻找，没看到韩石的吉普车，但却看到不远处一名保安往这边张望。

欧亚东没有下车，匆匆观望几眼后对欧宝松说：“我们走吧！尽量不要与保安打照面。”

欧宝松似懂非懂地"哦"了一声，开车走了。

回程路上，欧亚东说：“后天我轮休，明晚把你那个兄弟约出来吃饭。请他去火锅店，时间六点半。我会提前到，你带他来，假装无意中和我碰上了。”欧亚东说。

欧宝松点头。

欧亚东想认识瞿虎，是因为欧宝松说他和瞿虎常在夜晚去迪斯科夜总会门前等客。他想，夜总会出来的多是漂亮姑娘，或许他可以从中找到一个愿意帮他接近韩石的人。

想到这里，他内心猛然一跳，阴霾笼罩的心头透过一道亮光。

起初，欧亚东并没有确切地拿定主意把瞿虎牵扯进来，他想要认识瞿虎的主要原因，仅仅因为一时找不到合适的人引韩石出来。欧亚东认为这件事倒可以让坐台的女孩试一下，而且欧宝松几次提到瞿虎讲义气，如果真如他所说，不妨先认识一下。

隔日傍晚，欧亚东提前来到事先与欧宝松约好的火锅店，找了一个靠窗的座位，来人只要进餐厅就能看到他。

过了六点半，欧宝松果然带着一个黑脸青年走进来。

欧宝松和瞿虎进店之前，欧亚东隔着玻璃窗，看到这个黑脸青年把机动三轮车停上了火锅店门前的人行道。

欧宝松进了餐厅，看到欧亚东坐在那儿，便径直走过来，他用惊喜的语气说："哥，这么巧，你也来这里吃饭呀！"他说着回身对瞿虎说："这就是我常给你说的，在少林武校学过的堂哥。"

欧亚东热情地起身向欧宝松招手说："来来，一块儿吃吧，反正我也是一个人，凑一桌热闹。"

欧宝松和瞿虎走了过来，欧亚东问："宝松，这位是？"

"他叫瞿虎，我的好兄弟，跟我一样，拉客谋生。"欧宝松热情地介绍道。

"哦，好，请坐。"欧亚东满脸笑容地说道。

瞿虎面对欧亚东显得有些局促，说不出话来。

"哥，瞿虎听说你一身好功夫，可羡慕了，几次要我带他来跟你学几手。瞿虎，今天可巧碰上了。你不是早想学功夫吗？你自己跟我哥说吧，他可从来不教人的。我是他弟，他也没教我一招半式。"欧宝松笑嘻嘻地说。

按说瞿虎吃过牢饭，三教九流的人见过不少，不该怯场的，可是听说眼前这个人有一身功夫，便心生敬意，且气短了三分。

瞿虎说："亚东哥，我就是一个拉车的，担心你看不上我这样的小人物。我听宝松说有您这么一位哥，心里痒痒的，羡慕得紧，早有巴结之心，想跟你学几手，以便防身用。有一次，我碰到一个会拳脚的人坐车，拉到目的地不给钱，还把我身上的钱搜光了。没办法，不是他对手，只能自认倒霉。"

欧亚东望着瞿虎一副胆怯的样子，但说话还算顺溜，觉得他心理素质还不错。

对决

欧亚东知道此时最好露一手让瞿虎开开眼，更能让他心服口服。想到这里，他说："宝松把我说得神乎其神了，我就会几手硬功夫，唬人用的。"

说完这番话，欧亚东四处寻找，又往自己脚边看了看，伸手从座位底下拿出半截断砖，这是他事先带进来的。

瞿虎和欧宝松眼睛眨也不眨地望着欧亚东手中的半截砖头。

欧亚东表情平静，他小声说："不要让服务员和店老板看到。"

说话间，他右手在空中抓了几抓，手背立时青筋暴起，伸掌成刀状，只听他"嗨！"一声低吼，手掌劈向左手握着的断砖。

瞿虎和欧宝松眼前一闪，断砖已经被削去一角。

空手劈砖，这种内功只有懂武术的人才能明白其中的难度。

瞿虎和欧宝松眼都看直了，半晌才醒过神来，咂嘴咂舌佩服得五体投地。

瞿虎说："亚东哥，你的功夫太厉害了，教我几手吧，我拜你为师。"瞿虎说着起身要下跪拜师。

欧亚东连忙伸手架起他说："你是宝松的好兄弟，也就是我兄弟，拜师就不要了，找时间教你们几手散打，防身用。"

瞿虎听了高兴得眉开眼笑，脸都涨红了，他说："亚东哥，你是我大哥，以后我什么事都听你的。从今天开始，我就叫你东哥。"

"来，来，坐下说，我可当不起大哥，大家喝几杯酒做个朋友吧。"欧亚东说。

"东哥，我知道你看不起我这个没什么大出息的小弟，但我敢保证，只要大哥吩咐小弟的事，小弟一定尽全力去办。"瞿虎信誓旦旦地说。

欧亚东审视了瞿虎几秒钟后说："我仅是会几手拳脚，没有过人之处，现在还是商场保安，不会有大出息的。今天你既然叫了东哥，我们就是兄弟了，初次相识，喝酒庆祝。"

这时，服务员端来锅子，点上炉子。欧亚东顺手拿过菜单，加了几个下酒的凉菜。

瞿虎显然一副抑制不住的兴奋样子，一口一个东哥地叫着。

少时，服务员上齐了菜，锅内的水烧开了，欧宝松拿起筷子将肉卷、菇菌等往锅里添加。

瞿虎开了酒瓶，给杯中满上酒，恭恭敬敬地端起酒杯说："东哥您够爽快，小弟敬东哥一杯酒。这杯酒感激东哥不嫌弃我瞿虎，我先干了。"

欧亚东望着瞿虎仰头喝光杯中的酒，于是端起酒杯说："兄弟，你有点拘束了，咱们既是朋友又是兄弟，喝酒放松点。"

"东哥，我最佩服有功夫的人了，想想我也就挖了地下一截电缆，被判了三年。在牢里，谁都可以欺负我，我任人宰割，吃尽了苦头啊。"瞿虎说到这里，似乎回忆起过去牢里的生活，眼里竟然泛起了一层泪光。

欧亚东看在眼里，似乎被触动了。他叹息一声说："唉，瞿虎老弟，谁都伤心过、痛苦过，都有难以释怀的经历。今天不回忆痛苦往事，让我们抛开一切烦恼，痛快喝酒。"

瞿虎和欧宝松应声说："好，痛快喝酒。"

这天，他们三个人喝了两斤白酒，其间欧亚东几次想问瞿虎是否认识夜总会的女孩子，话到嘴边又咽回去了。他思来想去，觉得暂不要说出来，现在还不了解瞿虎，等多接触几次后再做决定。

酒散后，欧亚东间隔了几天没联系欧宝松，仍照常上下班，其间见到韩石回过一次家。既然知道了韩石的另一个落脚点，无须过多观察，只需要耐心等待时机。

也许韩石知道自己得罪的人多，所以他从不单独外出，不逛街，也不去商场。他上班时在办公室里待着，下班后便回到住处不再露面。韩石在公司时总是前呼后拥一群人跟着，因此欧亚东一时找不到合适的机会。

时间又过去了一个多月，欧亚东思来想去，觉得还是想办法引韩石出来较为稳妥。

欧宝松并不知道堂哥的具体想法，也清楚堂哥不会跟自己说。自从介绍瞿虎与堂哥相识后，兄弟俩再没见过面。欧宝松开始以为堂哥不信任瞿虎，可是瞿虎老缠着欧宝松要找东哥学武术。

欧宝松经不住瞿虎的软磨硬泡，隔了些日子，他打电话问欧亚东：瞿虎可不可信，能不能做兄弟？

欧亚东这才说出结识瞿虎仅是想知道他是否认识信得过的夜总会小姐，这是计划中的一部分。

听了欧亚东的话，欧宝松想了想，并不清楚瞿虎是否认识这样的人，但是自己确实不认识这样的女孩子，苦恼于不能帮堂哥。

欧亚东告诉欧宝松，如果瞿虎不认识这方面的人，便不能让他知道真相。计划的事参与的人越少，全身而退的把握性越大。

欧宝松听后频频点头，清楚欧亚东说得很对，便没有再提起瞿虎。

之后的一段时间，欧亚东仍没找到合适的人选，又想不到别的办法，找韩石的事就这么搁置了。

欧亚东过起了一段正常上下班的生活。

一起偶然事件，欧亚东与一个名叫古雪燕的女孩意外相识了。当时欧亚东看到一男一女正欺负一个女孩子，于是他便出面打抱不平。

古雪燕是服装城某品牌专柜的导购员，欧亚东则在那儿当保安，俩人之前未曾谋面。

事情是这样的，那晚九点半，距商场落闸还有半个小时，顾客进少出多。

古雪燕也与往常一样，慢吞吞地收拾着柜面服装。这时候，一名中年妇女站在衣橱边，正看着橱内的蓝狐皮大衣。

古雪燕所在的服装专柜，凡价格昂贵的服装都挂在衣柜内，上了锁，只能隔着玻璃看，顾客确实有心买，才会让打开玻璃柜看。

中年妇女看的狐皮大衣标价三万元，挂出来近三个月，几乎无人问津，大多隔着玻璃望几眼，看到价码，便摇摇头离开。

古雪燕在服装城的工作时间虽然不长，只有半年多，但她能很快掌握服装销售的技巧，尤其对进店顾客的身份，是否有钱，能判断个大概。

此时，古雪燕看出眼前这位衣着华贵的中年妇女，是个有钱人。于是她放下手上正在折叠的衣服，笑容满面地上前接待。

"太太，您有眼光，这件狐皮大衣是今年的新货，最新款的设计，内衬是全进口的意大利面料，邗江市仅此一件。"

太太望了古雪燕一眼，面上没有太多表情，她说："拿出来我看看。"

太太并不积极的态度，使古雪燕内心产生了疑问，不能确定她是否有实力，或者是否有心买，而且临近下班时间，古雪燕有些不情愿地说："太太，不是不给您看，这件衣服名贵……"

古雪燕的话没说完，中年太太立起眉毛，脸也涨红了。

"打开！不就是一件狐皮大衣吗？你以为我是来看热闹，摸摸看看就走了的人吗？"

"不是的，太太，我没这个意思，我知道你是有钱人。"古雪燕见妇人生气，连忙赔上笑脸。

"你还啰唆？我要你打开，我要看。"

中年太太强硬的态度一下子激起了古雪燕的傲气。

她最讨厌顾客盛气凌人、颐指气使的态度，按说她从当服装导购第一天起，经理对她职业培训时便强调过，无论顾客有多刁蛮，都要笑脸相迎、耐心解说。此时，古雪燕不知是忘了，还是站一天累了，难以控制自己的情绪。

"对不起！太太，如果你真有心买，先拿出一半定金，我倒是真的见多了自扮阔太太的人。衣服拿出来了，左看右看，翻腾半天说一句'太贵了'，又让我放回去。这是几万块钱的衣服，翻腾脏了旧了，没人要了，老板会开除我的。我是服务员，也不能不管买不买就拿出来让大家看，还得赔笑脸、扯闲篇，这样我不得喝西北风呀。"

这番话把中年太太噎了一下，她表情很难看。当她的脸色从僵硬中缓和过来后，她立即怒不可遏地大声说："你打开，今天我不管买不买都要看一下这件衣服。"

古雪燕说："对不起，太太，打不打开衣柜门是我的权利，除非你拿出一半定金来，我才打开。"古雪燕的情绪稳定了，不急不躁，又故意用话语刺激对方。

商场内还有少量顾客没走，他们被俩人的争吵声吸引了过来。

看热闹的人群中有人说："服务态度这么差。"

另一个说："话不能这么说，一件衣服几万块，谁来了都要拿出来看，确实不太合适。"

"买不买不要紧，要紧的是服务意识。"

也有人小声说："这人看样子是假扮阔太太，不像有钱人。如果真有钱，真想买，拍出定金，砸在柜台上，这不把服务员的嘴给堵了？"

说话声虽小，却被中年太太听到了。她赌气地拉开手提包拉链看了看，没露出里面多少现金，她气恼地掏出手机打电话。

电话通了，她对着手机大声说："马南山，送三万块钱过来，我要买一件大衣。十分钟之内没送到，我就跟你离婚。"

欧亚东每晚在商场落闸之前要对各楼层进行安全检查，这晚他走到三楼，听到女人的嚷嚷声，循声走来。当听到一个女人大声叫马南山的名字时，他愣了一下，停下脚步。

他看到服装柜台前围了一群人,人群中卖服装的服务员与一位中年妇女面对面站着,两人的面部表情都有些僵硬。

中年太太打完电话,脸色仍很难看。

欧亚东想,肯定是中年妇女喊了马南山的名字,难道她叫的马南山就是邡江搞建材的老板?

欧亚东望着服装专柜的服务员,看到她的面色虽有几分尴尬,却毫无畏惧之色。她面对态度强硬的顾客,以及众人的议论,并不显得慌乱。

"老娘今天就要买这件衣服。"中年太太收起手机不罢休地说。

"太太,您别生气。请您体谅服务员的苦衷。再者,我完全是执行老板定的规矩。您想想,如果您是店老板,会把几万块钱的衣服随便挂出来任人摸弄、试穿吗?"这时候古雪燕换上一副笑脸,态度和气。

不多时,一位身着黑西装的青年气喘吁吁地挤进人群。

"马太太,老板开会,没时间过来,叫我送钱给您。"

"我要马南山自己来!"太太歇斯底里地喊道。

"太太,您别生气,老板说了,开完会马上赶过来。"西装青年安慰着马太太,同时对围观人群说:"别看了,有什么好看的!"

围观人群中有人发出了嘘声,笑声中有人起哄。

古雪燕微笑着劝众人散去。

西装青年从包里掏出三叠钱用力地拍在柜台上大声说:"衣服包起来吧!敢对马太太不恭,你是不想在邡江混这口饭了?"

"对不起,得罪了,太太,请您原谅。"古雪燕向马太太赔不是。

古雪燕一边道歉,一边手脚麻利地开了购货票交给西装青年说:"先生,对不起,麻烦您去收银台交钱。"

西装青年接过小票,看了看,心里一百二十个不情愿。可是,这是老板太太买衣服,不情愿也得去,于是心里默默骂道:"臭女人,真讨厌,没事找事,让老子擦屁股。"他心里骂着擦屁股,却偷偷瞟了一眼老板娘虽已变形的屁股,心头流过一阵奇怪的热流。

西装青年心头颤抖了一下,想到自己一个星期没找女人,连中年妇女变形的屁股也能引起心中骚动，暗骂自己下作。

古雪燕拿出钥匙打开衣柜门，取出狐皮大衣。

马太太接在手中，简单翻看了一番后递给古雪燕，得意地说："包起来！记住，以后别狗眼看人低，以为都是没钱过路看热闹的。"

"是，太太，你说的是，对不起！"

古雪燕毫不生气，接过大衣，小心折叠整齐。狐皮大衣较长，古雪燕折叠时不小心将衣角拖到了地板上，恰好被马太太看到了，她当即尖声大叫："衣服拖到地上了，弄脏了，我不要了！"

古雪燕心中一惊，低头一看，衣角确实碰到地板了，她连忙赔笑说："哟，对不起，太太，衣襟长，我不小心了。地板也不脏，碰到一点点而已。"

已经转身去买单的西装青年闻言回身，一把抓过柜台上的钱，麻利地装进了皮包。

"太太，这衣角虽挨到地板了，但地板也不脏……"古雪燕委屈地说。

"顾客摸一下碰一下你说弄脏了，衣服拖到地板，你还说不会弄脏？来来，你们大家评评理，她刚才说的话是不是有问题？"马太太大声对众人说。

古雪燕这才明白了她是在故意找茬，可是，自己前面说的话确实给对方抓住了把柄，她埋怨自己遇事太情绪化了。

"你以为我没带钱？"马太太边说边打开包，又掏出几叠钱亮了亮说，"我就看不惯你这种人，防贼似的，看谁都没钱。其实你自己最没钱，当个服务员还嘚瑟。明着告诉你吧！我就是想折腾你，捉弄你玩。"马太太不无得意又无所顾忌地嘲弄着古雪燕。

古雪燕望着马太太的老脸，仿佛有一块热年糕粘在嗓子眼，堵得她一句话也说不出来。

"走！送我去公司。"马太太对西装青年说。

马太太走了几步又回过头来对古雪燕说："自己没钱，还揣度别人。哼！让你长长见识，今后还敢小瞧顾客？"

围观顾客没人说话，谁都看出来了，有钱太太纯属寻开心。

马太太挽着西装青年的胳膊肘儿,趾高气扬地从围观人群让出的一条道往外走。

西装青年面色涨红了，不知为何，挺了挺胸脯。

这时候，众人眼前一闪，一名保安站到通道中间，拦住马太太和西装青年，这人就是欧亚东。

"要走也得把衣服买了再走。"欧亚东铁青着脸说。

西装青年见状，松开马太太挽胳膊的手，毫不示弱地抢身站到马太太身前问："怎么了？这是黑店吗？还敢强买强卖？"

"这里不是黑店，但不允许你们故意找茬捣乱。"

"谁捣乱了，你说谁捣乱了？我想看衣服，她不开橱门我怎么看？"马太太扯开挡在身前的西装青年，一步蹦到欧亚东面前说。

欧亚东望着马太太那张原本不难看，但已经有了皱褶的脸，想到她就是马南山的老婆，仇恨不由自主地往她身上嫁接。

"马太太？你丈夫是邗江做建材生意的马南山？大老板？"

"你认识马南山？"马太太问欧亚东的语气充满了自豪。

"不认识，听说过他，邗江的建材批发商，很有钱。不过，你丈夫有钱，你也不能跑来这里拿一个卖服装的服务员寻开心吧！马老板知道了，或许会不高兴。这件事明天传开了，今后邗江人会说马太太去商场拿钱砸服务员。马老板是有身份的人，要是让他知道了，脸上就没面子了，对吧？"欧亚东表情平静，装出维护马老板名声的样子。

西装青年和马太太对视一眼，都在回味欧亚东的话意，瞬间都听懂了欧亚东话中暗藏的讥讽。西装青年气恼地说："他俩一伙的，别听他胡说。"

马太太尖声大笑说："你说得再好听，我也不会买，我对那件衣服不感兴趣了。衣服拖到地上，在我眼里就视为垃圾，送给我也不会要。"

"不是送给你，你必须买。"欧亚东再度拔高嗓音说。

"哦？凭什么？你有多大能耐，让马太太必须买？"西装青年毫不示弱地迎上一步问道。

欧亚东与西装青年对视，俩人目光都想直插对方心脏，都想看破对方。

围观人群意识到要打架了，纷纷往后退，给他们让场子。

欧亚东从西装青年沉着的眼神中看出他练过功夫，心中猜到他应该是马南山的保镖或者司机。

站在一旁的古雪燕见到双方要打架，而这架又与自己有关，慌忙走过来对欧亚东说:"不买就不买了,我把衣服挂进去就是了。"

她对西装青年说:"你们走吧!刚才是我态度不好,对不起。"

古雪燕不想因为一件衣服造成双方的冲突,她也看出来了,对方有钱有势,身上带了钱,却不拿出来,打电话叫人送来,明显是显摆、搅事。再说,万一因此事而打架,好心的保安或许会工作不保,自己也可能被炒鱿鱼。

欧亚东本来不想让步,但听了古雪燕说的话后,猜到了她的想法。如果在商场打起来,影响肯定不好,想到这里,他后撤一步,让开道。

马太太挽着西装青年走了。

众人见没热闹好看,有些不甘心,不过还是自动散去了。

欧亚东继续进行楼层安检,古雪燕小跑几步跟在他身后说:"谢谢你帮我解围。"

欧亚东笑笑说:"不客气,我们是同事,这事我本应该管的。"他说话时这才认真看了古雪燕一眼,见她身材高挑,大眼长发,不由眼前一亮。当他看到古雪燕也在望着自己时,脸上一热。

古雪燕大方地伸出手说:"我叫古雪燕。"

"我叫欧亚东。"欧亚东没有伸手去握古雪燕的手,而是心慌意乱地离开了。

古雪燕笑了笑,没说话。

一周后,古雪燕晚班下班,在商场大门口见到欧亚东,她主动上前请他吃夜宵。欧亚东没有拒绝她的邀请。

那晚古雪燕被马太太嘲弄戏耍,围观者皆看热闹,没有人站出来说一句劝和的话,是欧亚东出面解围,替自己撑腰。他毫不畏惧的样子,给古雪燕留下了深刻的印象。对于独自来邘江打工的古雪燕来说,遇到为自己挺身而出的男人,让她感动不已,而且这种感动温暖着她的心。

古雪燕觉得欧亚东外表帅气、有胆气,心里暗暗喜欢上了他。

一件事便能感动她,也许与她的经历有关。

古雪燕原本有一个幸福的家庭,父亲是县化工厂的供销科科长,母亲在厂幼儿园当教师。

在她十五岁那年,父亲与厂里的工会干事好上了。父母为此离婚,法院将古雪燕判给了母亲。一个原本温暖的家庭瞬间破碎成一堆冰冷的冰碴,对她年少的心灵打击很大。古雪燕再也无心读书了,学习成绩直线下滑,班主任经常在班上点名批评她。

古雪燕成绩不好，常挨老师批，有时忍不住了，便和老师顶嘴，时间久了，同学们开始疏远她，似乎她身上有病菌会传染。一向心高气傲的古雪燕，自尊心受到了重创，无法忍受同学的冷眼和漠视。

她开始躲避同学，憎恶课堂上点名批评自己的老师，性格慢慢变得桀骜不驯，谁的话也听不进去。

由于之前居住的房子是厂里分给父亲的，买房的钱是爷爷奶奶出的，父母离婚后，法院将房子判给了父亲，父亲仅给了母亲两万块钱的补偿。

之后，古雪燕与母亲挤在工厂家属区一间十几平方米的宿舍里生活。

不久，母亲所在的化工厂效益不好，所居住的宿舍年久失修，夏天漏雨，冬天漏风。夏天还好过一些，只要不是雨天就还能住人。可到了冬天，厂里没钱给宿舍供暖，她们只能往破裂的墙缝里塞报纸，以免寒风进屋。母女俩夜夜抱在一起流泪。那段苦日子让古雪燕终生难忘。

又过了一年，化工厂发不出工资，厂幼儿园停办，母亲下岗了。为了生活，为了有房子住，母亲带着古雪燕放弃了城镇户口，去林场嫁给了一名伐木工人。

古雪燕明白，母亲嫁给那人，仅仅是为了有一间不再漏雨、不再透风的房子住。

那个时候母亲的命运让她看到了一个女人的命运，想到自己将来是否也会沦落至此。

林场有一间子弟学校，可是教学落后，古雪燕高中没读完便辍学了。继父想在林场给古雪燕找一份临时工，但她嫌伐木工作太苦太累，不愿干，便在家赋闲了一年。

继父是老实人，像亲生父亲一样爱护她，也关心母亲。可是，古雪燕对人情冷暖有了另一种理解，在她看来，自己是一个拖油瓶，继父能对自己有真感情吗？也许不知哪一天又会变的。

虽然古雪燕的心灵与人生观被扭曲了，人却一天天长大了，而且出落得亭亭玉立，被誉为林场一枝花。

古雪燕的貌美，被林场场长的儿子看在眼里，他对她动了歪念，找各种借口接近她。

初时，古雪燕根本看不上林场场长的儿子，可是经不住他死缠烂打、围追堵截。

后来她躲不过场长儿子的纠缠，偶尔跟他去看场电影，再后来俩人时常出入网吧、游戏厅。没出半年，古雪燕开始夜不归宿，而且与场长儿子同居了。

伐木工长期野外作业，继父十天半月才回家一趟，无法管束古雪燕。母亲更加管不住叛逆倔强的女儿，又不敢因此事得罪场长。母亲在林场当临时工，还是场长看在古雪燕与儿子搞对象的面子上才批准的。

古雪燕完全变了，各种传言传到母亲耳朵里，气得母亲犯心脏病住了院，她也没去医院看母亲一眼。不到两年，场长儿子玩腻了古雪燕，将她抛弃。这段时间里，古雪燕打了两次胎，当时她年仅十九岁。

古雪燕被抛弃，这种事在林场传开了，让她没脸再待下去了，只好独自走出林场，外出打工。

她背上行李来到邗江，应聘到商场的服装专柜卖衣服。

第三章
情投意合

　　欧亚东与古雪燕相识后，一开始想过用她做诱饵来引诱韩石。经过一段时间的接触，这个念头慢慢变淡了。他在心里告诫自己："她是个好女孩，不要利用她，不能破坏她的人生。"

　　之后，欧亚东始终与她保持着距离，俩人关系若即若离，没有更多的接触。

　　有时上班时间俩人面对面遇到了，也是仅限于同事间客气的打招呼，并无多一句私聊。

　　有一天下了晚班，古雪燕来到保安值班室找欧亚东，她对欧亚东说："我明天去逛街，我想让你陪我。"

　　欧亚东说："好，你想去哪儿？"

　　"随便走走。"古雪燕说。

　　欧亚东明白古雪燕要自己陪他逛街的真正意义，他说："我是一个商场保安，陪你逛街，你不会觉得丢人吗？"

　　"我也才是卖服装的服务员呀。"古雪燕说。

　　欧亚东没再说话，望着古雪燕微笑的脸，心头热乎乎的。

　　第二天，欧亚东按时来到约定的地点，没想到古雪燕比他来得早。

　　欧亚东是第一次和女孩子约会，浑身不自在，手脚似乎也没地方放了，连正眼看古雪燕的勇气都没有。俩人没走多远，他竟然满头大汗。

　　初时，他们像一对陌生人，走走停停，东张西望，几乎都没开口说话，之间的距离拉得很开。

古雪燕见欧亚东窘迫的样子，禁不住在心里偷笑，心想这个男人打抱不平的时候胆子挺大，毫无惧色，怎么和女孩子上街反而扭扭捏捏没胆气了。

她见欧亚东一副手足无措的样子，心想，难道他是第一次约会？如此想着，再看欧亚东，他的阳刚和帅气劲全出来了。她的心头涌起丝丝甜味，一圈圈往外荡漾，无法平静。

古雪燕离开林场，一直在给自己受伤的心疗伤，离家半年多了，没有心情交新男朋友。此时，她望着欧亚东，想主动打破这种沉闷，减轻他的拘谨，让他更多地了解她。

两个人默默往前走了一段，古雪燕有心引他注意，引他说话。

路过一间药品店时，古雪燕忽然想起一件事。母亲血压高，她早就想给母亲买一台电子血压仪了，老也没空。她对欧亚东说："我去药店给妈妈买东西，一会儿就好，你不想进去就在店外等我。"

欧亚东嘴上说好，又拿不定主意，究竟是陪她进去还是站在门外等，心想，既然陪她来逛街，就该跟着她。想到这里，他跟在古雪燕身后走进了药店。

药店女导购见他俩进来，迎面走来，她先问古雪燕有什么需要帮助。

古雪燕说："想买一台量血压的电子仪。"

服务员看到古雪燕身后跟着欧亚东，以为不是一起的，便又问他："先生，请问您有什么需要帮助的吗？"

欧亚东望着服务员说："先帮助她。"

古雪燕笑了笑，导购明白他俩是一起的，看他跟随她的距离，估计俩人关系还没明朗。出于导购的心理本能，想做成生意是最重要的。

"不好意思，我以为你们不是两个人。"导购员说。

"不是两个人？那我们是两头骆驼？"欧亚东风趣地问。

古雪燕望着导购员说："一、二，这不是俩吗？"

欧亚东嘿嘿笑了，他和古雪燕都没意识到导购员是故意的。

导购员虽然也在笑，却丝毫没有窘态，她说："呵呵，我说的不是两个人，我的意思是我开始不知道你们是一对，我指的是两口子的两。"

古雪燕语塞，欧亚东的脸也红了。

欧亚东偷偷望了古雪燕一眼，恰好她的目光也投了过来，俩人目光撞到一起，又各自别过脸掩饰地望向别处。

导购员看在眼里，内心偷乐，嘴上说："你俩很登对。"

欧亚东心里高兴，却无法掩饰心虚脸红，于是干咳两声，想制止导购员继续往下说，却找不到恰当的语言。

古雪燕没有怪导购员，而是轻声说："谢谢。"

古雪燕说话声虽小，却让欧亚东听在耳朵里，心头禁不住一热，顿觉浑身暖暖的。

导购见火候到了，这才开始介绍产品。

"这里有新到的进口血压仪，您是要进口的还是国产的。"

欧亚东回过神来，连忙接口问："是不是进口的质量好？"

此刻，欧亚东心头有如推开的窗子，洒满阳光，浑身轻快。他知道自己喜欢古雪燕，苦于没有勇气表达，却被外人捅破了。

"说不准，不过国产的买的人也挺多的。请问您是自己用还是送人？"导购问。

"还有买这个送人的？"欧亚东惊讶地问。

"送给长辈、亲友呀，你俩这么年轻，不可能是自己用吧！"

古雪燕接口说："买给我妈。"

欧亚东脸上潮起的红还没消退，也没看古雪燕，接口说："买进口的吧！也许质量更好些。"

"呵呵，听你的吧！要进口的。"古雪燕说。

服务员拿出血压仪递给欧亚东，继续为他俩加温，她说："你这当姑爷的有孝心，舍得给丈母娘买进口的。我看到有些小夫妻给老人买这个，很多是捡便宜的买，只想省几个钱。"

"我……我……你，我还……"欧亚东想说自己还不是女婿，却又说不出口，他望一眼古雪燕，担心她听了导购员的话不高兴，发脾气。

古雪燕非但没生气，脸上还挂着笑，也不做解释，大方地拿过血压仪说："来，我帮你量，试一下灵不灵。"

欧亚东伸出手臂，做出展示的动作。

"你没高血压吧？"古雪燕睨视他问。

"我平时血压不高。"欧亚东边说边挽起衣袖，露出粗壮的手臂，肱二头肌像一只拳头在滚动。

导购员捂嘴轻轻笑了一声，小声说："很难说哦！"

古雪燕明白她的笑意，望着欧亚东粗壮的胳膊，目光迷离。她在心里说："看不出，他的身体这么强壮。"古雪燕一时慌了神，手忙脚乱的。

导购员说："我来吧，你没经验。"

古雪燕将血压仪递给导购员，心跳加快。

欧亚东也很激动，他根本没有看清血压仪上跳动的数字是否准确，大脑一直在琢磨导购说的姑爷这两个字。

量完了，导购员对欧亚东说："血压偏高。"

"啊？你有高血压？"古雪燕惊讶地问。

欧亚东也觉得惊讶，他疑惑地说："不会吧？每年体检都很正常，从没高过。是不是血压仪不准？"

服务员"扑哧"笑出声说："你心跳这么快，血压能不高吗？还在激动中吧？"

欧亚东和古雪燕明白了服务员是在故意调侃他俩，古雪燕红着脸说："行，就买这个吧！"

服务员埋头快速写单。

古雪燕突然说："多买一台，给你爸妈也买一台吧。"

欧亚东说："不用，我爸妈血压……"欧亚东想说我妈已经不在了，没说出口。他想到父母，不由鼻头一酸，眼泪差点流了出来。

欧亚东为了不让古雪燕看到自己表情的变化，快速抓过购货单去收银台结账。

古雪燕想叫住欧亚东，自己去付钱，但见他已经大踏步走了，同时也看出因为说到他父母，他神情有变，觉得他心中有事，便没有坚持。

经过这次购物，欧亚东和古雪燕关系明朗了。

随着交往深入，欧亚东越来越喜欢古雪燕，由于他没有谈恋爱的经验，他始终没有亲口告诉古雪燕自己喜欢她，也没有把家中的遭遇说出来。

也正是这个原因，他知道自己还有事要做，在没有完成之前，不想谈恋爱。

确切地说，在遇到古雪燕之前，欧亚东没想过会喜欢上一个女孩子，更没想过谈恋爱。

每次和古雪燕约会，他都会暗自告诫自己："欧亚东，你爱她便是害她，让她爱上你，也是害她。你忍心让一个漂亮的心地善良的女孩子，整日过那种担惊受怕的日子吗？"

有一段时间，欧亚东故意疏远古雪燕，相隔一两个星期不见她，甚至故意躲她。

古雪燕不明真相，但她明显能看出欧亚东在故意躲自己。她心想，他的躲避只有一个理由，就是看不上自己。联想到欧亚东没谈过恋爱，再想到自己是流产过两次的残花败柳，她流着泪对自己说："你喜欢的人看不上你，是老天对你过去犯下罪孽的惩罚。"

欧亚东和古雪燕各自想着心事，互相猜测，感情也陷入了僵局。

然而，欧亚东越是回避，古雪燕对他的爱意就越炽热。她也想不见他，却无法违背自己的内心。欧亚东越是躲避，她越是想见他。可是，古雪燕担心他不喜欢自己，不好意思硬着头皮去找他。她想他的时候就找各种理由说服自己："他看不上你，不要厚着脸皮打搅他。你不是好女孩，不要去破坏一个没谈过恋爱的人对爱情的美好憧憬。"

欧亚东想着先把爱情放在一边，先找出杀害父亲的真正凶手。可是，韩石仍如往常一样，上下班从不落单，无论回到哪个家，都再不出门。欧亚东心里着急，如果不能引诱韩石出来，便无处下手。

这天上午，欧亚东像往常一样逐楼巡察，完毕后，正准备交班时，见到古雪燕站在大门外。他还以为她是上早班，心想早班不用来这么早呀，商城铁闸还没开呐，心里想着转身进了保卫科。

他填完交接班登记，脱下保安制服，换上自己的衣服，磨蹭了好大一会儿，听到商城开门了，估计古雪燕应该去上班了，这才走出来。

欧亚东万万没想到，古雪燕仍站在台阶上。欧亚东躲不过，硬着头皮朝她走去，站在她面前，轻声说："你怎么这么早来，不去上班吗？"

"我休息。"古雪燕幽幽地说。

"休息？休息怎么站这儿？"欧亚东惊讶地问。

"等你。"

"等我？"

"你给我个痛快话，你是不是看不上我？"古雪燕问。

她说这句话时面色苍白，嘴唇发抖，眼睛却死死地盯着欧亚东。

欧亚东心虚地看了她一眼，再瞄一眼身后有没有同事。

"没出息,我还以为你是个男子汉呢。"古雪燕说。

欧亚东看到她眼圈发红,心头生出隐隐疼痛。他想冲上前将她抱在怀里,但仅迟疑了一下,勇气便泄光了。

他闭上眼睛,稳定了一下情绪。

片刻,欧亚东睁开眼睛,看到公司里陆续上班的人往这边看,觉得站在这里不太好。

"早饭吃了吗?走吧!我们去吃早饭。"

欧亚东也不管古雪燕是否跟自己走,径直推上自行车,走在前面。

走过十字路口,拐弯,等看不到服装城了,欧亚东这才停下脚步,回身望着古雪燕,等她。

古雪燕默默地跟在欧亚东身后,一句话也不说,早已经泪流满面,不时地用纸巾擦眼泪,也不管路人好奇的目光。

俩人身后五十米处,两辆机动三轮车缓缓跟随,是欧宝松和瞿虎。

欧宝松今天带瞿虎到欧亚东上班的地方找他,是想告诉欧亚东,找到了一名夜总会小姐。欧宝松远远地看到欧亚东身后跟着一位身材高挑、长相漂亮的女孩子,不时抹着眼泪,不知这个女孩子是谁,为何要跟在欧亚东身后伤心。欧宝松心想,没听说欧亚东谈恋爱呀,是不是找到帮手了?欧宝松示意瞿虎远远跟着,不要惊动他们,以便弄清楚他俩究竟什么关系。

欧亚东没注意欧宝松远远跟着,等古雪燕走近了,温和地说:"别哭了!别人看到了还以为我欺负你了。"

"你是欺负我了。"古雪燕说。

"哪有呀?"欧亚东心虚地说。

"你有。干吗老躲我?不跟我说话就是欺负我。"

欧亚东望着古雪燕脸上的眼泪,看她妆也花了,忍不住呵呵笑了,他说:"好好,是我不好,我不跟你说话,是我欺负你了。我刚上完夜班,没吃早饭,肚子饿了,你也没吃,你也饿,别哭了,越哭越饿,我们去吃馄饨吧!"

古雪燕噘着嘴不说话。

欧亚东目光柔和地望着她说:"是我不好,是我不想连累你。"

古雪燕睁大眼睛,疑惑地望着他,看出他不是说谎,问道:"你不是看不上我?"

欧亚东苦笑两声说："我凭什么看不上你，我有什么资格看不上你，我有值得自己骄傲的过去吗？"

古雪燕听了，眼泪又涌了出来，也顾不上擦，快步走上前，挽住欧亚东的胳膊说："我不管你有没有值得自己骄傲的过去，现在的你就是值得我骄傲。"

"有吗？"

"我说有就有。"古雪燕说着"咻"地笑出了声。

欧亚东心里暖暖的，不忍再让她伤心，用玩笑的语气说："瞧你，这么大人了，又哭又笑的，也不怕旁人看了笑话？"

"谁笑话我都不在乎，你笑话我就在乎。"古雪燕说。

"我哪敢呀！再阴云密布，稀里哗啦瓢泼一阵，我可哄不好。"

"哼，知道就好，以后再敢欺负我，我天天稀里哗啦给你看。"古雪燕说着，挽他胳膊的手用力箍紧他，怕他跑了一般。

欧亚东望着她，心疼地说："看你脸色不如前些日子了。"

"都是你……"古雪燕说着话，想到这些天的委屈，喉头一颤，泪水又往外涌。

"是我不好，我心里也不好过。"欧亚东说。

古雪燕展颜笑了笑说："我好饿啊。"

"好好，快走，咱们去吃馄饨。"

欧亚东跨上自行车，单脚支地，等古雪燕在后座坐稳后，踏上脚蹬，快速往前骑。

不远处的欧宝松看在眼里，他心想，原来亚东哥谈恋爱了，难道他忘了心中的仇恨？既然如此，还要不要把找到一个夜总会小姐的事告诉他？欧宝松犹豫不决，思来想去，觉得还是先问过欧亚东，弄清楚他的真实想法后再做决定。

于是，欧宝松和瞿虎继续跟在欧亚东和古雪燕身后。

馄饨店是无锡人开的，味道独特，早晚生意最好。欧亚东和古雪燕到了店门口，收款台前面已经站了不少人。生煎包炉灶前围了一群男女，等候生煎包出锅。很多人上早班，来不及在家里吃早饭，多是打包带到单位。他们要在公交车到达之前买好包子，所以排队的人群面露焦急。

欧亚东和古雪燕不用抢时间，他停好自行车，也没往排队的人堆处挤。只要来一辆公交车，人群将被带走一半。

欧亚东让古雪燕进店内找座位，自己排队买馄饨。

欧宝松和瞿虎停放好机动三轮车，走过来，静静地站在欧亚东身后。

欧亚东回头见到欧宝松，愣了一下。

"哥，这么巧呀，你也来买馄饨呀？"欧宝松嬉笑着说。

欧亚东见欧宝松身后是瞿虎，惊讶之余又高兴地说："我刚下班，肚子饿了。你俩这么早出车？"

"有很多人上早班赶不上公交车，便选择坐三轮车。"瞿虎说。

"好，你俩先进店里找座，我女朋友在里头，我顺手帮你俩买，等着就行了。"欧亚东说着从玻璃窗往店内看，看到古雪燕，冲她招招手，便指给欧宝松看。"你俩进去吧！不用排队。"

"东哥，我排队！你进去。"瞿虎说。

"哥，让瞿虎排吧，我找你有事，不是在这里碰到你，我也会去家里找你的。"欧宝松说。

欧亚东看了看欧宝松，把手中准备好的零钱塞进瞿虎手中。

瞿虎将钱塞回他手中说："早饭钱就别推来推去了，难得有机会让我表现表现。"

欧亚东态度坚决，将手中的十几块零钱再次塞进瞿虎手中，之后转身和欧宝松走去站牌人少的一侧。

欧亚东感觉到堂弟有事。

"哥，我和瞿虎找到了一个夜总会小姐。"欧宝松小声说。

欧亚东听到这句话，心头一紧，拧起眉毛问："你把我的想法告诉瞿虎了？"

"我没有具体说，我只是说亚东哥要找一个女孩子，帮他做点事。"

"真的没说？"欧亚东不放心地追问一句。

"没有，我哪能把那么大的事对外人说呢？我又不是猪脑子。"

欧亚东沉思片刻说："你见过这人吗？"

"没见过。不过，听瞿虎的口气，这个女孩子与他不是一般的朋友关系。他是听说你找人帮忙，跟我说有这么一个人。"

欧亚东和欧宝松避开众人窃窃私语的举动，被古雪燕看到了，她觉得奇怪，怎么吃早饭的时候还有人跟来？还鬼鬼祟祟地躲没人的地方说话。难道欧亚东背后做了什么不可告人的事？古雪燕不放心，从店内走出来，想听听他们在说什么，但被瞿虎看到了。

瞿虎出于对欧亚东的敬重，觉得东哥和宝松的谈话不能让这个女的听到。他冲着欧亚东大声说："东哥，早饭买好了，你们进店坐吧。"

欧亚东奇怪瞿虎为什么大声叫喊，转身看到古雪燕站在店外，神色有几分不满，明白瞿虎在给自己提醒。

欧亚东和欧宝松停止谈话，走向她。

"雪燕，这是我堂弟欧宝松。宝松，这是雪燕，我女朋友。还有瞿虎，也是我好朋友。"欧亚东分别介绍道。

"雪燕姐好！"欧宝松点头问好。

"雪燕姐，你好！"瞿虎点头致意，知道她是亚东哥的女朋友后，为刚才大声叫嚷、不信任古雪燕的行为而感到不好意思。

古雪燕表面礼貌问好，却对欧亚东产生了猜疑，联想到他之前说的话"是我不好，我不想连累你"，内心不禁在问："连累我？他指的什么事？还是已经做下犯法的事不想连累我？既然有意瞒着不让自己知道，便是见不得光的事。"如此想着，心情有几分沉重。

欧亚东看出古雪燕表情的变化，她走出店想要知道自己与欧宝松的说话内容，说明她已经开始猜测或怀疑。他再一次想到自己将要做的事有可能导致的最终后果，心头又一次生出负疚感，心情也随之沉重起来。他碍于欧宝松和瞿虎在场，脸上不能表现出来，便装出开心的样子说："雪燕，你先进店内坐着，我把馄饨端进去。"

古雪燕虽然情绪上产生了变化，但在外人面前也只能装出未受影响的样子，于是她重新回到餐厅座位。

其实欧宝松和瞿虎是吃过早饭出车的，他俩看出古雪燕的不愉快了，尤其瞿虎意识到自己刚才的举动引起了她的反感，便有心早点离开他们。

当他知道欧宝松把事情说完了，便自觉离开了。

欧亚东走进餐厅与古雪燕面对面坐着吃馄饨，各自有着心事，少了快乐。

古雪燕有些沮丧，明明心情刚刚好起来了，便又发生了变化，难道老天真就容不得自己快乐？

她用勺子舀汤，吹了吹，小口喝着，听到欧亚东狼吞虎咽的声音，像是故意装出来的。古雪燕如此想着，心头堵着一口气难消，原本很饿，却没了胃口。她放下勺子，望着他，心中已经拿定主意，她要弄清楚他究竟是个什么样的人。

欧亚东见她放下勺子，便放下手中的勺子，抓起筷子，夹了一只生煎包搁在她面前的醋碟里。

"刚才还说很饿，怎么不吃了？"欧亚东体贴地问。

"我气饱了。"古雪燕气鼓鼓地说。

"别气，先吃东西。"

"你说一个让我不气的理由。"

欧亚东听了她的话，看了一眼邻座男女，小声说："吃完饭，我讲一个故事给你听。这个故事不能让别人听，只有你能听，可以作为理由吗？"

古雪燕静静地望着他，在他脸上寻找撒谎的痕迹。

欧亚东笑了笑，朝着碟子里的生煎包呶了呶嘴唇，示意她拿筷子，语气温柔地说："你生气时像个小孩子，很可爱。"

"我喜欢，我就这样。"

"给你一粒糖，不要生气。"

古雪燕望着欧亚东低声下气的样子，虽没接话，心头的气却也消减了许多。

"一粒不够，给你两粒好不好？平时对待别的小孩，我只给一粒的，对你已经破例了。"

古雪燕笑了，一颗心像被温水浸泡过的丝绸，水润光滑。她觉得欧亚东情商不低，平常逗小孩的招数，从他嘴里说出来，变得动听、迷人。

欧亚东望着古雪燕，脸带微笑。古雪燕无法抗拒他的微笑和眼底那层温柔的光泽，顺从地拿起筷子夹起醋碟里的生煎包，咬了一口。

"嗯！这就对了，听话的好孩子。"

"你也会贫嘴了。"

古雪燕心里软软的，没说话，拿起汤匙，舀起碗里的馄饨。此时，她仿佛真的变成一个没长大的、听话的孩子。

欧亚东把脸埋进碗口飘散的热气里，貌似呼噜呼噜吃得很认真、很投入，其实大脑在快速思索，究竟要不要把自己的故事告诉她。不讲出实情，如何能让她消除疑虑，还得让她明白，自己不值得她这么爱。

欧亚东发觉自己陷入了两难境地，既要保护自己，又要保护古雪燕，担心到头来，没保护好她，而是害了她。

不一会儿，欧亚东满头大汗，后背的T恤也湿了。

吃完早饭，俩人走出餐厅。

欧亚东推过自行车，示意古雪燕坐上去。她不坐，站在他身边说："我在等你讲故事。"

欧亚东望着她吃完早饭后恢复红润的脸，轻声对她说："你穿牛仔裙、白衬衫很好看。"他边说边往下看，看到她脚上一双平底红皮鞋，脚没穿袜子，脚面细腻光滑。他继续说："你很会穿衣服。"

"你喜欢吗？"古雪燕问。

"喜欢。"欧亚东没有撒谎。

"说谎都不会说，你就跟我扯吧！我现在要听到能说服我、让我不生气的故事，不是听你夸我衣服好看。"古雪燕表情严肃地说。

欧亚东仰头望天。

几朵流云在远处静静地飘移，燕雀飞过。

欧亚东拿定主意，想要让她重新认识自己。

"好吧！我告诉你一件事，是关于我的。"

欧亚东说完这句话，脸上一下子冷了下来，显得肃穆、凝重。

古雪燕见欧亚东神色不对，意识到自己不该逼他，她一时拿不定主意，是否继续逼他往下说。

"哥，如果触到了你的伤心处，就不要讲了。"古雪燕边说着走近欧亚东身旁，挽住他胳膊。

"如果你爱我，我的事迟早要让你知道。要不然会成为你一块心病的。"欧亚东说。

欧亚东推着自行车，走在人行道上，寻找故事的切入点。

此时上班高峰已过，人行道上骑自行车的人渐稀，不再显得繁忙拥挤，欧亚东和古雪燕慢悠悠地往前走着。

他调整了一下情绪，思绪回到了当年习武的武术学校，眼前呈现那片操场，那是自己谱写梦想的场地，还有平时去得最多的练功房，那里曾洒下他勤学苦练的滴滴汗水。

"雪燕，我十四岁习武……"

欧亚东从自己辍学习武讲起，一直讲到父亲在工地被砖车砸死以及母亲喝农药自杀，他把自己以及家里发生的事都告诉了古雪燕。

"雪燕，原本我不想告诉你这些，因为今后我要做的事不能牵连别人。让你知道这些，只会增加你的负担，我心里也将承受巨大的压力。"

古雪燕愣住了，她没想到这么大的不幸发生在了他的身上。原本以为他有什么事瞒着自己，如今明白了，他是为了保护自己。

"哥，我错怪你了，没想到你过得比我还苦。"古雪燕依偎在他怀里说。

"自从认识了你，我更加留恋这个世界，你是我第一个爱上的女孩子，也是第一次被爱。我犹豫不告诉你这些，是怕拖累你。躲着你，也是因为这些。"

古雪燕的心隐隐在疼，她摸着欧亚东的脸颊，头轻轻地靠在他肩上。

"马南山的建材批发市场，是我家原来住的村子，在商场和你吵架的阔太太是马南山的老婆。"

"啊！我记起来了，我听到她打电话叫马南山送钱给她。"古雪燕说。

古雪燕想到那个女人故弄戏弄自己，再想到欧亚东父亲的死因与马南山有联系，气就不打一处来。

"你怎么咽得下这口气？"古雪燕问。

欧亚东望着古雪燕，一时没明白她话中的含义。

"我不喜欢窝囊的男人。"古雪燕生气地说。

"雪燕，我不是窝囊。我告诉你吧，我爸临死之前，我答应他，会让妈妈安心养老，绝不能再让她为我担心和伤心。可是我妈也走了，原本世上再无人让我牵挂了，老天却让我遇上了你。"

古雪燕明白了他的心意。

"想不到你这么有孝心，还重情重义。"古雪燕说。

"父母就我这么一个儿子，他们把我养大，等到我有能力孝敬他们时，他们却相继离开了我，没享过我的福。"

古雪燕望着他，心想，如果没有马南山开发建材市场，欧亚东的家便不会发生这么多的事。想到这里，她的眼睛红了。

"哥，你要是个男人，就不能放下仇恨不报。"

欧亚东揽紧她的肩膀说："想不到你一个女孩子，比我还有血性。"

古雪燕听了欧亚东说的话，眼泪流了出来，她说："我不想你出意外，你是我爱的人。可是，我不喜欢没有血性的男人。"

欧亚东望着古雪燕，良久才说："我一直在寻找时机弄清真相。"

"真的？"

"真的，马南山和韩石，究竟是谁害死了我的父亲，为何要害死我父亲。"

古雪燕抚摸着他的脸说："这才是我看中的男人。人活在这世上，如果没一点血性，任人欺负，窝窝囊囊太憋屈了。"

欧亚东揽紧她说："雪燕，我的事你不能参与，你知道得越少越好，最好什么都不知道。以后我找到真凶，把事情了结了，警察也不会为难你。"

"谁不想过安稳日子？可是，我们连做人的尊严都没了，还怎么活？我就不明白了，原本生活得好好的，就因为一个马南山建材市场，他富了，要这么多人付出没家的代价？"

"是啊！我不知我的奔头在哪儿？难道我这辈子只能当保安，挣点跟不上物价的工资？"

"哥，你的心里一定很苦。"古雪燕泪眼迷蒙地说。

"那段日子，我差点挺不过来……"

说到这里，两个人沉默不语，默默往前走着，他们都在想着各自的不幸与遭遇。

"哥，我的身世不比你好。我原本也有一个幸福的家庭，从小爸爸妈妈很疼爱我，我的生活也能与众多女孩子一样，上大学，成家立业。可是，因为爸爸有外遇与妈妈离婚，从此改变了我的生活轨迹。有一件事我不能欺骗你，我被林场的儿子欺骗失身，为他打过胎，又被抛弃……"

欧亚东听了她的话，既感惊讶，又觉疼痛。他望着古雪燕，揽着她的手臂松了松。

古雪燕感觉到了，望着他的眼睛问："哥，你嫌弃我吗？"

"没有，我没有嫌弃你。"欧亚东说着再度搂紧古雪燕。

"哥，如果你不嫌弃我的过去，以后做了你的女人，我会真心实意对你好，会好好照顾你。"

"雪燕，你是我今生遇到的第一个爱我的女孩子，我一定好好珍惜，可是我不能害你……"

"你还是嫌弃我。"古雪燕伤心地说。

"真的没有。"欧亚东认真地说。

"那你以后不准说刚才的话。"

"好,我不说。"欧亚东说着话,眼泪滚落下来,滴进古雪燕的头发里。

两个人站在路边抱头流泪的场景,让路人不知道俩人之间发生了什么事,有人驻足观望。

"我们走吧!不要在这里哭,有人看我们笑话呢。"欧亚东说。

"怕什么?爱看不看,关他们什么事了?"古雪燕说。

"雪燕,你比我坚强。"欧亚东说完牵着古雪燕的手往前走,俩人来到一个街心公园,并肩坐在海棠树下的石凳子上,远处有几位老人在打太极拳。

"哥,你要怎么报仇,我帮你。"古雪燕小声说。

"不行,绝对不行。这是男人的事,我不能让你卷进来。"欧亚东语气坚决地说。

"可是,你有没有想过,我们相爱了,命运是连在一起的,你的事就是我的事。再者,没有你,我活在这世上还有什么意思?"

"雪燕,你不要这样对我……"

"你堂弟是你帮手吗?"古雪燕问。

"不是。我原来是这样计划……"欧亚东话到嘴边猛地停住了。

"哥,我想帮你报仇,我没见过公公婆婆,他们也没能喝到媳妇端的一杯茶。我帮你,是媳妇尽的一份孝心,我心里踏实。"

欧亚东怔住了,他万万没想到,一个外表柔弱的女孩子,内心如此刚烈,如此疾恶如仇。

他迟迟没有点头同意。

"哥,我知道你是为我考虑,不想连累我。但是,这种事只能让自己信得过的人做帮手。说实话,我无数次想过如何杀了那个让我两次流产又抛弃我的人。我深知一个人被仇恨折磨的滋味。杀父之仇不报,当儿子的永远活得直不起腰,永远没有快乐。"

欧亚东抱紧古雪燕,他不敢看她的眼睛。原本他想着告诉她这一切,能让她知难而退,不再跟自己好。可是,如今却变成了她反过来支持自己去做这件事。如此一来,反而让欧亚东犹豫了。一旦自己为了复仇犯下命案,这辈子便再也不能给她稳定的生活,不能像一个正常的丈夫给妻子和孩子温暖。如果她参与了,她将和自

对决

己一同走上另一条路,连坦然活着都将成为奢望。

欧亚东低垂着头,陷入了沉思。

他在心里说:"为了她今后的人生,以后做事不能让她知道,不能在她面前流露出仇恨的心态。"

第四章
智审毒枭

审讯卫水冰并没有预想中那么顺利，原以为人已经归案了，又是毫无悬念的死罪，再死扛不交代，对他个人生命而言，毫无意义。

然而，一连三天的提审，卫水冰始终闭着蛤蟆眼，谁也不看，面对提问，充耳不闻，紧闭着嘴唇，一声不吭，跟死了似的。

这天中午，陈晓峰再次提审卫水冰。

陈晓峰将他犯下的罪行，一件件宣读，读完了，卫水冰睁开眼说："这些罪行你们已经可以枪毙我一百回了，念给我听，不就是想套出我藏的钱在哪儿吗？别想了，我不会说的。我拿命换的钱，临了交代出来，为什么呀？不是白死了吗？钱烂了也不会告诉你。"

他说完又闭上眼睛，合上嘴。

眼见这个死刑犯如此嚣张，陈晓峰内心怒火炽盛，真想上前用根木棍将他的嘴撬开、撑住，永远合不上。

陈晓峰望着卫水冰一副拒绝的样子，心生厌恶。他说："卫水冰，你拒绝交代，摆出一副抵触的样子，从表面看是一个聪明人，其实你是一个彻头彻尾的蠢货。一世为人，却成了危害社会、祸害人类的垃圾，还装出一副死猪不怕开水烫的无赖样，是电影电视看多了吧，无赖不是英雄。怎么说你也投胎当过男人，说话做事得有个男人的腔调。如果把你这副无赖样，公之于众，有多少人冲你吐口水。做人而言，你是失败的。"

陈晓峰说完这段话，起身走出审讯室。

季阳和白水区分局代理局长冉麸看了审讯过程，都没说话。

白水区分局局长调走后，位子空缺，由搞政工出身的副局长冉麸暂代局长一职。对于案情分析，冉麸基本不插嘴，他知道自己破案是外行。此时他见季阳脸上一副一筹莫展的神情，轻轻叹了口气，似乎觉得叹气不合适，改为干咳。

季阳装作没听到，对陈晓峰说："先不审了，再晾他几天。"

"季局长，我看他就是在拖延时间，明知道活不了，这样拖着不交代，拖一天就多活一天，干脆移交检察院，结案吧！"陈晓峰说。

"再让他多活几天。我干警察这么多年，经手的案子无数，还没遇到过案犯不交代完问题的。卫水冰现在的心理如你所说，拖一天就多活一天，赚了。还有另一层，他以隐藏毒资为筹码，与我们玩心理战，以此满足内心需求，这是罪犯与警察之间游戏的成就感。拒不交代，让我们一筹莫展，他虽闭着眼，心里却知道我们着急。越是如此，越是要让他开口。具体隐藏了多少毒资，是个未知数，这些钱不知害了多少家庭。去年，邛江市因吸毒导致家庭破碎、流落街头无人抚养的儿童有二十多名，如今全部收养在元平福利院。福利院靠财政补贴和社会爱心人士的捐助才能勉强维持，如果把卫水冰贩毒藏匿的钱取出来，送去元平福利院，也是让这个毒贩子向失去父母、失去家庭温暖的儿童赎罪。"

陈晓峰听了季局长的话，频频点头，想到那些因父母吸毒导致家庭破碎流浪失学的儿童，不禁为之痛心。他望着季阳，请示如何进行下一步，季阳示意他仍将卫水冰押回看守所。

卫水冰被两名警察从审讯室提出来，送去了看守所。

"这样吧，我给你派一名审讯心理学专家，协助你审讯。"季阳对陈晓峰说。

陈晓峰听了季阳的话，精神一振，刚要张嘴说感谢季局长，冉麸抢先开口："季局长，您长期以来大力支持我区的公安工作，我代表分局全体干警向您表示感谢！如果没有您，卫水冰至今仍逍遥法外。"

冉麸终于找到了说话以及表示谢意的时机，他握着季阳的手，表情显得很激动。这种肉麻的话季阳听了浑身不自在，站在一边的陈晓峰听了也感觉身上有些刺痒、难受。

"冉局长，您客气了。卫水冰的案子在省厅挂了号，他的归案，是全体公安干警共同努力的结果，非我一人功劳！"季阳随口应付冉麸，他不愿意为了说几句无关痛痒的话浪费脑细胞。

"呵呵，不好意思啊季局，我还是副局长，还在代理期间，没有正式任命，您是市局领导，还请您多提携，眼下您还是称我老冉吧。"冉麸扶了扶眼镜谦虚地说。

季阳知道冉麸的心思，也知道他是在与自己客套提示。但任命区里的分局局长，与自己这个分管全市刑侦的副局长八竿子打不着。

"老冉，你不用跟我客气……"季阳说。

陈晓峰没有理会冉麸的别有用心，他在上级领导面前说自己是代理副局长，无非就是想引起季阳的注意。此时说这些与案子离题万里的话，就是瞎耽误工夫，陈晓峰忍无可忍，打断冉麸的话，接着季阳前面说派心理学专家的话问："季局长，这太好了。审讯心理学专家是男是女？多大年纪？"

"看你急的，人来了你就知道了，还要我现在回答你？"季阳说完"呵呵"笑了笑，他也想岔开冉麸的话题。

陈晓峰当刑警队队长以来，与季阳接触最多，却很少看到他脸上露出过笑容，更没听到过他发出笑声。陈晓峰心想，是抓住卫水冰让季局长有了好心情，又或者是他对让卫水冰如实交代问题成竹在胸。

"季局，什么时候派来？我可是当真了啊。"陈晓峰说。

"这名心理学专家跟我提过几次，想当刑警，我一直没答复。她是审讯方面的专业人才，正好借审讯卫水冰，来你们刑警队锻炼一段时间。"

陈晓峰还想问，冉麸不高兴地说："陈队长，这么没礼貌，跟上级领导说话，哪能提这么多要求？派专家是上级领导统一指挥的，调配……"

季阳连忙说："没关系，晓峰跟我一起办案多年了，既是上下级，也是朋友。"季阳说完便往外走。

季阳这番话是为陈晓峰解围，意在保护年轻人。一线刑警不懂官场那么多弯弯绕绕，与政工干部较真肯定吃亏。

冉麸的批评让陈晓峰感到脸上一阵阵发烧，他既惊讶，又尴尬，丝毫没意识到，冉麸与季阳对话时，自己插话抢了冉麸的话头，让冉麸很不高兴。

冉麸心想："局级领导之间对话，你一个刑警队队长乱插嘴，抢风头，还把我这个代理局长放在眼里吗？还是存心让我在市局领导面前出洋相？"

事实上，真正让冉麸内心不舒服的，是陈晓峰没把自己放在眼里。因为自己不懂刑侦，业务上管不了他。

季阳为陈晓峰开脱，冉麩连忙换了笑脸，跟在季阳身后，改变语气说："季局长，吃了中午饭再走吧！连着几天亲临审讯现场，我这个代理局长还没正式请您吃顿饭表示感谢。"冉麩小心翼翼地说。

"冉局，别客气，我回市局还有事要办。等卫水冰交代了，案子画上句号，我代表市局请你以及刑警队全体干警喝庆功酒。"

陈晓峰原本想送送季阳，顺便再问问有关案子的问题，见冉副局长紧跟在季局长身后，不容自己有机会插话，便止住了脚步。他望着冉麩的背影，从心底里不喜欢这个一心只想当官的代理局长。

陈晓峰的情绪有些低落，冉麩的一番话把他弄得灰头土脸的。

回到办公室，陈晓峰懒散地靠在椅子里，拿起一个卷宗随意翻阅着，一个字也看不进去。

原本卫水冰的案子是近段工作的重点，人抓着了，他心里是轻松了，却因为审讯受阻，让他有点手足无措，不知道该如何突破。

陈晓峰呆坐片刻，起身来到队员办公室。他见到虞敏菲独坐电脑前，再扫一眼李峥的座位，不见人，心想这小子不请假乱跑。他随口问道："李峥呢？"

"队长，李峥去红山派出所了。刚才红山派出所所长来电话，是我接的电话，说找李峥有事。"虞敏菲站起身回答。

"红山派出所要人，不跟我说，反而跟你打招呼，看来李峥已经不归我管了。"陈晓峰似笑非笑地说。

陈晓峰的话引来几名刑警队员一阵哄笑，大家都明白队长故意和虞敏菲开玩笑。

虞敏菲听出来了，脸唰地红了，转瞬又恢复了平静，她坦然地说道："现在还不归我管，等我哪天当了队长，我再管他。"

武渊呵呵笑着说："哟！看不出来呀，敢跟我们队长叫板了。不过，我们局成立到现在，还没有出现过女刑警队队长。如果你能当上队长，倒真的可以写进白水区公安分局局志了。"

"哼。当个刑警队队长就是理想呀！我还想当局长呐。"虞敏菲一副满不在乎的表情说。

"你别说，咱们局现在正缺局长……"武渊的话还没说完，门外便有人说话：

"谁要当局长呀？"

话音落了，人进来了。

大家看到是冉麸，挂笑的脸上如被抹了胶水，凝固僵硬。

武渊和虞敏菲赶紧溜回座位，缩脖子，吐舌头。

陈晓峰见冉麸进来，有几分意外，还有几分厌烦。但是，在队员面前，他不能把这种厌烦表现出来。再者，即便他不懂刑侦，毕竟也还是在位的领导。

陈晓峰笑了笑，正想为虞敏菲圆场解围，武渊抢先说："冉局，你听岔了，不是这里谁要当局长。虞敏菲说，欢迎您当我们的局长，请求上级不要从上面派了。对吧大李，要不您让小虞自己说。"

"是呀！冉局长，欢迎您当我们局长，我们大家正想联名给上级领导写信呐！您最适合当我们的局长了。"大李说。

"我在想这封联名信怎么写。"武渊说。

"哦！小武，你这想法可以理解，但做法不可取。提拔局领导要走组织程序的，哪能由群众写联名信推举。"冉麸说。

武渊的话让他心情舒畅，无比受用。

"局长，您看我正在看您开会布置的学习材料呐！"虞敏菲笑着举起手里一叠材料晃了晃。

陈晓峰明白虞敏菲是存心的，不知冉麸装听不懂还是真听不懂。

陈晓峰说："大家都忙自己手上的案子吧！冉局长，您有事吗？要不去办公室谈？"

"刑警队抓的是大案子，我不耽误你们破案了，但你们也不能松懈政治学习。我们有些同志各方面表现都不错，业务能力也强，就是放松了学习，被不法分子腐蚀，拉下水。每一名警察，任何时候都不能松懈绷在脑子里的那根弦，我注意到近段时间武渊进步很快，武渊是党员吗？"

"报告局长，我在警校时作为入党积极分子被培养了半年。"武渊说，他原本只是想敷衍冉局长，听他问自己入党的事，一下子来了劲头。

"嗯！很好，好好表现，尽快向组织靠拢。"冉麸用鼓励的语气对武渊说。

"是，局长。"武渊挺了挺胸答道。

"怎么样？审讯卫水冰有难度吗？"冉麸问陈晓峰。

冉麸的问话，季局长在的时候已经都谈过了，此时在这里问，无非想显示代理局长的领导身份。陈晓峰十分反感，只不过脸上还得勉强堆出笑容。

"我正要布置下一步的审讯重点，卫水冰的情况我们已经掌握了。下一步要对他的社会关系进行调查。比如他家中还有没有什么亲人？他最听谁的话？是不是很孝顺？业余爱好是什么？我想从这些方面入手，看看能否有突破。"陈晓峰说。

他说的话其实是应付冉麸，但表情却装出煞有介事的样子。

陈晓峰每说一句，冉麸跟着点头，嘴里嗯嗯应着。

武渊和虞敏菲内心在偷笑，陈晓峰说的都是案子的表面，再常规不过了，不懂刑侦的人才会不明就里。

"队长，我也是这么想的，我正在研究卫水冰的家庭背景，尤其是阿六口供中提到卫水冰有一个奶奶。阿六说卫水冰小时候跟他奶奶生活在一起，逢年过节都会去看他奶奶。但阿六没有说出卫水冰奶奶的具体住址，而且也不知道她是不是还活着。"武渊说。

"阿六是谁？"冉麸问。

"报告局长，阿六是卫水冰的同案犯。"虞敏菲抢着说。

"武渊，做得不错，继续往这个思路上想，尽快查找到卫水冰的奶奶。"冉麸赞赏地说。

"是。"武渊答道。

"行，你们讨论案子吧！对了，市局派来的审讯心理学专家这两天就到了，你要安排好，尽快把办公桌还有办公用品配齐了。了解一下专家是不是要住在分局，如果需要，找后勤腾一间宿舍。"

"是，局长。"陈晓峰说。

冉麸说完便往外走，到了门口又停住了，回头说："小武，刚才的想法不要传出去，影响不好，对你个人进步也不利。"

武渊站起身，望着冉麸，一时没明白他话里的意思，见众人用异样的目光望着自己，随即面红耳赤，嘴里支支吾吾想说却没说出整句话。他心想："天哪！他怎么把这种不着边际的玩笑话当真了？真要了命了。"

陈晓峰送走冉麸后回到办公室，几个人正在拿武渊起哄。

"我早就提醒过你们，不要在办公室大声嚷嚷，信口开河。这下好了，弄巧成抽了吧！"

"谁会想到他会进来，而且听不出真假话？"虞敏菲小声说。

"什么是真假话？如果我是副局长，听到你想当局长的话心里也有想法。"陈晓峰说。

"陈队，谢谢你呀，替我解围，当时真把我窘死了。"虞敏菲嬉笑着说。

陈晓峰没有接虞敏菲的话茬，表情严肃地布置着工作。

"说正事，刚才武渊的思路很好，也受到了冉局长的表扬。武渊、虞敏菲，立即去调查卫水冰奶奶的住址，这事要尽快落实，最好在审讯专家到来之前，我们把该准备的材料准备好，免得临阵磨枪一问三不知，让专家说我们办案外行。"

"是。不过，陈队，我要问清楚，我和虞敏菲去调查，究竟谁领导谁？"武渊似乎对刚才的玩笑还意犹未尽。

"当然我领导你呀，刚才还说我当队长当局长的，怎么一转眼就忘了。"虞敏菲仍不改一副调皮相地说。

"虞敏菲留下，大李、武渊去调查。"陈晓峰面色铁青地说。

虞敏菲愣住了，她望着陈晓峰生气的脸有些不解。但看到他铁青的脸色不像是开玩笑，知道他真生气了。自从进刑警队以来，她很少见队长对自己发火，所以这次感到有点意外，一时没转过弯来。

"队长，我错了……"虞敏菲明白他发火的原因，自知理亏，连忙认错，却没敢再要求参与办案，默默地坐回到座位。

大李和武渊冲着陈晓峰的背影吐了吐舌头小声说："外表温柔的男人发起火来，也不留情面。"

坐在一旁的资料保管员小涂说："就因为陈队平时性格温和，对大家客客气气的，你们说话就不注意分寸。大小他也是队长，哪能这么随意说话，队里的纪律还要不要了？"

众人听了小涂这番话，都没吱声。武渊有些不好意思，连忙拉上大李悄悄走出办公室。

第二天上午，陈晓峰刚走进办公室走廊，迎面便走来一位身材高挑，留着齐耳短发的女孩子。他看了她一眼，没见过，似乎又有些眼熟，便多看了一眼，随口问："你找谁？"

"我找陈晓峰。"姑娘落落大方地说。

"我是陈晓峰，你是哪位？"

"我叫闵娜，季局长命我向你报到。"

"闵娜？向我报到？"陈晓峰皱着眉头自言自语，忽然想起季局长说过的话，忙问："您是市里派来的审讯专家？"

"呵呵，专家不敢当。而且我已经从陈队长脸上看到了失望。"

陈晓峰内心被窥破，面红耳赤，说话也不连贯了："对不起……我……"

"是不是想说，怎么专家是女孩子？还这么年轻，能是专家吗？之前你大脑里肯定给专家画过肖像——五十岁左右，头发花白。"

闵娜说完话，一双大眼直瞪瞪地望着他。

陈晓峰笑了，笑完之后，不好意思地挠挠头说："不愧是学心理学的，我心里想的与想说的，都让你说了。"

"陈队，看不出你还挺会夸人的呀！怎么样？我的工作怎么安排？"闵娜问。

陈晓峰望着闵娜，那种眼熟的感觉又一次浮了上来。他低下头仔细回忆，想从大脑某个角落把这种似曾相识的印象找出来。一番努力之后，一无所获，他脸上堆笑地说："你的办公桌已经摆好了，我带你过去。"

"好的，谢谢陈队。对了，来之前，季局长交代我，先把卫水冰晾几日，瞅准机会后再拿下他。"闵娜说。

"你有什么计划？"陈晓峰问。

"季局专门找我谈过话，之后我也思考了一下。像卫水冰这种罪犯，用惯常的审讯手法肯定不管用。所以要变换另一种方式，利用晾他的这几日，我制订一个详细的审讯计划，计划成熟了，再向你和季局长汇报。"闵娜说。

"能不能说说你的想法或者思路？"陈晓峰问。

"我想采用定势心理的审讯方式。"

"定势心理？"

"就是犯罪嫌疑人接受审讯时，准备用什么方法来接受审讯的心理准备，审讯中称为定势心理。我听季局长说，卫水冰现在拒不开口，定势心理其中一条就是定位刺激，找准他的穴道，刺激他开口。"闵娜说。

陈晓峰听了她的话，愣愣地望着她，目光中透着钦佩。原本对她年纪轻轻的就被称为专家表示怀疑，现在有几分信了。

"定位刺激。"陈晓峰自言自语，陷入思索，他想，看来寻找卫水冰的奶奶，正是符合了闵娜的思路。

他坦诚地说："闵娜，我刚才确实觉得你年轻，怀疑你能否完成这个案子的工作。但你这番话改变了我的看法。我会拭目以待，等待你早日制订出计划。"

"说实话，听说你就是陈晓峰，我也有几分不信。原本以为刑警都是那种膀大腰圆的黑脸大汉，脸上有几颗大麻子，手臂有几条刀疤，猛然见了你这么一个白面书生，不相信的同时，还有点失望。"

"哈哈，看来我们都犯了以貌取人的毛病。"陈晓峰笑着说。

闵娜没有像陈晓峰那么开心，脸上只是挂着笑容。

"好，我们共同努力，找出卫水冰的弱点，对症下药，拿下这个毒枭。"闵娜表态说。

说话间，他们已经到了刑警队办公室门外。陈晓峰想，做心理学研究，不能在吵吵闹闹的环境里，要不要给她单独一间办公室？可是队里办公室紧缺，暂时腾不出一间空的。

"闵娜，暂时委屈你一阵，队里办公条件差，只好让你与大家挤大办公室了。"

"没关系，人多热闹，我喜欢热闹。"闵娜笑着说。

陈晓峰对闵娜产生了一丝好感，觉得她落落大方，没有那种惯有的娇气，也没有虞敏菲盛气凌人的泼辣劲，看起来挺真实的，一点也不做作。

陈晓峰领着闵娜走进刑警队办公室，队员们陆续都到了。

"来来，大家停一下，我给你们介绍一下。这位是市局给我们派来的心理学审讯专家，名叫闵娜。"

全体队员都从座位上站起身，并保持立正姿势，行注目礼望着闵娜。

"闵娜，这是刑警队唯一出外勤的女队员，虞敏菲。"

"你好……"

虞敏菲和闵娜热情握手。

"还有一位女性，资料保管员，涂月。"陈晓峰接着介绍。

"你好，大家都叫我小涂，你就叫我小涂吧！"

"这是武渊、李崤、大李……"

逐一介绍完，陈晓峰开始安排办公桌。

李峥似乎觉得队长这样介绍认识的过程太白开水了，没什么滋味。便歪头打量闵娜，慢条斯理地说："欢迎市局给我们队送来一位美女。"

闵娜听了嫣然一笑，有些不好意思地望了李峥一眼。站在李峥身边的虞敏菲不高兴了，她不说话，转身坐回自己座位，背影对着众人，有些僵硬。

虞敏菲的不快被闵娜看在了眼里。

"过奖了，敏菲才是美女，要夸你应该夸她，这么夸我，只能告诉我，你是言不由衷，虚情假意。我充其量算是长得比较顺眼，不让男人觉得难看的女孩子。"闵娜说。

这番话引来众人一片笑声，只有虞敏菲没立即笑。因为她讨厌李峥在众人面前油嘴滑舌的样子，她想到闵娜不知道自己和李峥的关系，便跟着笑了。

虞敏菲的笑声不大，仍背朝大家，但耸动的双肩告诉大家，她没生气。

如此一来，反而让闵娜摸不着头脑了，她没想到自己这么一句话，让大家笑得这么开心。她在众人笑声中涨红了脸，忽然看到大家的目光不时地在虞敏菲和李峥身上扫来扫去，顿时明白了。

这下轮到闵娜笑了。

"好了，今天就笑到这里吧！留着下班接着笑。武渊、大李，你们寻找卫水冰的奶奶有进展吗？"

"我们准备先去卫水冰老家看看。"武渊说。

"那好，这件事让闵娜参与并接手吧，大李配合闵娜，武渊另有任务。"

"是。"闵娜说。

"闵娜刚来，上午休息，先熟悉情况。"陈晓峰说。

"陈队，市局来这里又不是隔省跨市的，我不用休息，我想尽快熟悉案情，早点对卫水冰的外围情况有一个大概了解。"闵娜说。

陈晓峰点点头说："那好，李峥你把卫水冰的案卷拿给闵娜，尽快整理出一个审讯方案。"

"是。"闵娜敬了个标准的军礼。

陈晓峰心情很好，脸上保持完好的笑容回到自己办公室。

就在这时，值班电话响了，铃声在刚刚安静下来的空间回荡，显得有几分急促和刺耳。

武渊离电话近，抢先拿起话筒。

"喂，你好！这里是刑警队，你是哪里？"

"红山派出所！"

李崤听说是红山派出所，以为是找自己的，手指自己鼻子，再指电话。

武渊摆摆手，继续接听电话。

"哦，是邵所长，你好，你好。"

"陈队在的，刚刚离开。什么？邗江宾馆发现尸体……好，是，我马上向队长汇报。"

众人听到武渊说邗江宾馆发现了尸体，齐刷刷地把目光转向武渊。

"邗江宾馆发生命案，我去向陈队汇报……"

陈晓峰并没走远，武渊接电话的时候他仅一只脚出门，后面的话全听到了，他转身快步走回来。

没等武渊汇报，他举手示意，自己听到了。

他拿起电话，也没听邵所长述说情况，直接说："邵所长，请您派人保护现场，尤其是周围不要有闲杂人踩踏，防止犯罪嫌疑人留下的脚印被破坏了。"

他放下电话，开始分配任务。

"刑警队留下小涂值班，其余人跟我去邗江宾馆。李崤通知法医，迅速赶去现场。"

"是。"现场所有人齐声应答。

第五章
水箱藏尸

邗江宾馆逮捕毒贩卫水冰，这个没有星级又不被人记住的宾馆一下子出名了。而且，这个消息很快在网络上传播开来。

虽说卫水冰是通缉要犯，但他用假身份证，又整了容，宾馆前台登记的服务员认不出来也是常理，严格说不是宾馆管理上的漏洞。但有人在网上跟帖没这么客观，说邗江宾馆就是一个藏污纳垢的窝点，黄、赌、毒、偷、抢、扒、拿，小偷惯偷聚集。

宾馆经理看了这样的帖子，非常气愤。这种消息一旦流传开，宾馆生意将大受影响。可是气愤了又能怎么样？又不能找到发帖子的人对骂。

思来想去，唯一的办法是加强对入住旅客登记环节的管理，同时加大宾馆安全保卫措施的投入。宾馆还制定和完善了一些制度，明确规定拒绝所有身份不明者入住，拒绝藏毒、贩毒、吸毒的不法分子入住。

这天，自来水公司抄表员小刘如往常一样来到邗江宾馆抄水表，按说还没到月底抄表的时间，但他听说在宾馆抓了毒贩子，禁不住好奇，想来听听警察抓人的刺激故事。

宾馆水表在顶楼，水电工见到抄表员来了，便陪他来到顶楼天台。

小刘问水电工，警察抓人的场景是否像警匪片。

水电工说那天没在现场，提前下班走了，错过了一场好戏。但是，第二天听现场目击者说警察来了不少，还有狙击手。不过场面一点也不刺激，一枪没放，卫水冰便被抓了。

小刘问："就这么简单？"

水电工说:"就这么简单,不过,狙击手手中的枪与电影、电视里的一样。狙击手趴在值班室房顶上,枪好长,带瞄准镜的。当时大家都很紧张,早躲起来了,不敢看。"

小刘说:"你们宾馆的人真怂,这也不敢看。狙击手枪法很准的,哪会瞄到旁观者呀!"

水电工想了想,哑然一笑,摇摇头说:"刘水表员,你说得还真对。不过,听你这么说,你的胆子挺大的。"

就在这时,水电工忽然想起一件事。备用水箱废弃半年了,前天却有水从换水口流出来。水流不大,估计是里面的水管裂了,不是爆裂。虽这么怀疑,却没有爬上去检查。他实在不想进水箱,成堆的老鼠屎,脏不说,太麻烦了。与小刘对话间,他脑子一转,有了主意,对小刘说:"听说有一名狙击手埋伏在这上面,是预防卫水冰闻风逃跑钻进备用水箱,专门设的埋伏。"

水电工边说边装出一副很神秘的表情。

"狙击手埋伏在这上面?"

小刘也没动脑思考,水电工的谎话漏洞百出,他却没去细加分析,看到水电工的表情很认真,便信以为真了。

"是呀!听说警察身手了得,一纵身,上去了。"

小刘比画了一下,有一人多高,有些疑惑,"这么高?一纵身?我不信。"

"我也不信,可是,人家是警察呀!会功夫,你我肯定不行。不过我看你这身子骨差不多,身轻如燕的样子。如果你当警察,肯定是一把好手。"水电工用一副羡慕的口气打量着小刘的身板。

"那是,咱不是吹,如果我是警察,我一纵身……嗳!真的有狙击手在上面埋伏吗?"

"刘水表员,看你这话说的,我能骗你吗?咱俩多深的交情呀!骗谁我也不能骗你呀。再说了,我骗你干吗呀!又不是上面有一堆金子,不让你捡。"水电工诚恳地说。

小刘禁不住心中的好奇,歪头往水箱顶张望,试着踮起脚跳了跳说:"我上去看看,你帮我一把。"

"行,来,我帮你上去。"

水电工叠起双手，让小刘一只脚踩着，双手合力往上送，小刘借力往上跳，真的上去了。

小刘站在箱顶，一眼望去，空荡荡的，很失望，见水箱盖没上锁，鬼使神差地走过去顺手揭开。箱盖揭开的一瞬间，呼地从里面飞出一群苍蝇，吓得他连忙歪头侧身避让。

"小刘，我怎么听到水箱里有水声，是不是水管坏了？麻烦你帮我看看。"水电工说完捂嘴偷笑。

水电工说话的时候，小刘已经伸头往水箱里看了。

里面光线暗，看不太清，他便让出半个身子，让箱口的光线照进去更多一些。

他看到水挺满的，颜色暗黄。接着他忽然看到墙边一个圆圆黑黑的漂浮物，同时也闻到了一股异样的臭味。

他心想，是不是死猫死耗子？难怪会从里面飞出苍蝇。

漂浮物移动幅度很小，应该是水龙头出水很小。小刘看着像是一顶陈旧的皮帽子，又像卷成团的黑围巾，或一团假发，能看到毛絮状。

小刘揉揉眼睛，再仔细辨认。这时候，他的眼睛已经适应了里面的光线，发现是人头，终于看清了头以下的肩膀和张开的双手。

"啊！"小刘发出一声惊恐的大叫，后退三步，跌坐在地上。

"刘水表，怎么了？"仍在偷笑的水电工问。

小刘吓得连滚带爬，也不要水电工帮忙，纵身跳下来，指着水箱结结巴巴地说："水……水箱里有死……死人！"

水电工愣了一下，望着小刘扑哧一乐说："哈哈，想出这个馊主意骗我上去，门儿也没有，你以为我那么蠢呀！我知道是水管裂了。"

"里面真有死人呀……"小刘气急败坏地冲水电工大声喊叫。

水电工仍不信，以为小刘想骗自己也爬上去。

"你快报警，水箱里真有死人……"

小刘终于醒过神来，直着嗓子像狼一样嚎叫。

水电工吓了一跳，望着小刘惊恐的表情，觉得他不像在说谎，心里开始发毛。他望了望水箱，没敢爬上去，而是掏出对讲机与保卫科通话。

"喂……喂，保卫科谁在值班？听到请回话……"

对讲机咔嚓响了几声，有人回应说："是老卜值班。"

"快叫老卜上楼顶，备用水箱内发现尸体。"

这句话通过对讲机传出去，凡手里有对讲机的宾馆保安全都听到了。一时间，对讲机传出叽叽喳喳噼哩咔嚓一阵乱响。

三分钟不到，冲上来五六名保安。

"尸体在哪儿？"

上来的人第一句问的全是这句话。

现在轮到水电工脸色苍白了，他说不出话来。小刘反而镇定下来了，慢慢地有了一种兴奋感，一一回答询问的同时，补充一句说："是我发现的。"

上来了不少人，目光都投向水箱顶，却没有一个人敢爬上去看个究竟。

"你不是眼花看错了吧？这里面怎么会有尸体……"

"就是啊！我也怀疑你看错了，别是水面上浮条死耗子，你也夸大了说……"

没有人相信，却又没有人敢上去，大家只是一味地围观猜测。

终于，一位四十多岁的中年汉子走上来。

"老卜来了，让老卜说。"

几名保安往后退了几步，让小刘与老卜直接面对。

老卜走到小刘面前问："是你看到里面有尸体？"

"是我看到的。"

"没看错？"

"绝对没有，头泡这么大，手是这样的。"小刘说着做了一个张开手臂的动作。

"如果说谎，一会儿警察来了，由你负责解释。"老卜表情严肃地说。

"我……好……我负责。"

"报警吧！"老卜说。

众人以为老卜会上去看个究竟，想不到他也胆小。

一名保安掏出手机，拨打了110。

红山派出所的邵所长带着两名警察赶到现场，有一名警察上了水箱顶，看清楚里面确实有尸体。邵所长说不要破坏现场，先打电话报给分局刑警队勘查现场之后再说。

十几分钟后，陈晓峰带人到了。派出所已经拉起了警戒线，顶楼天台禁止闲杂人等进入。

不一会儿，一名男法医来到现场。首先由他开始工作，在周围拍照，在墙壁查看攀爬痕迹。取证完了，陈晓峰与邵所长跟着法医顺着梯子上了水箱顶。

法医先在水箱盖周围拍照，拿出透明胶纸小心翼翼地在水箱盖以及把手上采指纹样。

陈晓峰看着法医做完这一切，他接过一只口罩戴上，法医这才揭开水箱盖。他们立刻见到苍蝇飞进飞出，一股尸臭从里面飘出来。

法医从一只银白色手提箱内拿出一支手电筒，往里面照了照，看了十几秒钟，立起身点点头说："陈队，看形状是一具男尸，已经泡大了，最少两天以上。"说完把手电筒递给陈晓峰。

陈晓峰接过手电筒，想到前几天在13层抓卫水冰的时间，心生疑团，心想："死者与卫水冰是否有关？他的同伙？难道是卫水冰行凶后藏尸在这里？"想到这里，他按亮手电往下面照了照，又把手电递给邵所长。邵所长没往里看，还给了法医。

陈晓峰看了看入口，目光与法医对视了一下，说道："这是备用水箱，没有门和窗，尸体已经泡大了，这么小的入口尸体很难弄出来。"

"我也在想这个问题。"法医说。

"通知目击者和宾馆负责人以及水电工上来！"陈晓峰大声说。

李崤和武渊立即去找人。

陈晓峰和法医还有邵所长先后从水箱顶下来。

不一会儿，宾馆经理、保卫科长、水电工，还有目击者来到天台。

李崤开始向目击者了解目击经过，并查验证件。

经理、保卫科长被叫到陈晓峰面前。

"水箱内的水怎么排出来？另外要在墙上开一个门，尸体已经在水里泡了几天了，没办法弄出来。"

宾馆经理听了陈晓峰的话，立即捂嘴要呕。好不容易调整好了，他连忙转身叫水电工："来来，你过来。"

水电工立即快步跑过来。

"你要听警察同志的话，全力协助他们工作。"

水电工连连点头称是。

经理说完要走，陈晓峰叫住他说："你不能走，还有工作需要你协助。"

经理正了正领带，手捂鼻子，一脸的为难。

陈晓峰叫法医带水电工去找排水口。

"武渊，你随经理去查一周内的入住和退房登记，重点排查两人以上结伴退房的男客，尤其是外地人。大李和虞敏菲去监控室，查看这一周的录像，并进行对比。杀了人并弄进水箱里，肯定不是一人干的。入住和退房进行对比，看看有没有少了人。请经理和保卫科长带我们的同志分别去核查，配合一下，辛苦你们了。"陈晓峰说着与保卫科长以及宾馆经理握手。

"邵所长，请您布置警员核查这周在你们辖区有没有人口失踪的报案记录，主要是成年男性。现在还不能具体确定死者年龄。"

"陈队，在我们辖区出了人命案，我这个当所长的有责任，有需要尽管吩咐。我这就打电话让所里查报案记录。"邵所长边说边掏出了手机。

为了放尽水箱里的水，已经从附近建筑工地借来切割机，从墙面开洞。

一小时后，墙面开了半人高的入口，法医进水箱验尸。

陈晓峰打电话将无名尸案向季阳做了汇报。

季阳听说邗江宾馆有命案，很吃惊，但又瞬间镇定下来。

他告诉陈晓峰，自己正在开会，让他做好现场取证工作，不要遗漏和疏忽任何可能的线索，晚上七点在分局会议室召开案情分析会。

与季阳通完电话，陈晓峰心里似乎踏实了许多，这才觉得应该向分局领导汇报案情。事实上，他根本不想向冉鼙汇报，可是又觉得不妥。不管冉鼙懂不懂案子，眼下他是局里负责人，即便是暂代，辖区出了人命案，不向他汇报，直接向上级汇报，也是越权，是对他的不尊重。想到这里，他硬着头皮给冉鼙打了个电话。

电话接通了，陈晓峰说："冉局长，无名尸体被藏在水箱里，尸体经水浸泡几天，已经高度腐烂、发臭。法医正在现场验尸，搜集证据，您要不要来现场看看，布置如何开展侦破？"

冉鼙听说尸体已经腐烂、发臭，连忙说："这案子交给你们刑警队负责侦破。你是队长，由你负责，现场我就不去了。这样吧，下午开一个碰头会，到时我参加。"

"冉局长，恰好刚才季局长打电话来询问卫水冰的案子，我顺便将这里发生的案子向他做了简要汇报，季局长的意见基本与您一致，他的意思是晚上七点召开分析会,到时候我们这边的现场证据,以及尸体解剖结论也出来了,您觉得这样行吗？"

冉麸听说季阳先于自己知道案子,而且定了会议时间,一口气堵在胸口。但回头一想,大夏天的,看这种恶心的现场,让人无法忍受。既然你们都觉得我不懂案子,那就由季阳来拿主意吧,我也乐得清闲,有什么不好。但是,陈晓峰这种做法,明摆着不把自己这个代理局长放在眼里,完全是目无领导的表现,以后有机会一定要收拾他一下。冉麸拿着手机想心事,没做表态,听陈晓峰继续往下说。

"我在想,三天前我们刚在这家宾馆抓了卫水冰,却又在这里出现无名尸案。从尸体腐烂的程度来看,与抓卫水冰的时间基本吻合,怎么会这么巧合？但是,现在没有证据指向卫水冰。"

"嗯！你分析得有理,卫水冰确实有嫌疑。你的工作热情和积极性很高,具备一定的破案能力。好,就按你的思路捉拿罪犯。"

尽管冉麸心中对陈晓峰不满,说话时脸色铁青,但仍能控制语气节奏,且透着几分鼓励,凭谁也无法从这种语气中想出是一个脸色铁青的人说出来的。

"好。那先这样,有什么新发现,我再向您汇报。"

各自收了电话,陈晓峰松了口气。

法医搜集完现场证据。事实上,现场毫无证据可寻,尸体是裸体,水排尽后,没找到丝毫有价值的线索。

法医请示陈晓峰同意,打电话给120指挥中心,将尸体运去医院太平间冰冻封存,等待解剖。

警戒线外的警察,对整个天台进行了仔细搜查,没有发现蛛丝马迹。

当晚,在白水区公安分局会议室召开了第一次案情分析会,参会人员是刑警队全体干警,闵娜列席,季阳七点准时来到了会议室。

会上首先由法医讲述尸检结论。

法医名叫郝奇,年逾四旬,有十五年的法医经验,鼻梁上架着一副黑边胶框眼镜,显出几分书呆气。

郝奇站起身,拿出一沓照片交给电脑操作员,交代他幻灯片的顺序。之后他走回墙边,拿起一支镀镍指挥棒就白色墙上显示的一张张照片向大家解说。

"死者为男性,身高一米七五,上下误差一公分。从尸体的腐烂程度分析,死亡时间可以确定在四天前,不会超过五天。从尸检来看,此人不是溺水而亡,因为胃里没有积水，可以肯定是被杀之后弃尸水箱。从胃内少量积液检出一种麻醉药物成分，经化验这种麻醉药名叫阿芬太尼（Alfentanil）。也就是说，他在死之前服过麻醉药。但是，在他的脖子下方，发现六七公分的勒痕，舌骨也表明这一点。我仔细检查了尸体，外表没有发现任何伤痕，连细小的挠痕也没找到，说明他在死之前根本没发生过任何搏斗。由此判断，他是喝了麻醉药昏迷或昏睡之后被勒窒息致死。可以认定将其勒死的工具不是绳索，而是带状物。我们在现场没有找到有价值的线索，现场已经被破坏了。水箱墙壁也没发现蹬踏的鞋印，水箱顶盖遗留的指纹，经核对，是自来水公司姓刘的男子，就是第一个发现死者的目击证人。没查到有其他人的指纹。"

郝奇讲完了。

大李、虞敏菲分别汇报了对宾馆入住旅客登记的检查结果，没有发现可疑人员，也没有查到两名以上男人同时入住的记录。

武渊也查看了监控录像，他称还没有全部看完，暂时没发现可疑对象。

陈晓峰见大家讲完了，站起身，走到墙边，拿起指挥棒，指着墙上照片说："死者脖子下方有勒痕，且从弃尸现场来看，毋庸置疑，这是一起有计划、有预谋的凶杀案。可以肯定，犯罪嫌疑人应是两至三人。我在想，为什么犯罪分子要将尸体扔进废弃的水箱？是故意的还是另有原因？另外，案发第一现场是哪儿？宾馆房间？还是天台？从被害人一丝不挂的特征来看，第一现场在天台的可能性比较小，应当就在宾馆的某一个房间。如果是宾馆某一个房间做完案子，发案时间是夜里？还是白天？之后用什么办法把尸体弄到天台丢进水箱？犯罪嫌疑人不可能明目张胆地把一具一百多斤的裸尸扛上天台。他们的运送工具是什么？针对上述疑点，可以肯定尸体是在晚间或夜间运到天台，丢进水箱。那么作案时间在白天或晚上都有可能。郝奇前面说了，死者服了麻醉药，是在昏迷或昏睡状态下再被勒窒息，这个信息告诉大家，凶手这样勒死受害人是为了不产生反抗搏斗，引起第三人注意。同时还告诉大家一个信息，死者与行凶者有可能是熟人。那么，这宗凶杀案是仇杀还是情杀？下一步我建议把工作重点放在以下几点：首先要确认死者身份。一是尽快将死者头像复原成照片，明天上午上班后发给宾馆的每一个工作人员，保安、服务员、清洁工，让他们辨认死者，是不是曾经入住过的房客。二是在全市搜集失踪人口报案记录，对照死者长相、年龄和身高进行排查。三是对宾馆13层所有房间进行全面检查。

作案现场很有可能就在13层的某一个房间，因为这一层离天台最近，重点对靠近电梯或安全通道的几个房间进行排查，并且对一周内入住过13层的所有住客身份进行核对。武渊和大李还有虞敏菲，争取在最短的时间内看完一周的监控录像，看看能否确定死者进入宾馆的时间，重点调看13层的监控录像。以上是我个人对这宗案子的观点，如果大家有不同意见、看法、思路，都提出来，最后请季局长做总结和指示。"

陈晓峰讲完了。

这时，冉鼛走进会议室。他是听司机说季阳来了，这才匆忙赶了过来。

他与季阳客气握手之后说："对不起呀！季局长，我迟到了。由于区政法委领导找我谈工作，没能及时赶来听案情分析会，刚才同志们都谈了吗？那么我们先请季局长做指示。"

与会的刑警队员都觉得惊讶，大家对案情还没分析完，让季局长做什么指示呀？

季阳一直安静地坐在椅子里听陈晓峰分析案情，没做任何表态，却首肯他的分析。听到冉鼛的提议后，他连忙说："先听现场勘察的同志汇报，最后我再说吧！"

冉鼛说："既然季局长这么说，那也行，大家各抒己见，大胆分析案情。俗话说三个臭皮匠，顶一个诸葛亮。我看在场的都不是臭皮匠，都是破案高手，定能找出破案良策。好，下面继续谈。"

李崤举手要求发言。

陈晓峰点头示意。

李崤站起身说："我同意陈队的分析，既然是有预谋的谋杀案，而且又是团伙作案，因此我对死者的身份有两点疑问。第一，死者有可能不是住客，会不会应约前来会客？如果是应约会客，约他的人有没有可能是女人？如果是女人，会是什么女人？情人？还是暗娼？我上述观点，是对宾馆住客彻查时想到的。我们不能仅仅局限于两至三人的男住客。第二个疑点，死者会不会是移尸宾馆，罪犯故意玩障眼法，把我们的调查重点吸引到宾馆住客身上？也就是说，案发第一现场根本不在宾馆内。"

虞敏菲听到李崤如此说话，明显是在驳陈队对案情的分析，她担心地看了一眼陈晓峰，脚在桌子下面轻轻地踢了踢李崤。

这个动作好多人都看到了，有人忍俊不禁，发出轻微的笑声。

李崝看了她一眼,迟疑了一下,尴尬地说:"我仅仅是猜测,仅供参考。"

陈晓峰表态说:"李崝分析得有道理,在我们没有侦破案情之前,任何一种可能性都存在,而且前面我说了案发第一现场有可能在宾馆,没有绝对肯定。所以,大家要大胆发言,说出自己的见解,不要有什么顾虑,更不能想着自己的分析与别人的不同,便是在驳对方的面子,这种想法千万要不得。一个刑警队员应该特别具备的素质是,他的所有观点不带有私心杂念,一心只为案情。一个目的,尽早破案。"

武渊举手发言,陈晓峰点头。

武渊站起身说:"陈队,有一个情况我先向你汇报一下,邗江宾馆的监控存在一个问题。他们的监控资料,仅保留三天。如果按郝奇推断的死者死亡时间在四五天计算,现在我们看的所存录像资料根本没什么价值。"

武渊的话让陈晓峰和季阳吃了一惊。

大李接口说:"邗江宾馆的生意一直很淡。据保安反映,宾馆的监控设备不全,还使用录像带,而且录像带重复使用,是为了降低成本消耗。"

陈晓峰皱起眉头,他望了季阳一眼,低眉沉思。原本希望从录像中找出嫌疑犯的影像,如此看来,可能性很小了。

虞敏菲说:"邗江宾馆的住房登记也有漏洞,登记很不认真。双人房仅登记一名住客的身份证。我看了一下,登记的身份证号码也有问题,服务员工作马虎,号码写得不全,有的仅写了几个数字,后面用横线替代,要么就是假证。我问服务员怎么回事,为什么不写全了身份证号码。服务员回答说,有时客人催得急,很不耐烦,只好随便写几个数凑合算了。服务员的话不可信,从侧面能看出邗江宾馆内部管理松散。"

虞敏菲的话让会议出现冷场。

许多人都在想,怎么还有管理这么混乱的宾馆存在。

冉麸见大家都不说话,他说:"陈队长,你今天在电话汇报中提到,弃尸案与卫水冰有关系,这个观点是不是成立?如果成立,为何不立即提审卫水冰?"

大家不禁把目光放在陈晓峰和冉麸脸上流转,其实今天在现场的每个人都想过两个案子之间有没有牵连,但最终都觉得不可能。

陈晓峰从沉思中抬起头,扫视大家一眼说:"我当时确实想过与卫水冰有牵连,甚至想过是卫水冰所为。因为太巧了,我们在宾馆抓了他,过了几天便在他住过的地方发现了弃尸。但之后,我经过反复思考,觉得纯属巧合。在布置抓捕卫水冰的会议上,季局长说了,卫水冰自入境以来已经在监视范围内,住进邘江宾馆之后的所有活动都在监视之下,而且他入住前几天几乎没出过门,也没会过什么客人。做这样一宗有计划有预谋的杀人案,需要时间策划,需要帮手,卫水冰不具备这几个条件。"

"嗯!有道理。那就是可以排除卫水冰与这桩案子之间的关系了?"冉麸问。

"我觉得可以排除。"陈晓峰肯定地说。

虽没有人附和,但大家都在心里肯定了陈晓峰的分析。

案情分析会到了这个时候,接近了尾声,应该是季阳做总结和指示的时候了。所以,众人端端正正地坐着,等候季阳说话。

"季局,请您做指示吧!"陈晓峰客气地说。

"冉局,您先讲吧!"季阳微笑地对冉麸说。

"呵呵,季局长,请您给大家做指示吧!我就不在这里班门弄斧了。"冉麸谦虚地说。

季阳与冉麸客气谦让之后,目光扫视众人,脸色慢慢阴沉了下来。

他用让人熟悉的缓慢语气说:"今天是7月27日。这个案子就定为'7·27'邘江宾馆凶杀案!"

说到这里,他停顿了一下,看了一眼冉麸和陈晓峰,见他俩没有异议,接着往下说。

"临来之前,局长吩咐,由我坐镇指挥破获这宗凶杀案。凭我个人的能力,即便三头六臂也不行,还是靠在座的各位,大家有没有信心?"

"有!"

众人没有意识到季阳会突然要大家表态,回答不够洪亮,也有点稀稀拉拉的。

"我听着信心不足啊!"季阳笑了笑加重语气问道:"大家有没有信心?"

"有!"

声音比上一次洪亮有力,也更为整齐,季阳满意地点点头。

"要结的案子不仅是'7·27'这个凶杀案,还有卫水冰的案子,一定要让他开口。"说到这里,他把目光转向一直端坐在第二排的闵娜,闵娜微笑地点点头,脸上有几分腼腆。大家随着季阳的目光,这才注意到闵娜的存在。

闵娜与陈晓峰的目光交汇到一起，俩人同时躲闪了一下。

"绝不能给卫水冰留下任何妄想。他拒不交代，无非是在嘲笑警察拿他毫无办法，任他耍弄。要在他伏法之前，让他开口，让他心服口服地开口，必须要他在我们刑警面前低头。"

几句提气的话，让在座的刑警队员们坐直了身体。

季阳接着说："市局局长让我坐镇水箱抛尸案，具体工作还得靠在座的干警去完成。这样吧！我和冉局长做你们的后勤保障，重点落实经费和交通工具。冉局长，我擅自做主了，你同意吗？"

冉敖哈哈笑着说："好，我专心当好专案组勤务兵。"

"你不能当勤务兵，你是总务，我是协助你，共同保障后勤工作。"季阳说。

众人被季阳的一番打趣逗笑了，原本严肃的会场气氛活跃了许多。

"下面我宣布'7·27'专案组成立。组长季阳，副组长冉敖、陈晓峰。办案人员，白水区刑警队全体队员。另外，专案组吸收一名特殊队员，闵娜，审讯心理学专家，不仅仅要负责对毒贩卫水冰的审讯，也要对这宗凶杀案的凶手进行心理分析，为一线破案队员寻找论据。"

闵娜站起身，一个标准的立正姿势回答季阳："是。保证完成任务。"

陈晓峰望着闵娜略带羞赧又充满自信的眼神，心里忽地一跳。他又悄悄瞟了一眼虞敏菲，见虞敏菲脸挂笑容，与李崤小声嘀咕着，还时不时地点点头。不知为何，过去每每想到虞敏菲与李崤在一起，他心中会生出一种酸意，甚至会生出烦躁，而此时，丝毫没有这种感觉，内心很平静。

再望一眼闵娜，她已经坐回座位。

"前面你一直坐着没发言，你对这宗案子有什么思路或者建议？"季阳面向闵娜问。

闵娜见季阳又问到自己，便又站起身。她先看了一眼陈晓峰，显得有些犹豫。陈晓峰点头示意，她这才定了心说："我把自己的想法说出来，但不成熟。"

"你直说无妨，在场的所有人都是为了一个共同目的，为了尽快破案，你有什么说什么吧。"季阳说。

"好，恕我直言。首先我同意陈队说的，第一犯罪现场就在宾馆某个房间。凶手把死者扔进备用水箱，脱去死者身上的所有衣物，放满水，目的是为了消除遗留在死者身上的犯罪痕迹，也就是犯罪证据。比如：指纹、发丝、皮屑。罪犯还有另一个目的，不想让破案人员查到死者身份，或尽快查到。由此，我想到，凶手将死者扔进备用水箱，并不是当初设定好的抛尸现场，而是迫不得已。前面陈队说过，在宾馆抓捕卫水冰的时间与死者死亡时间非常接近。也许，正是凶手见到了抓捕卫水冰，心里害怕了，才匆匆抛尸。如若不然，我们至今也没有发现尸体，谁也不知道早已经发生了一起凶杀案。"

这番话让在场的刑警频频点头，也有人觉得她说的话太过巧合。

闵娜略微停顿了一下，接着往下说："说到这里，我想到另一个问题。死者穿的衣服是被带走了？还是丢在了宾馆的什么地方？如果销毁了，一定有销毁场地，这或许是一条线索。同时，我推测，这个犯罪团伙，或者这个犯罪团伙的头目，心理素质非常稳定。匆忙抛尸仍知道如何消除犯罪痕迹，这就是说，我们的对手，不是普通的杀人犯。好，我的话说完了，仅供参考。"

此时，会场足足安静了约半分钟，大家都在回味闵娜说的话。是啊！如果不是罪犯匆忙抛尸，至今谁也不知道已经发生了一起凶杀案。

陈晓峰首先回过神来，带头鼓掌。

众人报以热烈的掌声。

闵娜面红耳赤，连连摆手说："不好意思，意见不成熟，让大家见笑了。"

季阳举手示意了一下，掌声立止。

"好。掌声就是表扬和鼓励，我就不多做点评了，但是不要骄傲。"季阳说。

众人笑了。

"前面晓峰和闵娜还有几位同志对案情的分析，我个人以为合乎逻辑。从明天开始，重点查清死者身份。如果死者是本市人，我相信很快会弄清楚的，现在我最担心他是外地人。"

冉麸、陈晓峰同时点头。

第六章
钓鱼诱饵

欧亚东没有让古雪燕直接参与自己的计划，而是由瞿虎介绍的褚菁菁演前戏。他知道，这件事一旦让古雪燕参与，秘密就不存在了。

他不想让古雪燕沾上此事，自己的家事是在认识她之前发生的，与她无关，绝不能让她受牵连。

由褚菁菁参与，仅限于由她将韩石引出来，别的事不让她沾手，也不让她知道事情的真相。将来案发，她不知真相，涉案不深，法官会对她从轻处理，她不会有牢狱之灾。

欧亚东心里清楚瞿虎帮自己的目的，表面看是为了学几手拳脚防身，事实上他心里也有仇人，想报仇，可他自己没有能力做到，意在借助外力，这是他甘愿褚菁菁出面帮欧亚东的真正动机。看破了这一层后，欧亚东决定帮瞿虎了却心愿，这样就能让瞿虎成为兄弟，对今后发生的事守口如瓶。

这晚，欧亚东与瞿虎、欧宝松喝酒，酒喝到一半，当瞿虎有了酒意的时候，欧亚东说："瞿虎兄弟，你心里是不是有仇人，想练拳脚报仇？"

瞿虎没有犹豫，当即说："东哥，我有仇人，可是我打不过他，而且他有后台。这个仇在我心里埋几年了，都快成脑瘤了，拿他一点办法没有，还得躲着他。"

"好，我不问你们之间的仇怨，不问谁是谁非。这事我替你了结，但不能有命案，给他一个教训，让他长长记性。"

瞿虎愣住了，张大嘴半晌说不出话。片刻，他搓了搓发红的脸问："东哥，你说的是真的？"

"你叫了我一声东哥，就是我兄弟。兄弟心里有事，做哥哥的不能帮你了却，还有脸当你东哥吗？"

"东哥，你够义气，我一早听宝松说过，从小到大都是你在护着他给他撑腰。我羡慕他有你这么好的哥哥。我是独子，经常被人欺负，还不能回家告诉父母，身上不敢有零用钱。我偷盗电缆的案子，是替别人背黑锅。"

"他就是你的仇人？"

"是的，是我人生中最大的一场灾难。我一直在寻找时机，可是，无法下手，他有势力，有后台，有一帮打手跟着，我起初是他手下的跟班。"

"邗江人吗？"欧亚东问。

"他就是城北的卢生保，外号卢森堡。"

"我听说过这个人，在城北欺行霸市没人敢惹。"欧亚东说。

"不说别的，就说拉客，凡在城北蹬三轮拉客的，没有不交保护费的。不交钱碰到就挨揍，轻则一顿拳，重则砸车子。"欧宝松说。

欧亚东心里默默地说："我平生最恨欺负平民的恶人。"

"私下里谁都知道他跟城北派出所所长关系很铁，宾馆、酒楼，大大小小的娱乐场所不按月孝敬的，卢生保就派手下闹事砸场子。"

瞿虎接着讲述了自己为卢生保顶替盗窃案的罪名，入狱三年的经历。可是，刑满出狱后，最尊敬的大哥却不承认有这档事。那一刻，瞿虎是欲哭无泪，痛不欲生。经历牢狱之苦不说，他的父母也没有得到卢生保许诺的照顾，因此忧思成疾，差点双双丧命。经历了这件事之后，瞿虎内心触动很大，几次去找卢生保讨说法，卢生保推着不见，之后他反复上门去找卢生保，反而把卢生保激怒了。

卢生保说："你是不是嫌判得太短，还想进去蹲几年？我告诉你，当年你不是替我顶案，是替别人。今天我允许你最后一次上门见我，再敢来，别怪我不念你当年的情义。惹得我不高兴，又一桩案子飞到你头上，接着顶。"

这番话让瞿虎又惊又怒，他想起牢狱生活，浑身哆嗦。他伸直脖子，想说出一句表示抗争的话，但光张嘴，说不出话来。

卢生保望着瞿虎胆怯的神态，嘴角挂着得意的狞笑。

瞿虎心中的悲愤、委屈直往上涌，眼里噙满泪水，但他忍住了，没有在卢生保面前流出眼泪来。

瞿虎伤心地说："我当你是大哥，心甘情愿替你入狱。我在狱中，你没有照顾过我父母一天，没去看过他们。我刑满出来，你没有一句感激的话，当什么事都没发生过，还说出这种无情无义的话，你是人吗？我当年可是一口一个大哥叫你呀！"

"瞿虎，你少来套近乎，你来不是为了叙兄弟感情，而是想要牢狱补偿。我告诉你，我一分钱不给你。我再告诉你，当年那案子不是替我顶，而是另有其人，我只是从中收了替人消灾的钱。"

"你收了替人消灾的钱，我却没有得到一分。"

"这笔钱早花光了，你一分也拿不到，再敢来找我，还让你进去。我说到做到。"

瞿虎望着卢生保，他明白了，是卢生保收了别人的钱，到头来自己还不知为谁顶的罪。瞿虎越想越憋屈，越想越悲哀，欲哭无泪，恨不能一头撞死在南墙上。

"滚！"

"滚出去！"

几名打手面目狰狞地怒喝。

瞿虎内心的委屈化为愤怒，形成一团怒火，仿佛要把他从里到外点燃了。他的脸上开始充血，眼里布满血丝。可是，当他看到几名打手手握木棒往自己身边聚拢时，他的愤怒瞬间消失了，垂下头快步走了。

瞿虎想到"君子报仇十年不晚"这句话。

他回到家，拿定主意，先赚钱，赚够了钱，有了实力再寻机报仇。可是，自己身无一技之长，又无文凭，要找一份赚钱的工作并不容易。最后他想到办法，借钱买了一辆机动三轮车，跑出租拉客。

但是，瞿虎不敢去卢生保的地盘拉客，不想被他的手下看到，成为他们的笑柄……

欧亚东听了瞿虎的讲述，沉默不语。他没说一句表示同情的话，也没许诺为他报仇。

瞿虎以为欧亚东知道卢生保势力大，不敢招惹他。

这晚聚过之后，欧亚东、欧宝松和瞿虎很少聚在一起，瞿虎把报仇的事渐渐忘了。

时间不紧不慢地过去了半个月。

一日，瞿虎起晚了，骑着三轮车上街，见自己错过拉客高峰，便把三轮车停在街边。他看到同行手举一张报纸在空中兴奋地摇晃说："快来看，城北的卢生保被挑断脚筋，下巴骨被打碎……"

瞿虎听了，愣了一下，以为听错了，伸手抢过报纸。

这是昨天的晚报，上面一条黑色标题写道："城北发生斗殴事件……"

看到这里，瞿虎的心几乎从嗓子眼跳了出来，他抑制住激动，揉揉眼睛继续往下看。

瞿虎逐字逐句地看完整篇报道后，激动地将报纸抛向天空说："老天有眼，终于有人替我出了这口恶气。"他说完这句话，心头咯噔一跳，难道是他？他再度翻开报纸，从头至尾又看了一遍，没发现别的信息，也没有抓捕凶手的只言片语。瞿虎皱着眉头把报纸还给同行，掏出手机给欧亚东打电话。

欧亚东的手机处于关机状态，他内心一紧，担心他出了什么事，连忙给欧宝松打电话。电话通了，瞿虎按捺不住内心的激动，大声说："宝松，卢生保给人挑断脚筋，成了残废，新闻登在《邗江晚报》头版。"

欧宝松惊讶地说："我没看到报纸。"

瞿虎压低嗓门问："东哥在哪儿？我打他手机是关机。"

欧宝松笑了笑说："我哥跟我在一起。"

"你们在哪儿？我马上过来。"瞿虎兴奋地说。

瞿虎认为是欧亚东做的，又不能确定，听到欧宝松与欧亚东在一起，吊起的心放下了。瞿虎想快点见到欧亚东，把好消息告诉他，同时想弄清楚是不是他做的。

途中，瞿虎打电话给褚菁菁说："菁菁，你看一下昨天的晚报，我上次跟你说过的，害我的那个仇人被人挑断了脚筋。"

褚菁菁还没睡醒，被瞿虎的消息惊醒了，她诧异地问："是真的？谁做的？"

"我不知道，晚上见面再说。"

瞿虎见了欧亚东，见欧亚东神色镇定，却又对报道的事件没有惊讶，心中隐约觉得是他做的，瞿虎对他充满了感激和崇拜。

大仇得报，了却心愿。瞿虎不顾欧宝松在场，倒身下跪，声音哽咽着说："东哥，你了却了我心头的这桩仇恨，这个仇恨是一个男人的耻辱，压得我喘不过气。没有你，我就不能痛痛快快地活着。你是我瞿虎的恩人，从今往后，给你当牛做马我都愿意。"

欧亚东将瞿虎从地上扶起来说："兄弟，卢保生作恶多端，迟早会有这种下场。

他让自己的兄弟顶罪，收的钱却自己独吞了，这是畜生所为。他害得我兄弟这么惨，当哥哥的容忍这样的人横行霸道活在世上，我都觉脸红。"

"东哥，以后有什么事要我瞿虎做，你尽管说，我和宝松一样，是你亲弟弟，有血缘的。"瞿虎激动地说。

"好，是自家兄弟。我也正有事要跟你说，要你帮忙。"

"东哥，有事你尽管说，我瞿虎皱一下眉，就不是人。"瞿虎说。

瞿虎无法掩饰大仇得报的激动，抑制不住满心欢喜，面上带笑。

"今晚我请客，我们到时聚了再说。"欧亚东说。

"今晚我请，谁也不许跟我争。"瞿虎说。

晚上，欧亚东等酒喝到一半，各人都有醉意的时候，说出需要瞿虎的朋友褚菁菁帮自己做一件事。

瞿虎带着酒意说："东哥，这么小的事，让你这么难开口吗？我现在就打电话让她过来，有什么需要她做的，你自己跟她说。"

瞿虎说着掏出手机当场给褚菁菁打电话。电话通了，他告诉褚菁菁来川味烤鱼馆，有事找她。

欧亚东没有阻止他打电话，此时他也要观察一下褚菁菁，当面问她是否愿意帮自己做事。

在等褚菁菁到来的时候，欧亚东问："你和褚菁菁是怎么认识的？你觉得她人怎么样？可信吗？"

"哥，我见过褚菁菁，她对瞿虎兄有感情，我看着不像假的。"欧宝松说。

"哦！"欧亚东点点头没说话，仍望着瞿虎。

"我和她认识是半年前的事。"瞿虎小声说。

瞿虎告诉欧亚东，是自己先喜欢褚菁菁的，虽然知道她是夜总会小姐，但他想着自己服过刑，没理由嫌弃她。瞿虎当着欧亚东、欧宝松的面，讲述自己与褚菁菁之间的事，似乎有些难为情。

欧亚东宽慰他说："每个人都有犯错的时候，但并不是每个人都愿意犯错，或故意犯错。"他鼓励瞿虎继续往下说。

褚菁菁在夜总会上班，下夜班后坐过瞿虎的三轮车。

瞿虎拉过她一次，忘不了她留在车内的香味，他有心认识她，常于夜间在她上班的夜总会门口等她下班。按说夜总会小姐夜间不敢搭乘类似瞿虎驾驶的机动三轮车，感觉不安全。有几次，瞿虎明明等到她了，她仍打出租车走了，也许她根本就不记得坐过瞿虎的车子。

这天出了一个意外，这个意外给瞿虎与褚菁菁的相识制造了机会，他俩的关系也从这次偶然，开始向前发展。

褚菁菁这晚陪的客人是某银行信贷科科长，名叫杜安。杜安喝多了酒，仗着手中掌握信贷的权力，硬要带她去开房。褚菁菁告诉他说自己今天身体不适，杜安不信，说她说谎。事实上，这天褚菁菁确实身体不适，但更多的是从心里厌恶这个仗着自己手中握有资源的科长，不只因为这人长相黑瘦猥琐，更看不惯他忘乎所以满嘴跑火车的德行。

科长说："如果你今晚不跟我走，我在老板面前说一句话就能把你从这家夜总会赶出去。你知道我跟这里的老板是什么关系吗？他能开这个夜总会，是我帮了他大忙。"

褚菁菁听了这句话，心中十分恼火，但她深知自己做这行，不能得罪这类人，于是，她不得不赔笑脸。这世上什么人都有，什么事都能发生，说不准他真的和夜总会老板很熟。何况自己做这行，得罪了客人，等于破坏了规矩，如果被撵出这里，去另一个夜总会，日子也不会好过。

可是，即便如此，她仍不愿同他开房。为了脱身，她请来夜总会领班出面调停，她说不是不愿意陪客人，的确是身体不适。好说歹说，以褚菁菁不要服务费为条件，杜安没再纠缠。

褚菁菁心里气恼不过，不想因为一晚的不快失去今后在这里挣钱混饭吃的场子，她决定提前下班。

可这晚杜安偏偏就认准了褚菁菁。他老觉得她是说谎，他也看出她害怕自己，服务费也不敢要了，觉得有机可乘。眼见她一个人拎包提前走了，杜安便悄悄跟在她身后，等她出大门之后截住了她。

褚菁菁心头叫苦不迭，心想今晚撞鬼了，碰到这么个无赖。她心里厌恶得想吐，可是嘴上仍不敢说得罪他的话。杜安的行为连夜总会的保安也看不过眼了，上前劝说，可是，杜安就是不放她走。

褚菁菁走出大门，瞿虎就看到她了。他奇怪她今晚怎么这么早下班，眼看路边停了十几辆出租车，他没将三轮车往前靠。出租车司机很齐心的，见到三轮车敢抢生意，能联合起来把三轮车掀了。瞿虎心想，今晚又拉不上她了，望着褚菁菁出了大门往路边的出租车走去，心里有几分失落。

正在瞿虎满心失望的时候，忽然看到一个瘦小的男人脚步踉跄地从大门内冲出来，拦住褚菁菁。他稍稍愣了一下，感觉有事要发生，或者是她遇到麻烦了，便跳下三轮车，快步迎着褚菁菁走去。他想看看发生了什么事，拦她的是什么人。

瞿虎走上前，看到褚菁菁低三下四地向黑瘦的男人哀求说："老板，我真的身体不适，不能陪你。"

瘦小的男人喷着酒气，口齿不清地说："我不信，你……你是故意搪……搪塞……"

"老板，如果你不信，我去洗手间给你看。"褚菁菁说出这句话的时候脸色苍白，眼泪都要流出来了。

见此情景，瞿虎无法按捺心中的怒火。一个男人，竟然如此嚣张，当着众人的面逼得女孩子低三下四地求饶，他恨不能上前一脚将这个男人踢下台阶。

这个时候，杜安仍没有放过急得快要哭出来的褚菁菁，也没有看到怒目而视的瞿虎，仍是一副无赖的嘴脸，并伸手往褚菁菁的胸上摸去。

"褚小姐，你今晚跟我去开房，我保证给你平时三……三倍的价钱。"杜安的手在她的胸部使劲拧了一把。

"哎哟。"褚菁菁疼得尖叫，眼泪也流了下来。

这个猥亵动作，引得几个看热闹的男人发出淫邪的奸笑。这样的笑声也似乎成了对杜安的鼓励，他再度伸手往她胸上摸去。

正当褚菁菁本能地双手抱胸躲避，忽然眼前一闪，一条黑影冲上前，架住那只枯瘦的手，用力往后一拧，再往前一送。杜安往前踉跄了几步，倒在地上。

褚菁菁还没反应过来，便被人拉着手快步往路边跑，之后被推上了三轮车。

瞿虎不说话，开着三轮车加大油门驶入主道车流，他左穿右插如草原上的骑手。

褚菁菁惊魂未定的心平静了，冷静之后，她清楚自己得罪了有背景的客人。她说："怎么是你？谢谢你替我解围。可是，你这样做，让我以后不能在那边工作了。"

瞿虎听到她的感谢话，很高兴，但是她后面的话明显在埋怨自己救了她，心里不是滋味。

当他鼻子闻到她身上那股久违的香水味时,他便很快忘了不快。

"那个男人长成那样了,让他摸你的胸,我看着都来气。"瞿虎头也不回地说。

褚菁菁脸上挂不住了,她说:"你当我愿意呀!他有钱有势,跟老板关系好,我不敢得罪他。"

"你说你,长得漂漂亮亮的,干什么不行?随随便便让这种男人占便宜,不做噩梦吗?"

"停车,不坐你的破车了。你不就是一个开破三轮的吗?还有脸说我干这干那的,有本事你干出挣大钱的事来让我开开眼!"

瞿虎不理她生气,也不说话,闷头开车。这晚他开着车子满街乱跑,也不问她去哪儿,最后他在江边停下车子,对褚菁菁说:"下来走走吧!"

不知为何,褚菁菁没有拒绝他,俩人沿江边走了很远。

对岸点点灯火眨着眼睛,靠岸泊船的灯影在水面上拉长倒影,偶有船桨的拨水声隐隐入耳,灯和水构筑成夜色特有的宁静。

瞿虎望着褚菁菁眨动的一双大眼,觉得她更漂亮了。

"自从你坐过我的车,我时常在夜里去你上班的地方等你,可你看也不看我。"瞿虎望着远处说。

"你干吗等我下班?我是夜总会小姐,值得你等吗?"

"我喜欢闻你身上的味道,你坐过我的车,我几天没去拉客,车厢里的香味散尽了,我才去做生意。我没有在意你做什么,坐台只不过是陪酒而已,我是拉三轮的,正如你所说,我是没本事挣大钱。"

"我刚才是说气话。不过,我坦白地说,我是为了挣钱,我喜欢能挣大钱的男人。"褚菁菁望着对岸说。

瞿虎没说话,心里为自己不能赚大钱而感到难过。过了半晌,他问:"如果那个男人还去找你麻烦,纠缠你,怎么办?"

"我不知道。"

"他再纠缠你,我去教训他。"瞿虎坚定地说。

"你愿意为我出头?"

"愿意。"

"你为什么要对我好?"

"我没喜欢过女孩子,可是,看到你,我就忘不了你。"

"我不值得你对我这么好的。"褚菁菁幽幽地说。

"我只知道我喜欢你。"瞿虎说。

褚菁菁心里很矛盾,却又对他不嫌弃自己是夜总会小姐而暗自高兴。这晚,瞿虎送她回了出租屋,他要她的联系电话,褚菁菁没有拒绝,掏出一支笔,把号码写在了瞿虎的手背上。

瞿虎刚讲完与褚菁菁相识的经历,褚菁菁就到了。欧亚东让服务员添餐具、加菜。

褚菁菁连忙摆手说:"我吃过饭了,不用客气。"

互相简短介绍后,就算认识了,欧亚东点了一杯咖啡给褚菁菁。

褚菁菁望着欧亚东坐姿端正、长相帅气,衣着与发型一丝不苟,外表给人干干净净的感觉,而瞿虎与其相比简直天壤之别,她脑中生出奇怪想法:"瞿虎怎么还能认识这样的男孩子?"

这时,欧宝松起身离座说:"哥,我和瞿虎去拉两趟客,现在客流高峰,过一会儿再给你电话。"

瞿虎听了欧宝松的话,望一眼欧亚东,明白他有事与褚菁菁谈。其实他很想知道欧亚东找褚菁菁办什么事,看到欧宝松主动离开,明白不便留下来,也只好表现出自觉的样子,起身与欧亚东和褚菁菁作别。

褚菁菁不知道瞿虎搞什么鬼把戏,自己来了,他却要离开,她没明白什么意思,也起身要走。

欧亚东说:"褚小姐,请稍等,我有事请你帮忙。"

"菁菁,他是我哥,你别担心。对了,我还没跟你说。"瞿虎说到这里,把嘴凑到她的耳边压低声音说,"我的仇是东哥替我报的。"

"什么?"褚菁菁惊讶地问。

"今天报上登的事,就是东哥做的。"瞿虎神秘地说。

褚菁菁满脸惊讶,再看欧亚东帅气的外表,怎么也想不到是他做出了那么大的事。

她重新落座,满腹疑团。

欧宝松和瞿虎离开后,欧亚东说:"要不咱们换一个地方谈吧,餐厅人多。"

"我们从没见过面,我也没什么本事,既然瞿虎叫你哥,一定知道我是做什么的，你有什么事让我帮忙？"褚菁菁迟疑地问。

"这样吧，我们去外面边走边谈吧。如果你听了之后觉得为难，不愿意帮忙，也不影响大家今后做好朋友。"欧亚东平静地说。

"我怕我没那么大能力，帮不了你。"褚菁菁为难地说。

俩人走出餐厅，并肩走在人行道上。

欧亚东带着她远离了行人多的地方，走到一个安静的树荫下，他观察到四周无人后，开门见山地说："不管这件事帮成帮不成，我都给你两万块钱。"

"别提钱，先说事。"褚菁菁说。

"帮我出面约一个人出来，你可以采取任何方式，不用让我知道。要求是不能让这个人知道是我约的。约见地点是邗江宾馆，我会提前在宾馆订好房间，到时你带他去，只要他到了宾馆，你的事就完成了。"

"这人是谁？我认识吗？"

"不认识，瞿虎也不认识。这人名叫韩石，一家建筑公司的老板。"

"是你仇人？"褚菁菁诧异地问。

"这些都不是你该问的，你的事就是把他约出来，我给钱，别的什么事都别问，别打听，不要掺和，我这么做是对你负责。"

褚菁菁没有接他的话，没有立即答应他，独自沿着人行道往亮处走。欧亚东走在她身边，知道她在犹豫。

"为什么选我帮你做这件事？"褚菁菁问。

"你是瞿虎的朋友，瞿虎是我兄弟，我信得过他，他信得过你，我们是自己人，外人不可信，这件事不能让外人参与。"欧亚东说。

"你知道我是做什么的吗？"褚菁菁问。

"知道，我听瞿虎说过。你过去做过什么不重要，我们之间是利益关系，别的什么也没有。"

"可是，我的生活圈子很杂乱，你不担心我会泄露这个秘密吗？"褚菁菁认真地说。

"呵呵，我想你对赚钱感兴趣，对别的都不会有兴趣，我说得对吗？"欧亚东直截了当地说。

褚菁菁听出欧亚东说话软中带硬，明显是在暗示自己，这件事自己不能知道真相。除了钱之外，自己什么也不能打听。她忽然觉得他很神秘，第一眼见到他，对他便有了好印象。他敢对城北"黑老大"下手，替瞿虎报仇，这人讲感情，认兄弟。褚菁菁想到这里，意识到他是危险人物，却没有拒绝他，其中不仅仅为了两万块钱，她忽然想知道要约的这个人是好人还是坏人。

想到这里，褚菁菁说："好，我答应你，我把人带到邗江宾馆。"

"谢谢，这个人有两个家，也就是有两个女人，其中一个估计是包养的情人。"

"我恨这种男人。"褚菁菁脸色阴沉地说。

"这是他的姓名、电话，还有情人的居住地址。"欧亚东说完掏出一个信封递给褚菁菁。

正在欧亚东与褚菁菁道别时，一辆出租车突然停在路边，从车内下来一个女孩子。女孩径直冲到欧亚东面前，指着他身边的褚菁菁气汹汹地说："我说怎么连着几天没给我电话，原来跑到这里和小婊子约会来了。"

"雪燕，你怎么来了？"欧亚东伸手去拉古雪燕的手。

"你走开，别碰我。我讨厌三心二意装模作样的男人。"古雪燕说完又转向褚菁菁，指着她的鼻子骂道："小婊子，瞧你长得那样，也想勾引我男人，也不撒泡尿照照镜子。"

褚菁菁没有害怕，平静地望着她，再望一眼欧亚东。她说："不是我勾引你男人，是你男人勾引我。我根本不认识他，是他主动来找我的。"

古雪燕听了她的话，狐疑地望着欧亚东，她想看到他否认。

"雪燕，听我说，你误会了，这事回头我跟你解释。"欧亚东小声说。

"我不听，不要跟我解释，你现在当着她的面给我说清楚。两个人不往灯光明亮的地方走，在这暗处叽叽咕咕，有什么见不得人的话要往这黑灯瞎火的地方躲着说？"古雪燕不依不饶地问。

褚菁菁神情镇定，不惊不恼地对欧亚东说："这样的女人，张口就骂别人小婊子，我不相信她的素质能比我好到哪儿。"

这句话刺中古雪燕的痛处，她顿时脸色苍白，圆睁怒目，举起双手疯了一般朝褚菁菁扑去。

褚菁菁被她发疯的样子吓得"妈呀"一声尖叫，往欧亚东身后躲。

她寻求保护的动作，无异于在发怒的古雪燕的火头上浇油。

古雪燕像一头受伤的小母狼,"嗷"一声尖叫,舞动双手,朝褚菁菁脸上、身上抓去。

欧亚东站在两个女人中间左推右挡,又不敢用力,怕伤了谁。正当他手忙脚乱、左支右绌之时,欧宝松和瞿虎到了。

瞿虎把褚菁菁拉开了,他见古雪燕发疯的样子,不知道发生了什么事。瞿虎恼怒地责问褚菁菁:"你怎么把嫂子气成这样了?"

他故意称古雪燕为嫂子,意在表明欧亚东和她之间的关系。

褚菁菁嘤一声哭出来,伏在瞿虎胸前说:"她上来就骂我是小婊子。"

古雪燕见褚菁菁伏在瞿虎胸前,愣住了,意识到自己怀疑错了,心虚地望了一眼欧亚东。见他脸色铁青,她垂下头小声说:"哥,对不起,我错怪你了。"

欧亚东没理会她的道歉。

古雪燕见状,扫一眼欧宝松和瞿虎,见他俩也不理自己,低头走近褚菁菁身边小声说:"对不起,妹子,是我错怪你了。我骂你太重了,你别哭。我向你认错、赔不是。"

瞿虎连忙打圆场说:"都是自家哥嫂,什么道歉不道歉的。"

他说完这句话,见褚菁菁仍在抽泣,不耐烦地说:"哭什么哭?有多大的委屈呀?"

欧亚东说:"菁菁妹子,我代雪燕向你赔礼,是她误会你了。"

古雪燕听了欧亚东这番话,抿紧嘴唇,眼泪汪汪的。

"你们怎么来了?"欧亚东问欧宝松。

瞿虎连忙说:"好了,好了,自家兄弟之间的误会,有什么对不起的。"

欧宝松也劝褚菁菁不要哭了。欧亚东给他递了个眼色,欧宝松领会了,劝说褚菁菁的同时,拉了拉瞿虎的衣襟。瞿虎点点头,拥着褚菁菁走向路边的三轮车。

"瞧你把人气成这样。"欧亚东对垂头站立的古雪燕说。

"哥,我错了。我怕你喜欢上别的女孩子,不要我了……"古雪燕小声说。

"傻丫头。"欧亚东把她拉进怀里,轻轻拍着她的背说。

"哥,别怪我,我被男人欺骗过一次,很怕有第二次。"

欧亚东搂紧她,心里涌出一种无以名状的疼痛。

这晚,欧亚东送她回公司宿舍,临分手时,他轻声问古雪燕:"欺负你的那个男人叫什么名字?"

"你是问那个林场场长的儿子吗?"

"用你们辽东人的话说,这人在林场是不是嘚瑟得很?"

"嘚瑟得上天了,林场是个小王国,场长一个人说了算,你说场长儿子能不嘚瑟吗?"

"嗯!"欧亚东点点头。

"明天我早班,中午一起吃饭吧?我中午下班后在公司门口等你。"古雪燕说。

"好的,你等我电话。"欧亚东说完转身走了。

古雪燕心里涌起一道暖流,她在心里说:"傻瓜,我爱你。"

第二天,快到中午了,她没等到欧亚东的电话,也不见他人影。她打他手机,是关机。古雪燕又生气了,心想他是不是嫌弃自己了,还是反悔了,她中午饭也没吃,躲进房里生闷气。

一直等到下午,欧亚东打电话给她,说外地来了朋友,这两天要陪朋友在邗江到处转转,送走朋友再来找她。

这番话虽然消除了古雪燕心中的怨气,仍让她犯嘀咕。朋友来了可以提前来电话说明呀,怎么过了中午才来电话?她嘴上说没关系,让他好好陪朋友,心里却在犯嘀咕。

第二天,她去保卫科询问欧亚东的去向,得知他真的请了三天假,这才放心。

三天后,到了晚饭时间,欧亚东直接来到古雪燕宿舍找她。当她见到他满面倦容,眼里布满血丝,似乎几天几夜没睡觉的样子,她吓了一跳。

她心疼地说:"怎么弄成这样?陪朋友,连命也要赔进去吗?"

欧亚东连声道歉说:"对不起,让你担心了。陪朋友在邗江玩了一天,之后又去新河市,便在新河住了一晚,耽搁了。"

"你以后如果离开这么久,要时常打电话给我,不能让我提心吊胆、牵肠挂肚的。"古雪燕说。

"我知道了,下次一定随时向你汇报。"

古雪燕表面信了他的话,心里仍无法排除疑团,感觉欧亚东有事瞒着自己。

一个星期后,古雪燕给妈妈打电话,妈妈在电话里悄声对她说:"你知道吗?那个害人精半个月前被人打残了,躺在家里出不了门。"

古雪燕没明白妈妈说的害人精是谁，连忙问："哪个害人精？"

"就是场长的儿子呀！害了你不说，林场里又一个女孩子被他祸害了，去医院流产。"

"啊！"古雪燕惊讶地张大嘴。

"是啊！县公安局来人了，查了几天，没查出是被谁害的，就不了了之地回县里了。"

"多长时间的事呀？"

"一周前的事。"

古雪燕想起欧亚东失踪的三天，难道他去了辽东，有意瞒着自己？想到这里，她怔怔地坐在床边发愣，眼泪一串串地流了出来。委屈与猜疑瞬间荡然无存，无以名状的兴奋让她颤抖。

她畅快地对妈妈说："活该，做尽了坏事的人，迟早得这报应，活该。"

放下电话，古雪燕浑身热血沸腾，她想："这世上有这样一个男人，甘冒危险，为自己了却心中仇恨，还有什么不可信的？"

古雪燕当即坐出租车来到商场，找到上晚班的欧亚东，她不顾众人在场，扑上去抱住他一阵狂吻。

欧亚东明白她知道了，担心她一时激动说漏了嘴，连忙抱住她回吻，之后附在她耳边悄声说："你疯了，下班再说。"

古雪燕松开他的怀抱笑盈盈又落落大方地说："今晚我跟你回家。"

她的话引来欧亚东同事的哈哈大笑。

欧亚东望着她，又看看同事，红了脸。

一名保安说："亚东，真有福，这么漂亮的女孩子喜欢你，主动要跟你回家，羡慕死我了。"

另一个说："亚东，你使什么手段俘获了这么漂亮的女孩子的芳心？教兄弟两招。"

古雪燕说："是我有福，他是这个世上最爱我的人。能跟他在一起，那是上天赐给我的幸福。"

"好了别说了，你去外面等我。"欧亚东把古雪燕送出值班室。

几名保安拿欧亚东嘻嘻哈哈地逗趣，欧亚东不羞不恼，心头甜得很。

第七章
明察暗访

无名死者的头像用电脑技术复原后，白水区公安分局便将头像大量印发给全市各个派出所协助查找。

陈晓峰带领刑警队员首先去邗江宾馆查问服务员、保安、清洁工，希望有人见过死者。可是，服务员都说根本没见过这个人，保安也一致摇头说没见过这个人。

一名女卫生间清洁工看了照片说："似乎在22号中午看见这个人进了电梯，仅是觉得像，不能百分百肯定。"

清洁工的话让陈晓峰精神大振，急忙问："你在哪儿见过？"

"电梯那边。"清洁工说。

"你仔细回忆一下，你见过的人与照片上的人，哪儿让你觉得像？先不要想是不是这个人，先回忆这个人给你留下的印象。"

"我去仓库领清洁用品，乘货梯，经过客梯，恰好客梯停了，这个人已经在电梯内了。货梯与客梯虽然紧挨在一起，但宾馆规定，员工不得与客人同乘电梯，不过有时候我见客梯没有客人，也会乘。我按货梯向上按钮的时候，客梯开始关门，我看到一个男人转身，仅看到半边脸，记忆中他的头型和脸型轮廓与这个人有些相似。尤其是这一张，很像。"清洁工指着死者侧躺的照片说。

陈晓峰暗暗松了口气。

调查中服务员和保安都称没见过这个男人的时候，他心里冒出一个念头，如果谁都没见过，说明尸体是从外面运进来的，故意弃尸在楼顶水箱。如果是这种情形，第一案发现场不在宾馆，那么昨晚专案组会上形成的调查方向要调整。

如今有人见过这个男人，虽不能完全肯定是这个人，已经存在继续往下查的希望了。

陈晓峰把清洁工领到电梯前，让她详细比画当时的情景。

"你再回忆一下，那个人有没有什么动作，或者给你留下什么深刻印象的举动？"陈晓峰问。

"我当时是感觉有些奇怪，才多看了他一眼。我见过的乘电梯的人，进了电梯大多是很快便转身按要去楼层的数字按钮，而这个人在电梯门几乎要合拢了时，才转身。"

陈晓峰等清洁工讲完了，独自走向电梯，站在电梯前闭上眼睛，足足有半分钟。这时，一部电梯下来，门开了，里面的人出来，他这才走进去。

李崤和几名警察站在电梯门外，默默望着陈晓峰的举动，没人说话，连轻微的咳嗽声也没有。

在电梯门快合拢的时候，陈晓峰转身，按开门键走出来。

李崤说："这个人如果就是死者，一定是邗江人。他这么做的动机是回避熟人，或者担心遇见熟人。"

陈晓峰说："对，我进了电梯，看到正面并不是镜子，也没有广告标语。爱照镜子的人进了电梯，可能会照镜子。如果有广告标语，也有可能吸引了这个人。但这部电梯两侧贴的是饮食广告，正面是冰冷的铁皮，他等门合上之后转身，是怕有人认出他来，他是在回避熟人。那么，他来宾馆为什么担心被人认出来？答案只有两个：一是他来这里做一件私密的事；二是他要见一个私密的人。"陈晓峰边问边思索，低着头在电梯口来回踱步，脑海里不知为何又跳出卫水冰，而嘴里却在说："如果死者就是清洁工见到的这个人，案发第一现场就在客房。"

"女人？吸毒？"李崤自言自语。

郝奇随刑警队一起出警，昨天布置工作时，重点提到对13层进行检查，所以他要到现场。如果找到案发现场，他要第一时间进行勘查。此时听了陈晓峰和李崤的分析，他立即想到尸检过程给他的直觉。

郝奇说："死者不是瘾君子，而且他的生活质量很好，收入属中上层。解剖时，发现他的皮肤虽经水泡了几天，但能看出他不是重体力劳动者。四肢匀称，小腹脂肪厚积。还有，肌肉纤维结实，富有弹性，说明他经常锻炼身体，是白领阶层，或者是老板。"

郝奇的话让在场的所有警察都陷入了沉思。

李峥顺着郝奇的思路,大脑里首先跳出两种可能:会情人?嫖娼?

李峥想到这里,望着陈晓峰,恰好陈晓峰也望向他,俩人同时想到单身入住的女性。

"查登记,看有没有22号单独入住的年轻女性。"陈晓峰说。

李峥抢先去服务台,他要亲自查找。

陈晓峰问清洁工:"你记得他上楼是几点?"

"应该是下午一点半左右,我走出卫生间的时候看了一下大堂,每天也是这个时间客人最少,我平时都是瞅这个点去库房领东西。"

陈晓峰点点头,知道她提供不出更多线索了,向她表示感谢。

"陈队,我再去13层,对每个房间仔细看一遍,不知武渊和大李有没有发现什么线索。"郝奇说。

"算了,你别去13层了,你去找宾馆经理,把22日下午宾馆大堂的监控录像带找出来,要快。"陈晓峰说。

"是,我这就去。"

陈晓峰见郝奇跑步去了保安值班室。

分配完任务,陈晓峰又想到死者是不是来见卫水冰的,想到这里,他心急火燎地掏出手机,边打电话边往服务台走。

"闵娜吗?我是陈晓峰。你那边对审讯卫水冰的方法要积极准备,我在想卫水冰与弃尸案是否有关联。"

闵娜在电话里说:"放心吧!队长。虞敏菲昨天查到卫水冰老家的地址了,他奶奶还住在老家,冉局知道这个情况后,派我去卫水冰的老家,我已经出发了,正在路上。"

"哦!"陈晓峰听了闵娜的话,望着李峥翻查登记本的背影,心想:"应该派虞敏菲一起去。闵娜是市局来的,单独办案,会不会有危险?季局长知道了,自己准挨骂。"

想到这里,他怪冉局布置外勤工作不与自己事先打招呼,同时又心存内疚和担忧。他重又拨通了闵娜的手机,提醒她小心,注意安全。一定不要与案犯直系亲属直面案情,更不要透露案犯已经归案,以免引起犯人家属情绪激动,产生报复念头。

闵娜说:"队长,你放心吧!我又不是第一次单独外出办案。"

听了闵娜充满自信的回答,陈晓峰惴惴不安的心放下了许多。

电话通完了,陈晓峰走向服务台与李崤一起查阅登记册,其实他心中还焦急地等待武渊对13层客房的勘查结果。

"李崤,你下午和虞敏菲去几个派出所走一趟,落实死者照片发出去的反馈,看看有没有收获。"

"行!下午我和我们家敏菲一起去落实。"李崤调皮地说。

陈晓峰虽被逗笑了,但听到李崤说我们家敏菲的自豪感,心中仍有一丝酸意。不过他没让李崤看出来,把开心的笑容停在脸上。

陈晓峰拍了拍李崤的肩膀,在脑海里将虞敏菲的模样移到闵娜脸上,他对李崤说:"好好珍惜敏菲,她是个好女孩。"

"谢谢陈队,你是队长,也是我哥们儿。其实我心里知道,你一直喜欢敏菲。"

陈晓峰吃惊地望着李崤,脸腾地涨红了,他口吃地说:"你胡……胡说,我从没有这……这种想法。"

"敏菲也知道。"李崤平静地说。

陈晓峰心头涌起一层难以形容的热浪,似乎有一股岩浆从里往外流,或者要从里往外点燃了自己,之后生出灼痛。

他努力克制着灼热,减低灼痛。

陈晓峰望着李崤沉静的眼睛,灼热感渐渐变成一股暖流。他颤声说:"我们是兄弟,你要好好待敏菲。"

"谢谢。"李崤伸出手。

陈晓峰伸出手,两双手真诚地握在了一起。

"谢谢。"

俩人松开手,互捶对方的肩膀,接着又重新专心翻查住客登记。

片刻,陈晓峰问:"22号晚一共有几个人退房?"

"22号白天到晚间共有五个房间九个人退房。晚上有三间房,13层有两间,12层有一间。13层两间登记是夫妻,退房时间有距离。12层退房是第二天上午,单身男人。五间退房没有单身女性,13层是两对夫妻,身份证都是外地的,不属同一个省。12层也是外省的，表面看，纯属偶然，不符合我们要查找的对象。"

陈晓峰也觉得12层的外地的单身男人应该与本案无关，退房时间又是第二天，应该可以排除。想到这里，他拿过登记簿，看了看13层两间退房的房号，拿起对讲机小声呼叫："武渊，武渊收到吗？"

"收到，陈队请讲。"

"你重点对1313房以及1306房进行检查。"

"报告队长，这两间已经检查过了，我们一上来便检查了这两间客房，没什么发现。"

陈晓峰、李峥听了，感到失望，各自陷入了沉思。

查找住客登记没有结果，房间又没有作案痕迹，陈晓峰有些焦急。

李峥看看腕上手表问陈晓峰："难道案发现场不在13层？"

"肯定在13层。郝奇在会上说死者是被麻醉之后勒死的，我预感到找不到线索。你想想，没有搏斗，没有血迹，现场留下痕迹的机会很小。再者，房间被服务员打扫过了，并且已经打扫了几次。犯罪分子也会在离开前处理现场，想要找到线索很难。"

"下一步怎么办？"李峥问。

"13层22日晚两间退房是夫妻，又是外地人，这样吧，即便是外地住客也要按地址找到本人核实，这条线索很重要。你把地址记下，我向局长汇报，立即分头派人去核查这两对夫妻。"

李峥点头。

这时，郝奇和保卫科长匆忙走来。

郝奇说："陈队，保卫科长说，22号之前13层的摄像头是坏的，案发后才修理好。"

站在郝奇身后的宾馆保卫科长说："我们也不知道会出这种事。"

陈晓峰听了他的话，虽然发现尸体当天已经知道了宾馆的做法，但心中仍不免焦灼又恼火。明明知道了死者来宾馆的时间，却找不到影像证明，陈晓峰内心控制不住气愤和沮丧，眼下想在宾馆里找到死者生前图像是不可能了。

陈晓峰张了张嘴，很想把保卫科长狠狠训一顿，可是话到嘴边又忍住了。这时候训他有意义吗？

他对满脸歉意的保卫科长说："算了，你不用检讨，这里没你事了。"

陈晓峰心想，再在邗江宾馆查下去，也不会有收获了。案发现场没有了，监控录像也没有，虽然找到一名目击者，却不能百分百确认所见之人就是死者。想到这里，他在心里不为人知地摇头叹气，对李崟说："要重新调整侦查方向。"

陈晓峰拿出对讲机小声说："大家注意了，收队。"

回到刑警队，众人对邗江宾馆调查收效不大，感到失望。

陈晓峰也觉得这样的结果有点儿出乎意料，他以为一定能找到第一案发现场，能找到目击者。可是，专案组所有人用了近一个上午的时间，收效甚微。

陈晓峰没有和队员一起叹气，而是自己动手，把邗江宾馆的调查情况，详细写了一份汇报，传真给季阳，又送了一份给冉默。

他在报告里附上一份请示，分别对22号晚上13层退房的两对外地夫妻进行身份确认。他怀疑这两对夫妻是假的，如果证实是假夫妻，或者根本查无此人，这两男两女的嫌疑很大。

季阳回电话同意了陈晓峰的请示。

陈晓峰本来显得闷闷不乐，当提出的请示得到季阳的肯定和支持时，立刻又显得信心十足。

放下电话，陈晓峰当即命武渊和大李按旅客登记的姓名地址，尽快与当地派出所取得联系，协助查找嫌疑人。

陈晓峰心里知道，如果两对夫妻身份有假，基本可以锁定他们就是犯罪嫌疑人。事情很简单，不可能那么巧，四个人不是同乡，同一天退房，而且都是持假身份证。想到这里，他感觉离罪犯不远了，脸上露出一丝笑容。

闵娜临去卫水冰老家之前与虞敏菲一起重审同案犯阿六，获取了卫水冰父母在江塘镇的住址。虞敏菲坚持与闵娜一起去，闵娜说要做审讯准备工作，队里人少，一个人去就够了。

闵娜早起坐头班车来到江塘镇，从陈家邻居口中打听到，卫水冰父母没有搬来江塘，因为婆媳关系不和，只有奶奶仍住在江塘镇。

闵娜坐大巴到江塘镇已近中午，她顾不上饥肠辘辘，只想尽快找到卫水冰的奶奶。

几经打听，她终于找到一幢旧式平房。卫水冰的爷爷很早便去世了，奶奶独自一人生活。早年有卫水冰陪在身边，老人没有太多寂寞孤苦。后来卫水冰大了，工作了，离开江塘后，老人便一直独居。

闵娜原本以为独居老人的生活环境一定很凄凉，当她走进小院，看到院内干净整洁，各类物品归置整齐，悄悄松了口气。

闵娜从巷子里转出来，推开院门。

正午，小院盛满骄阳，四下里明晃晃的，让她有些眼晕。

奔波了一个上午，此时她已口干舌燥、汗流满面，不过因为找到了卫水冰的奶奶，她绷紧的神经松软了许多。

她敲了敲门，没人应声，轻声问："有人吗？"

仍无人应，她提高声音："陈奶奶在家吗？"

正屋门推开了，走出一位慈眉善目的白发老太太。她身着蓝色棉布短袖衫，腰围水锈色围裙；白发梳理整齐，窝一个圆发髻在脑后。走路微颤，背略显佝偻。她右手挡在额前，眺望门口问："谁家的姑娘呀？"

"陈奶奶，您好！"

闵娜快步走上前扶住老人说："我是从邗江来的，姓闵。"

"邗江？"老人诧异地问。

"陈奶奶，我是来这儿办事的，您的孙子让我顺道来看看您。"

老人听姑娘说认识孙子，是孙子叫她来看她的，浑浊的眼神顿时明亮起来，人也精神了，似乎年轻了十岁。她咧开塌陷的嘴唇，嘴里没有一颗牙齿，开心地笑了。

"你认识水冰？认识我孙子？水冰几年没来看我了。"老人说完这句话，泪水瞬间溢满凹陷的眼眶。

"陈奶奶，我认识您的孙子，我是为了他的事来找您的。"

"哦！姑娘，水冰好吧？他自己不来？"

"陈奶奶，他呀，太忙。"闵娜此时忽然不知该如何向这位慈眉善目的白发老人说出真相。

不说真相，觉得自己在欺骗这个善良的老人。可是，不来找她，顽固不化的卫水冰一直不开口，短时间内找不到别的好办法完成对卫水冰的审讯。

来的路上，闵娜想好见到老人后如何问话的。可是，真正面对老人时，所有想好的话都跑光了。

闵娜看到老人脸上那种想见亲人的激动笑容，眼眶已经有泪水了，她的心在颤抖。

  此时，她实在拿不出一丝勇气来伤害这位丝毫不知情的老人。

  闵娜心里想："老人余下的晚年，孙子是她最后最美好的回忆与希望。让她知道真相，余生最后一个美好的愿望便被残忍毁灭了。"一个孤独生活了半辈子的老人，本就不幸的一生，再添加残酷的结尾，她于心不忍。

  想到这里，闵娜决定暂时不说。

  "陈奶奶，这是您的孙子让我带给您的。"闵娜说着，将顺路刚买的茶点、水果递给老人。

  "谢谢姑娘，进屋坐吧！"

  老人紧紧拉着闵娜的手往屋里拽。

  进屋后，老人为她开风扇、泡茶。闵娜抢着去做，被老人硬生生地按回竹椅里坐下了。

  她说："你是我孙子的朋友，这么漂亮的闺女，大老远来看我，不嫌弃我一个孤老太太，不嫌我这院子里脏，不嫌我这孤老婆子脏，我心里高兴。听话，你今儿是我的客人。"

  闵娜顺从地坐进吱吱响的竹椅里，她心想，一个心地善良、性情温和的老人，怎么会与卫水冰的母亲关系不和？再说，卫水冰跟她一起生活多年，按说应该能影响卫水冰的性情，引导他从善向上，为何他会沦为一名毒贩？

  闵娜为孤独的老人将要失去余生中最亲的孙子而感到黯然神伤。

  她默默地望着老人站在茶几边泡茶的瘦小背影，大脑里冒出一个念头：能否接老人去邗江，让她与卫水冰见一面，满足老人对孙子的念想，但不让她知道孙子犯了死罪。

  卫水冰罪大恶极，但临死前让他见奶奶一面，又不揭破他的罪恶，以此唤醒他的良知，以及过去的美好记忆，也许能突破他对抗审讯的防线。

  想到这里，闵娜起身对老人说："陈奶奶，我去院里给单位同事打个电话。"

  老人说："哦，好好，你去打电话吧！"

  闵娜来到院里，远离房门，有意不让老人听到。她拨通了陈晓峰的电话，把自己的想法说了一遍。

  陈晓峰觉得这个办法可行，但要经过司法程序批准。他对闵娜说："你先等我电话,我向季局长汇报,如果他批准,我立即通知你,申请卫水冰亲属探监的手续我去办。老人身体怎么样?能不能坐公共汽车?千万不能在路上出什么意外。"

"我看她身体挺硬朗,精神也很好,走路做事看着都挺麻利的。"闵娜说。

"那就好,你等我电话!"

陈晓峰与闵娜通话结束后,即时向季阳汇报请示。

闵娜回到房里,老人已经泡好茶。闵娜连声道谢,接在手中。

她环视房内,左右两面墙仍贴着多年前的年画。她看到一只玻璃镜框,里面夹着几张黑白照片,有几张年久虫蛀、斑驳残缺。

她走近镜框,看到一张黑白照片,一个小男孩身穿海军条纹圆领衫,骑在木马上,双手平端一支木枪,表情神气,胖乎乎的样子很可爱。

闵娜估计是卫水冰小时候的照片,她心念一动,何不带一张去监狱,审讯卫水冰的时候让他看,勾起他对童年的美好回忆?

"陈奶奶,这是卫水冰小时候照的吧?脸型看起来变化不是很大。"闵娜指着照片问。

陈奶奶抬起头望着相框,眯着眼,闵娜见状,从墙上取下相框。

"这张是他吧?"

"是他。水冰小时候不淘,胆很小。拍这张照片的时候,他不敢骑木马,好说歹说,好不容易骑上去,还哭了一场。"

老人说到这里,眼睛望着门外,脸上挂着笑容,半张的嘴里,露出褐色牙龈。她似乎又回到很多年前那个记忆犹新的幸福场景。

"他这么胆小呀?"闵娜对卫水冰从小胆小有些意外。

"水冰小时候可胆小了,毛毛虫爬到衣服上他都会吓得大哭。"

老人说完"呵呵"笑出了声。

"陈奶奶,这张照片可不可以让我带回邗江,给卫水冰看看,让他也回忆回忆当年胆小鬼的样子?"闵娜笑着说。

"你能见到水冰?你带去吧!奶奶也没几年活了,让他自己保存吧!见到他帮我带句话,他有时间就回来看看奶奶,再不回来,就看不到奶奶了。"

陈奶奶说到这里,声音有些哽咽,伸手揩抹涌出来的泪水。

"陈奶奶您别伤心呀,说不准过几天您就能见到您孙子了!"闵娜宽慰她说,此时她不知道自己的想法是否会得到批准。

"你说水冰要回来？"

"我听他说过想回来看您的，他还说回来接您去邗江住一段时间呢。"

"我老啰，腿脚都硬了，走不动了，哪儿也去不了了。"

老人家听说孙子要来接自己，高兴之余，却又生出兴叹。

这时，闵娜的手机响了，她以为是陈晓峰打来的，连忙掏出手机说："陈奶奶，我接个电话，屋子外面信号好一些。"

她边说边走出房门，站在院里接听电话，也没看手机号码。

"喂！队长，怎么样？"

"什么队长，是我。"

"妈？你怎么现在打电话来？"

"我怎么不能现在打电话呀？我就不同意你去白水分局，市局干得好好的。"

"妈，这是工作，你快挂断，我在等电话，回去再跟你说呀！"

闵娜不等妈妈同意，赶忙挂了电话。她在等陈晓峰的电话，表面很镇定，实则很心急。

还没等她走进屋，手机又响了，闵娜以为还是妈妈。

"妈，你烦不烦，说了在等电话……哦！陈队是你呀！我以为是我妈……"

"怎么用这种口气跟你妈妈说话呀，等电话也不能跟妈妈发脾气呀。"

"她刚刚来电话，我让她挂了。我说了在等你电话……怎么样？季局同意了吗？"

"同意了，而且他与江塘派出所所长联系了，由他们派专车送你们回邗江。你现在的首要任务是说服老人跟你来。我估计不出半个小时，派出所的车就到了。"

"嗯！我知道了。"闵娜沉吟片刻后问："如果老人不愿意去，可不可以让卫水冰和她奶奶通个电话？"

闵娜有些担心老人不愿意去邗江，毕竟自己刚刚来，他们才第一次见面，自己未必已经取得了她的信任。

"不行，我和季局长都想过这个问题了，在此之前，不能让卫水冰和任何人通电话。"

"我明白了。"

闵娜收了电话，心情既紧张又忐忑不安。

她回到屋里，与老人轻描淡写地拉家常，寻机把话题引到带她去邗江的话题上。

她把审讯阿六等贩毒成员过程中了解到的有关卫水冰的事，一一有意无意地说给老人听，以消除她内心的怀疑，获取她的信任，为下一步说服她做铺垫。

老人听到眼前这个个子高高、长相漂亮的女孩子能说出孙子的许多事情，心情愈加高兴。

"陈奶奶，您一个人住着，平时也没人来和您说说话吗？"

"我有小冰陪我呀！"

"小冰陪你？"闵娜诧异地问。

"小冰过来。"

窗台上一只打盹的花狸猫"喵呜"地叫了一声，懒洋洋地跳下窗台，挨着老人的裤脚仰头撒娇地磨蹭腰身。

"我叫它小冰，它能听懂。"

老人慢慢弯腰，拦腰把猫抄在怀里。狸猫温顺地蜷伏在老人怀里，闭上熟铜色的大眼睛。

闵娜望着老人和猫默契的温情，心被重重地撞击了一下。

人这一生与谁相伴，都能把内心最重要的亲情、感情托付，只要找到托付的支撑点。

"陈奶奶，我知道您很想您的孙子，我一会儿就要回邗江了，我有个想法，我带您一起去邗江，突然出现在您孙子面前，给他一个惊喜。"闵娜说这番话的时候，内心紧张，脸上却装出一副调皮的样子。

老人听了闵娜的话，睁大浑浊的眼睛使劲盯着她。

"陈奶奶，您这么想念卫水冰，我带您去看他吧。您想呀！在他完全不知情的情况下，您突然出现在他眼前，一定让他大吃一惊，想到他吃惊的表情，一定很好玩。"

老人听懂了闵娜的话，眼里再度放出惊喜的亮光，可是，没多久，又慢慢暗淡了。

"水冰很忙，我不能去打扰他，如果他有时间，会回来看我的。"

老人手抚狸猫光滑的头毛轻声说："奶奶说得对吧，小冰？"

狸猫睁开眼，虚睨老人，喵呜一声，舒展脖子，再次偎在她怀里。

闵娜望着老人，内心再次充满矛盾，她甚至产生不要说服老人的念头，不应该打扰她，让她平静地生活。

可是，她想到自己是一名刑警，职责就是扑灭犯罪。老人很善良，她很爱孙子，如果她知道孙子是一名罪犯，她会不会支持自己这么做？会不会原谅一直疼爱的孙子？

想到这里，她定了定神，告诫自己，一定要说服老人。

"陈奶奶，其实卫水冰也很想您，他在我面前多次提起您，每次提起都是眼泪汪汪的。可是，他实在太忙了，分不开身。听说我来江塘，一再叮嘱我来看您，还让我带了钱给您。"闵娜说着掏出钱包，拿出几百块钱塞进老人怀里。之后接着说："我想带您一起去，一会儿有车送我去邗江，您跟我一起去吧。再说了，如果您不习惯，我一定负责送您回来。"

陈奶奶望着怀里的猫，眯眼望着门外院内满当当的阳光，眼神似乎在遥望、眺望什么。

几只麻雀呼啦落在院内，旁若无人地叽叽喳喳，东刨西寻。

闵娜一直望着老人的眼睛，当看到她已经落入平静的眼神再度泛起一丝亮光的时候，不失时机地递上从相框内取出的照片。她说："卫水冰小时候和您的感情很深，我听他说过的，比母亲的感情都深。"

老人接过照片，眼眶再度蓄满泪水。

这时，巷内隐隐约约传来脚步声，不多时到了院外。

"陈大娘在家吗？"闵娜知道是派出所的同志到了，抢在老人起身之前去迎接。

她看到一男一女，身着便装的两个中年人站在门口，提起的心放下了。起初她担心派出所派来协助的同志穿警服，如今看来不但没穿警服，还派一名女警参与，他们够细心的。

闵娜与两位同志握手互做自我介绍，中年女警姓艾，男警姓单。闵娜叫女警艾姐、男警单大哥。

闵娜小声地对协助她的民警说："老人还没同意。"

艾姐点点头说："我来做工作！"

"大娘，好久没来看您了。"艾姐满脸笑容地进屋，弯腰上前扶起陈奶奶。

陈奶奶望着跟她说话的人，微微犯愣。

"大娘,不记得我啦?我是派出所的艾芬呀!"

"哦哦!想起来了,你不穿警服大娘认不出你,你很久不来大娘这里坐坐了。"

艾芬脸红了,叹了口气说:"单位的事忙,回家还一堆事,儿子上初中了,功课压得紧,成绩不理想,请家教给他开小灶。好久没来看大娘,是我工作失职了,我向大娘赔罪。"

"家家都有事,大娘不怪你。"

陈奶奶拉着艾芬的手,往正屋走。

闵娜与艾芬打招呼。

"你们认识呀?闵姑娘认识水冰,来江塘办事,水冰嘱托她顺道来看我,还捎来了钱。"陈奶奶说。

"她是我表妹,在邗江工作。这不,我请假出来送她回邗江。"艾芬说。

"表姐,我刚才正在和陈奶奶商量,带她去邗江,给卫水冰一个意外的惊喜。"闵娜乘机说。

"对呀,大娘,你好久没去过邗江了吧?也好久没见过水冰了吧?刚好有便车,看一眼我们下午就可以回来。你要是愿意呀,还可以在那边玩几天。更何况,有我在,你还有什么不放心的?"

老人望着艾芬,又看了看闵娜。看到艾芬身后站着的警察,也是镇上派出所的,她放心了。

单警官说:"大娘,也就一个多小时车程,是我开车您老还有什么不放心的?"

老人彻底心动了。

"我突然去,不打声招呼,水冰会不会不高兴?要不要先打个电话给他?"老人迟疑不决地问。

"大娘,不用打招呼,咱们的车直接开到他工作的单位门口,让他措手不及。我见到了他,还要批评他几句,奶奶把他养大了,如今因为工作,连回来一趟都那么困难了。"

艾芬这句话把老人逗笑了。

"那我收拾点东西,我还晒了水冰小时候爱吃的柿饼、核桃仁,我去带上。"老人说着进屋收拾行囊。艾芬担心她中途变卦,进去帮她收拾,和她聊起卫水冰的陈年旧事,目的是为了勾起老人的回忆。

不一会儿，东西收拾好了，几个人出门，单警官帮老人锁上门，扶老人上车坐好了。闵娜坐副驾位，艾芬陪老人坐后排拉家常。

车子上了国道，闵娜这才掏出手机给陈晓峰发短信。

"顺利，回队路上。"

陈晓峰很快回复："直接去分局招待所。"

闵娜把短信给开车的单警官看了一眼，单警官点了点头。

第八章
晓之以理

闵娜认真阅过卫水冰的案卷，对他内心进行了初步判断。像他这种死刑毒贩，从涉毒那天起，便知道自己走上了不归路。所以，他不会轻易把过去的所有犯罪事实都供述出来。审讯人员知道多少他便说多少，能隐瞒就隐瞒，以防守对抗审讯。何况现在是要他交代藏匿的巨额毒资，这些钱是他提着脑袋换回来的。他的内心深处，早就把公安机关对立为敌，即便上刑场挨枪子儿，也不愿把钱拱手给心中树立的敌人。

闵娜心想，作为主审人员，必须主动发起进攻，没有主动权就等于放弃了这场审讯；而且必须具有强势的攻击性，在卫水冰的软肋重击一拳。

回到分局招待所，闵娜安顿好卫水冰的奶奶，之后来到分局会议室，季阳和陈晓峰正在会议室等她。她知道，他俩是想在审讯前，知道她对这次审讯的把握有多大。

闵娜在心里说，把握五五开。虽然将卫水冰的奶奶接来了，并无十分把握找到卫水冰的软肋，所以她显得有些紧张。

走进会议室，她看到季阳和陈晓峰面色严峻，心头越发惴惴不安。

"安顿好了？"季阳问。

"安顿好了，暂由江塘派出所的两名民警陪同。"闵娜说。

"什么时间允许他们见面最佳？"季阳问。

"老人迫切想见到卫水冰，我个人感觉，最好选择卫水冰情绪最低落的时候，视情况让他们见面。比如黄昏、晚饭前，此时卫水冰就像一个走夜路的人，走得时间越长，他便越紧张，便会产生急躁情绪。按照他长时间犯罪养成的心理素质，这个时候一定在设立一个动机。他告诫自己,坚持越久,离我们想要的目标便越远。人的意志就是不断调整动机,增加动机。我想,在他心理调整最弱的时候,给他一个措手不及,效果可能会更好。"

"有把握吗?"季阳问。

季阳望着她的目光有些凌厉。

"没有。"闵娜坦然回答。

陈晓峰紧张地望着闵娜,他没想到她会这么回答,担心季局长听到这样的答案会发脾气。他见过季阳发脾气,吼起来像炸雷。

季阳拿起桌面的香烟,抽出一支,点燃,吸了一口,缓缓吐出一团烟雾。

"季局长,尊重一下女性好不好?我闻不得烟味,鼻子过敏。"闵娜不客气地说,随即打了个喷嚏。

季阳看了看手指间的香烟,当着陈晓峰的面,他的脸涨红了,连忙在烟盅内摁灭烟火。

陈晓峰听着季局长与闵娜的对话,紧张得手心都攥出汗了。

"嗯!好,就今晚晚饭前审。"季阳说。

"我建议让卫水冰见他奶奶的时候,不要戴手铐脚镣。让卫水冰体面地见他的奶奶,在他最亲的人面前保全人格,这样既不伤老人的心,也给卫水冰一个感动的机会。"

"这样不妥吧!他是死刑犯。"陈晓峰忧心忡忡地说。

季阳沉吟片刻说:"会面地点不能出公安局大院,放在小会议室。加强保卫,所有参与保卫的警察一律着便装。买点水果招待老人,现场气氛不要弄得太紧张。老人起了疑心,事情就不好办了。"

"谢谢季局长的支持。"闵娜说。

季阳原本紧绷的脸松弛了许多,让陈晓峰意外地看到他脸上有一丝微笑。陈晓峰心想:"今天季局心情好,被一个黄毛丫头顶撞了,还没发火。"想到这里,他扫了一眼闵娜,见她的神态比刚才进会议室时自然了许多,心里想:"她的心理素质真稳定。"

"我不是支持你,别想得太得意了。这是工作,给你营造审讯气氛。"季阳说完拿起桌面的香烟走出门。

第八章 | 晓之以理

闵娜捂嘴"嘻嘻"一笑说:"早看出你烟瘾犯了,看你能坚持多久。"

陈晓峰见季阳走出门外,低声对闵娜说:"你胆够大的,敢对局长这样说话。"

"局长怎么了?局长就可以让人吸二手烟呀?"

陈晓峰原本也抽烟的,听了她的话后说:"算了,我明天戒烟。"

"哎!我可没让你戒烟呀!"闵娜说。

她似乎觉着这句话从自己嘴里说出来有些不合适,脸上微微一红,见陈晓峰似乎没听出什么,便不做解释。

其实陈晓峰听到闵娜说的话了。

晚饭时间,卫水冰听到牢门"哗啦"拧动锁孔的声音。他原以为送饭的来了,从铺上懒洋洋爬起来,端着双手,艰难地拖动脚镣,慢慢靠近门边。

两名狱警推开沉重的铁门走进来,也不说话,将他架出门外。卫水冰抬起有气无力的头,看到一名年轻的女警察站在走廊正当间,心想怎么这个时间提审?难道是女警提审自己?他在心里冷笑几声,脸上露出几分轻视。

闵娜双手交叉地抱着一只天蓝色文件夹,目光冷冷地望着卫水冰。

两名狱警一左一右将卫水冰带到她面前。

闵娜说:"卫水冰,我现在不是提审你,有事要告诉你,如果你愿意,我们就帮助你做以下几件事。如果不愿意,我现在就转身离开,仍将你送回监舍。"

卫水冰不知闵娜想说什么,抬眼望着她,满是疑问。

"你愿意接受帮助吗?回答是或不是。"

卫水冰不知道她说的帮助什么,心想反正自己就这样了,拒不交代,怎么着都行,便有气无力地说:"是。"

"好,既然接受,那么我们把谈话进行下去。你奶奶现在住在公安局招待所,你愿意见吗?如果愿意见,我们让你们在会议室相见。"

卫水冰听到奶奶两个字,浑身一震。他伸长脖子瞪视闵娜,不相信自己的耳朵。

"回答愿意还是不愿意。"

卫水冰睁大两眼,愕然地望着闵娜。他没有回答,苍白的脸色慢慢泛出血色。

"我见过你奶奶了,派出所的同志送她来的,我们都没有穿警服,她不知道你犯了死罪。你可以选择不见,但是,你奶奶想你,她想见你,她知道你在邗江。"闵娜平静地说。

卫水冰张大嘴，喉咙里"呜呜"出声，说不出话，脸色由涨红到再度苍白，渐而满头大汗。

卫水冰从泰国回邝江，没有和家里任何人联系。他知道只要家人稍有动静，警方立即便知道了。被捕后，他想来想去，想不清自己的假身份怎么暴露了。父母也不知道自己回邝江就被抓了，此时听说从小把自己带大的奶奶来看自己，难以置信的同时，心被揪了一把。

此时，卫水冰提不起力气支撑失重的身体，整个身子往下坠，似要瘫倒在地。

两名狱警见状，左右拎着他胳膊。

闵娜一双眼像锥子一样扎在卫水冰的脸上，再刺进他眼睛。她观察他表情的变化，要洞穿他的内心。当他身体由剧烈颤抖到瘫软，情绪由激动慢慢收缩，她轻步上前，翻开手中的文件夹，拿出一张照片放在卫水冰眼前。

卫水冰望着照片，双手捧着，抖动得如风中残枝。

他端详照片上满头白发的奶奶，泪水无法控制，一串串地涌了出来。往事如过电影，快速地在他脑中闪现。

"你奶奶头发全白了，找不到一根黑发，牙齿也没有了。她听说来邝江能见到你，几次偷偷背转身抹眼泪，不让我看到。看得出她很疼你，也很想你。初时说接她来邝江，她不愿来，怕影响你工作。"

闵娜说的这几句话，让卫水冰再也无法控制，"哇"的一声哭了出来。

"奶奶……"

他挣脱狱警架他的手，扑倒在地，双膝跪地号哭着。

两名狱警要架起他，闵娜摆摆手。

此时，夜幕开始暗合，长廊顶灯开了，洒一地浑浊的光影。

瘫倒在灯影里的卫水冰像一只装满垃圾的黑色胶袋。

过了一会儿，卫水冰由号哭变成呜咽。

闵娜望着他伏地耸动的双肩，轻声地说："经市局领导批准，决定给你一次机会，不告诉你奶奶你犯了死罪。你想想，你奶奶那么疼爱你，如果知道你犯了死罪，她的余生将会痛苦不堪、痛不欲生，或者她会命不长久……再者，她这一生本来活得就很不幸，一个人生活了半辈子，临了最爱的孙子却死在自己前面……她如何接受得了这样的事实？"

第八章 | 晓之以理

"别说了,求你别说了……呜呜……"卫水冰双手捶击地面,手铐敲在水泥地上,哐哐直响。

两名狱警见状伸手架起他。

他捧着老人的照片,哀声说:"求求你……别告诉她我犯罪……我也不见她了。"

"卫水冰,你也是个男人,既然犯了罪你就要面对,事情是你自己做下来的。你奶奶带大你,如果此时不让她看你一眼,她今生再也看不到你了。我能看出来,你是你奶奶最后的牵挂,也是她全部的希望。她惦记你爱吃柿饼、核桃,每年都为你准备着,可你每年都没有回去,这次来邗江,她带来了。"

"我这样去见她,只能让她老人家更痛苦,让她死得更快……我对不起奶奶……对不起父母……"

"这样吧,为了你奶奶不枉疼你一场,让她老人家余生不再心存痛苦,我们为你去了手铐脚镣。你先去洗个澡,换身衣服之后去见她。我希望你能珍惜公安机关为你网开一面的机会。"

"你说的是真的?"卫水冰问。

闵娜的话,让卫水冰眼里放出光芒。

"是真的,我专门向市局领导请示,经研究讨论决定的。我去了江塘,亲眼看到你奶奶孤独地与猫为伴。你知道吗?她养的猫取名叫小冰,由此可想而知,她有多想你,多疼你。但是,你必须全力配合,如果戏让你自己演砸了,后果你知道。"

卫水冰再度伏地号哭,稍时收敛,连声说:"谢谢,谢谢你……我给你磕头,你是我恩人……"他说完欲倒身下跪,被架住了。

"带他去洗澡换衣服。"闵娜轻声对狱警说。

卫水冰眼里再度涌出了泪水,他踉跄着脚步,不时扭头对闵娜道谢。

闵娜站在走廊上,望着被架走的卫水冰,轻轻松了口气。等心情稍微平静之后,她这才掏出手机给陈晓峰打电话。

手机通了,她轻声说:"陈队,准备接老人家去小会议室,卫水冰接受了。"

季阳给了卫水冰半个小时与奶奶相见,现场只有江塘派出所来的艾、单两名警员着便服相陪。主要考虑他们都是江塘人,能融洽气氛。这样做也是防止卫水冰情绪失控,让场面发生意外。

季阳在紧挨的大会议室里静等,他不时瞄向手表,其实他的内心比小会议室内的两名警察还要紧张，允许死刑犯不戴手铐脚镣与家人见面，违反程序，出了丝毫差错，所有责任将由他一人承担。

陈晓峰和闵娜也紧张，只是装出淡定的样子。虽然不知道卫水冰与奶奶的谈话内容，但有两名警察在场倒是不担心会出什么差错。

还差五分钟到预定时间，季阳挥挥手，陈晓峰起身走出会议室，来到小会议室门外，轻轻敲敲门，推门而入。

陈晓峰微笑地对卫水冰说："陈经理，开会时间到了。"

卫水冰恋恋不舍地站起身，望着奶奶，眼里噙满泪水，哽咽地说："奶奶，我过几天回去看你，小冰……给您磕个头，这些年也没去照顾您，对不起……"

卫水冰倒身下跪，恭恭敬敬地给老人磕了几个头。

陈晓峰不敢让他再说话，递眼色给艾、单俩人，他俩连忙上前扶住老人，并挡住老人的视线说："陈奶奶，水冰要开会了，他很忙，我们改日再来，或者等水冰回去看您。"

陈晓峰搀扶卫水冰的时候，手上暗暗用力，让他无力抗拒，将他架出了小会议室，当即上来两名便衣，给卫水冰上了手铐，带去审讯室。

季阳走进小会议室，手上拿着一个信封，他对卫水冰的奶奶说："老人家，这是卫水冰给您的两千块钱。"

陈奶奶接过信封，抹着眼泪连声说："水冰忙，我这就回去，不给他添乱。"陈奶奶的脸上流着泪水，却挂满笑容。

卫水冰被带进审讯室，不一会儿闵娜走进来，她隔着长条桌坐下来，表情冷静，没有说话，默默地注视着他。

这间审讯室，一面是玻璃幕墙，审讯室里的人看不到对面。

此时，季阳、冉麸、陈晓峰以及专案组的刑警队员，都在看着审讯室。

过了一会儿，闵娜先开口说话。

"我今天不想以审问的形式一问一答。如果你愿意，你就自己讲！这是你最后一次做人的机会。过了今晚，你想做人，也没人想听你说什么了。你很清楚，你的罪行无须再审。"

"谢谢你，谢谢你让我见了奶奶一面。"卫水冰说。

"不用谢。人心都是肉长的，警察也是正常人。"闵娜坦然地说。

"我有一个请求。"卫水冰鼓起勇气说。

"你说。"

"如果我交代了,希望能把钱留一部分给我奶奶,给她养老。"

"卫水冰,你没有任何资格提要求、提条件。前面做的这一切,都是看在你年老孤独的奶奶的分上。不过,你提的要求还算有孝心,我这里不能立即答应,也无权答应,我可以为你上报请示。再者,你有没有想过,那些被你们这些毒贩残害的家庭,遗留下来的老人和孩子,他们今后的生活由谁负责?孩子由谁抚养?老人由谁养老?至于你奶奶养老的事,随同来的江塘派出所的同志说了,他们回去便找镇政府协商,尽快把你奶奶送进养老院,由镇养老院照顾她今后的生活。就在刚才,市局副局长给了你奶奶两千块钱,而且说是你给奶奶的。为什么没有当你的面给,你自己去想吧!"

卫水冰愣愣地望着闵娜,面部表情先是惊讶,后是惭愧。

"谢谢你,我能请问你的名字吗?你是我临死前遇到的恩人,我不能报答你,却能为你祈福。"

"你不用对我心存感激,如果你想赎罪,把心中藏着的事说出来,便是帮助我完成了工作,你也能轻松上路,不好吗?而且我也告诉你,你藏匿的毒资将会给元平福利院,抚养那些失去父母的孤儿,其中就有父母吸毒致死遗留下的孤儿。"

"好,我说……"卫水冰低下头说。

闵娜按了一下桌面的红色按钮,对着扩音器说:"请记录员进来,顺便带一杯白开水。"

她说完站起身,打开天蓝色文件夹,从中拿出一张照片递给卫水冰说:"是从你奶奶家的相框里取出来的,也经过你奶奶同意了的,留给你吧!"她说完拉开门走出审讯室。

坐在隔壁观看的所有人,脸上露出会心的笑容,李峥、虞敏菲击掌庆贺。

陈晓峰挠着头皮说:"这件事,到了她那里便简单了,为什么?"

"学着吧!这就是心理学。别看这丫头刚毕业两年,还真能把犯罪分子的心理揣摩透彻。"

陈晓峰从季阳的话里听出了一种赞赏和爱护,望着闵娜出了审讯室的背影,抢先出迎。

走廊上，他与闵娜面对面站定。

陈晓峰伸出手说："祝贺你，让卫水冰开口了，季局表扬你了。"

闵娜腼腆地伸出手，语气却显得很不在意地说："这算不得大事呀！我也没觉得有难度。"

陈晓峰握着她的手还没松开，这时，季阳、冉鼗走了过来。

"闵娜，不愧是市局派来的专家呀！轻描淡写就让这个顽固的大毒贩子开口了。"冉鼗夸张地说。

季阳望着她，没做表扬，脸上挂着笑容。

大家知道，脸上不常微笑，又不常表扬属下的季阳，脸上的微笑已经是对闵娜工作无声的肯定了。

"季局长，我能当一名刑警队员吗？"闵娜问。

"好，正式调你到白水区分局刑警队。不过，还不知道冉局长，以及陈大队长愿不愿意接收你！"季阳说。

"哈哈，求之不得呀！季局长推荐的人才，我代表全局百分百欢迎。"冉鼗笑着说。

闵娜望着陈晓峰，等他表态，是接受还是不接受？

"在欢迎你加入我们刑警队之前，我想说，你不要想着进刑警队接触到重案大案是一件风光或者刺激的事。而且，我们队里很多人没有风光过，也没有立过功受过奖。我告诉你，我们每个刑警队员，都经历过流血受伤的痛楚，这些只能自己默默忍受。常年风里来雨里去奔波受苦不说，更要面对各种凶残的罪犯和危机四伏、险象环生的境况，随时可能付出年轻的生命，我希望你能记住。"

"我记住了。"闵娜说。

站在一边的冉鼗不高兴了，他觉得陈晓峰说的话比自己深刻，当着市局领导的面驳了自己的面子。

"好了好了，说这么多，显得你是刑警队队长学问大，小闵同志是季局长调来支持我们工作的人才，咱们要热烈欢迎。你还弄得跟个行家领导似的郑重其事。闵娜同志，我代表白水分局党委热烈欢迎你。"

冉鼗说完带头鼓掌，随他一起鼓掌的人不多。

大家都听出了冉局长说的话太难听了，谁也没觉得陈队长说的话哪儿有错或过分了，尤其李崤听了冉麸的话心中不满。况且在场的都是刑警队的警察，平时工作与陈晓峰在一起，因此，附和的掌声显得零散、不响亮。

掌声不响亮不是不欢迎闵娜，而是抵触冉麸说的话太难听。

这番不客气的话，弄得现场气氛停在半空。陈晓峰愉快的心情迅速往下坠，脸皮僵硬，他想挤出笑容，却半点也挤不出来。

季阳也觉意外，原本一件高兴的事，弄得各人心头不自在。

事实上，所有人都没想到冉麸会说出这么难听的话，又从他的话里听出是借批评陈晓峰，拍季阳马屁。

闵娜感到不安，尽管冉局长为自己说话，她却觉得是因为自己弄得陈队难堪，感觉自己连累了他。她望了一眼季阳，正想替陈晓峰解围，没等她开口，听到季阳咳嗽一声说："晓峰的话意是告诉闵娜，到刑警队工作要准备吃苦，做好面对一切困难的心理准备。"

冉麸当上代局长之后，时常觉得陈晓峰在他面前抢风头，明明有上级领导在，有些话该由局里领导应对，他偏要抢在前面，把自己扮得像局领导。冉麸觉得今天当众让陈晓峰难堪的目的已经达到了，便顺着季阳的话头说："是呀！刑警队的工作既辛苦又危险，陈队长主持刑警队，做了大量细致的工作，破了许多大案。成绩明摆着，功不可没，眼下就破了卫水冰的贩毒案。如今卫水冰什么都交代了，可以圆满结案了。局党委要表彰，同时要感谢市局领导对我局各方面工作的大力支持！"

"呵呵，冉局长客气了。"季阳敷衍地笑了笑，同时眼锋扫了一下陈晓峰。

陈晓峰接触到了季阳的目光，心头一热，僵硬的心活动了一下，也跟着"呵呵"笑了笑。

陈晓峰说："要感谢市局、分局领导的全力支持，凭我个人有三头六臂也做不了这么多工作。我代表刑警队欢迎新同志加入，向新来的队员敬礼。"陈晓峰说完，"啪"一个立正。

他身后的其他队员也同时立正，随着"敬礼"的口令，一齐向闵娜敬礼。

闵娜脚跟并拢立正，回了一个标准的军礼。

冉麸见状，也举手敬礼欢迎，不过，他的心里又冒出一股气，他想："陈晓峰仍改不了出风头的毛病，时常把我这个局长晾在一边，搞得我措手不及，出我洋相。"

闵娜没想到冉麸也敬礼，赶忙立正回礼。

"冉局长,你不用对一名刑警这般隆重,她以后就是你手下的一个兵了。"季阳笑着说。

冉麸之所以在季阳面前对闵娜这么客气,是因为他看出来了,季阳对闵娜很关照。他猜不透他俩之间的关系,季阳把她调到白水分局,自己今后对闵娜要格外照顾,与季阳建立了良好的关系,自己上到正局的位子,便会多一个人支持。

冉麸用客气的口吻说:"不能不隆重,她是人才、专家,我一直尊重知识分子。"

陈晓峰低头看着地上,心里不是滋味,他不知道如何与冉麸建立良好的上下级关系。

"今晚我代表局里请季局长以及'7·27'凶杀案专案组全体成员吃饭,一为庆祝贩毒案圆满告破,二为劳军,鼓励一线刑警再接再厉,一鼓作气早日侦破'7·27'凶杀案。"冉麸满面春风地说。

陈晓峰没说话,望着季阳。他极不情愿去吃这顿饭,但他心里明白,如果不是季局长在,冉麸是不会提庆祝劳军的话题。冉麸的心思全部放在了如何搞好与上级的关系上,为自己顺利坐上局长位子不懈努力。

可是,如果季局长点头了,自己不能不去。

"感谢冉局对专案组成员的关心。我看这样吧,大家晚饭都没吃,不要走太远,就在分局附近的餐厅,随便吃点,等待卫水冰交代结果,你看怎么样?"季阳望着冉麸问,之后又转向陈晓峰。

陈晓峰小声说:"行,我怎么都行,听领导的。"

"好,那就去分局对面的蓝天酒店吧!离分局近,不用开车那么麻烦了,案子审完能最快知道结果。"跟在冉麸身后的总务科长说。

"行,你打电话订包间吧!"冉麸说。

"一切从简,按公务餐标准。"季阳说。

于是,众人簇拥着季阳、冉麸往饭店走。

陈晓峰腿如灌铅,落在众人后面。闵娜看出了他内心的不快,也放慢脚步,落在众人身后。

闵娜小声说:"对不起,陈队,我连累你受委屈了。"

陈晓峰听了这句话,心里一股暖流涌动,他望着闵娜,眼前忽而迷蒙了一团雾气。

他完全没想到她如此细心,竟然能看出自己的不快。

"呵呵，我没事，习惯了。我没放在心上的，不是你连累的。冉局就是那么个脾气，有口无心。呵呵，有口无心。"

陈晓峰说完这几句话，立即后悔了，话意明显透着不信任闵娜，连忙补救地说："有的时候我也觉得莫明其妙，如果他看我这个刑警队队长不顺眼，可以换人。走吧，不说了，去吃饭，忙活了一天，不能让气把肚子填饱了。"

"看不出，你心胸还挺宽的。"闵娜说。

"哈哈，我是男人呀。"陈晓峰笑声大了点，引来李崤转头，虞敏菲拉了他一把说："看什么看？烦不烦呐，就显你好奇心重。"

李崤明白了，伸了伸舌头，扮了一下鬼脸。

虞敏菲小声说："冉局这人怎么回事呀？干吗这么说人家陈队？当众人的面，听着真觉得过分。"

李崤连忙捏了捏她的胳膊说："小声点，被他听到了，没你好日子过。"

虞敏菲气愤地说："没好日子过，我就不过了。"

"好好，有好日子过，我天天给你好日子，求求你小声点，姑奶奶。"李崤双手合十连连求饶。

虞敏菲被李崤的滑稽相逗得"扑哧"一乐。

陈晓峰和闵娜不知他俩说什么，望着他俩亲密搞笑的样子，被逗笑了。

众人到了酒楼，刚点好菜，还没等到第一道菜上来，审讯室记录员传来消息，卫水冰藏匿毒资五百万，埋在江塘镇他奶奶家的地窖里，他奶奶并不知情。

听到这个消息，众人一片欢呼，连日的疲劳顿时烟消云散。

季阳没笑，他的脸上反而挂起了一层寒霜。

"卫水冰没全部交代，而是打了埋伏，这里面一定有事。"季阳小声对陈晓峰说。

陈晓峰像被针扎了一下，差点跳起来，季阳拍了拍他的肩膀，示意他不要声张。

陈晓峰明白季局的意思，不要这个时候破坏大家的兴致。

"7·27"凶杀案死者的照片下发到各派出所，两天过去了，没有丝毫动静。陈晓峰一边等待武渊和大李从外地传来消息，一边等待各派出所报告人口失踪的消息。

武渊和大李分别调查四名退房旅客的信息，给所在地的派出所打电话，得知姓名、住址都是假的，填写的身份证号也是假的。

陈晓峰立即将这个新情况向季阳做了汇报。

季阳在电话里说:"这四个人有嫌疑,重点查找这四个人。派专案组人员找当天宾馆前台和客房服务员了解情况,只有他们见过这四个人,让他们描述四个人的长相,进行画像,向全市发布。同时不要放松无名尸的身份确认,一旦找到死者身份,便能从死者家属以及身边的社会关系入手调查。"

季阳的分析与陈晓峰的想法一致,陈晓峰马上叫上李崤和专门进行画像的警察重查邗江宾馆。

陈晓峰心情很激动,只要有了这四个人的画像,找到他们便不是难事。虽然暂时不能肯定他们就是凶手,但是四个人同时于27日晚离开,基本符合团伙作案的特征。

陈晓峰刚走出公安分局大门不久,一位打扮并不落伍的中年妇女心急火燎地走进分局值班室。

她对值班民警声称丈夫离家一个多星期了,至今一个电话也没打回来,手机又一直关机。

值班民警听到这个消息,想到刑警队正在调查一起无名男尸案,死亡时间与报案人所说丈夫失踪的时间很吻合,连忙给刑警队打电话。

接电话的是小涂,听说有人报案寻找丈夫,忙把情况向陈晓峰做了报告。

陈晓峰想也没想,立即吩咐李崤与画像警察去邗江宾馆,自己则返回队里。

报案妇女名叫朱玉,家住滨江路滨江花园。陈晓峰把她带到刑警队会客室,叫小涂给她送来一杯茶。

陈晓峰心想,先不要拿死者照片给她认,万一不是她老公,照片上的尸体腐烂得面目全非,免得她看了害怕。他决定先从外围了解情况,如果体貌特征吻合,再让她确认死尸照片。

"你丈夫失踪一个星期了?你怎么才想到报案?"陈晓峰问。

"他经常外出开会,我也习惯了。有时一走就是十几天不回家,也没有电话。"朱玉红着脸说。

陈晓峰从她的表情中能感觉到她与丈夫的关系不和,或者另有隐情。

"既然经常有这种情况出现,这次刚离开一个星期怎么想到报案了?"陈晓峰简单地问了一句,他没有逼朱玉。

"到处都在传邗江宾馆水箱发现无名男尸,我越想越害怕,而且这几天打老公的手机,一直关机,这才想到报案。"朱玉说到这里,眼圈红了,泪水随之流了出来,她从包里拿出纸巾抹拭。

"你老公叫什么名字?"

"韩石。"

"在什么单位工作?"

"私营建筑公司。"

"失踪了这么多天,你没有询问过他单位里的人吗?"

"我打过电话,公司里的人说去外地了。我问去哪里了,他们说不知道,说他走前没有说出地点。哼,我当时在想,肯定又和那个烂货去鬼混了,他们合伙瞒我。"

"你老公在外面究竟有没有情人?你一定要说清楚,这对查找你老公的下落,以及核实死者是否是你老公非常重要。"

"我一直怀疑他在外面有情人。"朱玉说到这里,红了眼睛低头小声啜泣。

"你和丈夫感情不好?"

"这几年他的应酬越来越多,一个星期最多能回家吃一两顿饭。"

陈晓峰望着眼前眼圈红红的女人,想到郝奇说死者身高一米七五左右,上下不差一公分的话,问道:"你老公身高多少?"

"一米七五。"朱玉望着陈晓峰回答说,眼里同时闪过惊慌,她声音颤抖地问:"是他吗?"

陈晓峰轻声说:"身高吻合,但仅此不能确定。你有心理准备吗?我们有死者照片,你认一下,是不是你爱人?"

朱玉听说身高吻合后,两腿发软,几乎站立不稳。

"朱女士,你没事吧?能承受住吗?"陈晓峰问。

"我没事。"朱玉说这话时,脸色苍白如纸,她想站起来,腿上却无力支撑。

陈晓峰拿出男尸照片,递给朱玉。

朱玉浑身颤抖如打摆子,艰难地伸出手接住,不敢看,望着陈晓峰和小涂,目光中充满了恐惧和哀求。

陈晓峰和小涂用鼓励的目光对她点头。

朱玉闭上眼睛,在内心为自己鼓气,在心里默默念叨:"不是他……不是他……"

她像一名快要输光的赌徒，鼓足了勇气，睁开眼睛，翻过照片，仅扫了一眼，吓得她"啊"的一声尖叫，丢了照片，眼睛发直。

陈晓峰与小涂对视一眼，舒了一口气。

半晌，朱玉情绪稳定了许多，她拿起照片仔细看，之后望着小涂和陈晓峰"妈呀"一声尖叫，低声悲恸。

死者身份得到确认，让"7·27"凶杀案的侦察有了方向。

陈晓峰派李崤带上画像师，去邗江宾馆，根据服务员提供的两男两女不明身份住客的脸部特征，由画像师现场画像，再由目击者回忆对照确认。没多久，像画出来了，复印、传真到全市车站、码头，分发到大小宾馆、旅馆，查找两对假夫妻。

陈晓峰带人去调查死者生前的社会关系，查找死者失踪前接触的人是谁，与谁通过电话。

陈晓峰在去的路上，大脑里不时浮现出嫌疑人的画像，他老觉得什么地方不对劲。

四个人都是中年人，外形怪异，男人不是留长发就是连鬓胡子。两个女人戴大墨镜，遮了半张脸，高个子鼻头有粒黑痣，矮个子上嘴唇一粒黑痣，都很显眼。这样的画像，虽有特点，但让人一看便觉得不正常。

太容易了，便不是真的。这是陈晓峰多年来从警经验总结的一句话。

他在担心，如果按这样的画像找，会不会被误导？可是，在没有其他犯罪嫌疑人外貌特征参照的情况下，眼下只能先按目击者提供的线索找。即便画像让人觉得有假，总比两眼一抹黑强。

想到这里，陈晓峰觉得，重点还是从韩石临死前接触的人，以及通话记录开始查起。

第九章
钱色双诱

欧亚东料定像韩石这样的包工头一定是贪财好色之徒，只要投其所好，他没理由不上钩。况且他有情妇，需要更多的钱财。

为了让计划一举成功，欧亚东带着褚菁菁到所要去的宾馆实地察看，他把能考虑到的细节反复向她交代，最后嘱咐，一定要把韩石带到邗江宾馆1313房。

褚菁菁说："别的能耐我不敢说，让我把一个男人带到宾馆，这事儿太简单了。"

这天下午，褚菁菁用欧亚东新开的手机号给韩石办公室打电话，她称自己是邗江九州装饰工程公司新上任的秘书，受蔡老板委托，想请韩老板吃顿饭，时间由韩老板定。

韩石沉默不语，他在心里重复九州装饰工程公司的名称，在记忆库里努力搜索，但他没能调出与这个公司合作过的记忆，也没搜出蔡老板其人。

褚菁菁知道他的沉默出于疑问，嗲声嗲气地说："韩老板，全市大大小小的装饰工程公司谁不认识您呀？您不知道我们九州小公司很正常，况且我们公司刚成立不久。蔡老板也仰慕您的大名，一直想高攀您。这不，蔡老板昨天陪一位领导去新西兰考察，临行前交代我，无论如何都要约到您，待他回国后，亲自登门拜访。我是小秘书，先打冲锋，希望您别嫌小女子资质愚笨，职微言轻，不肯赏小女子的面子。"

韩石被褚菁菁的话逗笑了，耳听她温婉甜腻娇声嗲语，肾上腺素快速飙升，再加上褚菁菁轻笑的调皮，他心中的猜疑很快便被打消了。他的脑海里浮想联翩，眼前出现一位千娇百媚的女孩的笑脸。

"你代表老板请我,可是我不知你姓什名谁。"韩石放低声音说道。

"我姓单。"

"哦!单小姐。"

"韩老板,您是我的贵人。"

"此话怎讲?"

"我们公司有三个女秘书,老板说,谁先请到韩老板吃饭,公司奖励五万元。"褚菁菁说完娇滴滴地笑了。

"看来你们蔡老板对员工挺大方……"韩石说到这里停住了,没有再往下说。

请吃顿饭,老板就拿出五万作为奖励,这个数字让他的心头咚地一跳,可是,为什么要花这价钱请他吃饭?

"单小姐,你不是打错电话了吧?你们老板花钱奖励你请我吃饭?"

"韩老板,我们老板说了,希望您下一个工程能将装修的活给我们公司。"

"这件事呀?"韩石嘴上说着,暗自思忖,过去确实有将这样的工程介绍给朋友,但没有从中收到过好处费。五万块钱像一只小手挠着韩石的痒处,因包了个情妇,花费大了,他也正需要用钱。

褚菁菁继续说:"如今装修工程难接,您能接到的工程肯定有一定的关系,所以,我们老板想与您成为朋友。韩老板,如果您肯赏脸,五万块全是您的。等蔡老板回来,您只要答应他的邀请,这件事就算是我办成了。我工作上有了业绩,就能升到经理级别,我会感谢您支持我工作的。"

韩石故作矜持,沉吟片刻后说:"作为朋友,吃顿饭也不是什么大事,至于五万块钱,是你们老板对你工作成绩的奖励……不过,这也仅是口头承诺,能不能兑现,很难说。"

"您放心,老板已经将这笔钱预支好了,当场兑现。"褚菁菁说。

"好,我交你这个朋友了,就今天中午,皇宫大酒店,只与你一个人见面。"

"韩老板,就这么说定了,中午12点,皇宫大酒店。我现在立即定包间,之后我打电话给您,能把您的手机号码告诉我吗?"

韩石不假思索,把手机号给了她,临了嘱咐一句:"别把我的号码外传哦!"

"放心吧,韩老板,我比您还要宝贝你的电话号码呢!给了别人,等于放跑了财神爷,这可是天大的财富哦!"

韩石又被她逗笑了。

褚菁菁放下电话，立即打电话给欧亚东。

欧亚东没想到事情会这么顺利，一种无以名状的兴奋，使他浑身都在颤抖。不过，他很快镇定了下来，略加思索后，拿出事先准备好的三万块钱交给瞿虎说："你去交给褚菁菁，让她先给韩石两万块，说另外三万放在邛江宾馆1313房，吃完饭带他去。之所以没有一次拿来，担心带太多现金不安全，其中一万块是给褚菁菁中午请客用的。"

瞿虎没多问，拿上钱去找褚菁菁。

欧亚东在邛江宾馆订了两间房，立即与古雪燕、瞿虎先去宾馆，按事先与褚菁菁商量好的程序进行准备。

欧亚东与古雪燕打扮成艺术学院的学生，背着画夹，分别入住预定在12层的房间。

韩石接到褚菁菁的电话后，心里美滋滋的，这不是天上掉下个林妹妹吗？还没到下班时间，他便迫不及待地夹着公文包走了。不过，他没有开车，而是打出租车。

这是他的习惯，凡外出单独与女人约会，绝不开车，因为他的车很多人认识。

没见过面的单小姐声音甜得像蜜，弄得韩石背上皮肤发痒，手够不着挠，心焦火燎的。这是一个诱惑，还有五万块钱的诱惑。两个诱惑像上来的烟瘾，让韩石欲罢不能。

韩石打车来到皇宫大酒店，下了车，没有直接进酒店，而是在僻静的人行道的树荫下站着，这里刚好可以望见酒店大门。他望着站在酒店门口的几个人，仔细寻找电话中与自己通过话的单小姐。

单小姐的外表长相他不怀疑，活跃在老板身边的秘书，长相不会差。但是，与一个还没见过面的女孩子吃饭，要慎重。这个年头，万事都要小心，他担心这件事来得太突然，别暗藏圈套。

韩石急需用钱，养两个家，各方面的开支大了不止一倍，正妻原本对自己金钱方面的需求并不多，每个月只要把生活费交给她便平安无事了。可是，最近不知怎么了，她不停地要钱，而且数额一次比一次大，就这样还说不够开销。这种反常的迹象告诉韩石，她发现他外面有女人了，要掌控经济大权了。

正当韩石想着家事的时候，看到一位身材苗条的女孩子站在酒店门口左顾右盼，他瞄了一眼腕上的手表，过了两人约定见面的时间，估计她就是单小姐。

褚菁菁身穿露肩黑裙，裙子超短，腿穿黑色丝袜，头发扎成马尾，手上拿一只棕红色皮包。韩石离她距离较远，虽看不清她面容，但她裸露的双肩，在黑色衣裙的衬映下，雪一样细白，很容易让男人内心产生柔软的想抚摸的欲望。

韩石又站了两分钟，确认她身边没有别人后，警惕性便减弱了。

褚菁菁从棕红色皮包里拿出手机，不一会儿，韩石的手机响了，他接听电话。

"喂！韩老板，您到了吗？我在酒店门口等您呢。"

"单小姐，你好，我就到了。不好意思呀，迟到了，让你久等。"韩石接电话的同时，举手向张望的褚菁菁举手示意。

褚菁菁看到了，连忙举手。

韩石走近褚菁菁，看清了她的长相，虽不是那种扎眼的漂亮，却文静秀气。他忍不住偷瞄她的双肩，心里说："皮肤真白，真嫩。"

"韩老板，可把您给盼来了。我心里还在犯嘀咕，韩老板会不会爽约。"

韩石听到她这么说，扑哧一乐说："哪敢呀，与你这么漂亮的女孩子吃饭，怎么舍得爽约呢。"

褚菁菁每晚在夜总会陪酒，见过太多的男人，此时，她听出韩石笑中带坏，原本还担心他假正经、难对付，既然主动往上送，就乘机顺着他，把他逗出火，下一步就好办了。想到这里，她说："韩老板您这么大的老板，怎么可能爽约。"

韩石见她把话已经说到这分上，望着她眉眼含春的样子，知道能拿下她。如此想着又忍不住看了一眼她细白的双肩，不由得心头一荡，嘻嘻笑着说："单小姐真幽默。"

"我还幽默呀，我见了您这样的大老板都害怕死了，心跳咚咚的，都要从嗓子眼里跳出来了，哪还有幽默。"

"都是饮食男女嘛，谁没有七情六欲呀？"韩石说。

"还是韩老板平易近人，让我这样的小老百姓能有幸接触，觉得生活有了盼头。"褚菁菁说。

褚菁菁在夜总会学会了察言观色，像韩石这种人来夜总会喝酒叫小姐的多了。那样的场所，让她学会了对人说人话，对鬼说鬼话。对韩石，只管色诱，拿好话灌，等他晕了，离达到目的就仅剩下时间问题了。

俩人说话很小声，不时发出轻笑，无论谁看了都会觉得是亲密无间的好朋友，绝看不出是第一次见面，刚刚认识。

瞿虎送钱给褚菁菁后并没走，他坐在吧台的拐角处，他也没见过韩石长什么样。再者，他想看看褚菁菁如何使他上钩，其实他心里对褚菁菁勾引韩石，很不是滋味。他爱她，虽然她是夜总会小姐，却从没因此嫌弃她。

瞿虎望着褚菁菁与韩石有说有笑、亲密无间的样子，心里说："我跟你相处这么久，你也从没对我有过这么好的笑脸。"

当瞿虎看到他俩进了包房，褚菁菁回身关上包间门的时候，他更是气不打一处来，尤其痛恨韩石。

褚菁菁领着韩石进了包房，将他安排在主宾位上，之后于他右侧欠身落座。

她将菜单递给韩石说："韩老板，您点菜吧！"

"小单，以后在这样的环境里叫我韩大哥！"

"啊！我可以叫你韩大哥？"褚菁菁一副受宠若惊的愕然表情。

"是呀，从现在起你就叫我韩大哥。"

"那我可叫了呀！"褚菁菁脸红红地说。

"叫。"韩石用眼神鼓励她。

"哥。"褚菁菁甜甜地叫道。

"唉！"

韩石没想到她仅叫一个哥字，心头禁不住又是一荡。再看褚菁菁眼里水光盈盈，千娇百媚，他伸手将她的手抓握在手心，轻轻拍了拍说："妹子，你这声哥叫的，可把哥叫苦了。"

"哥……让服务员撞见了，难为情……"

韩石听她如此说，松开手，心里暗骂自己太心急。

褚菁菁嫣然一笑说："哥，别急……"

"哎！哥不急。"韩石脸色涨得红红的，连连点头。

褚菁菁叫服务员进来点菜。

门开了，服务员走近他俩身边问："请问哪位点菜？"

褚菁菁将菜单推到韩石面前说："哥，你点吧！不要为我们老板省钱。我早有宰老板一顿的野心了，今天给了这个机会，咱俩别放过他。"

韩石和服务员都被逗笑了。

事实上，韩石此时没什么心思点菜吃饭了，想尽快结束这顿饭，他的心思全在褚菁菁说的"不急"上了。是不是吃完饭，她就肯了？想到这里，目光又落在她裸露的双肩上。

两个人并排而坐，韩石从她吊带侧面细小的缝隙瞅见一小块粉红色的乳罩，随她的呼吸微微起伏，韩石心底涌起一股热浪。

韩石喜欢自己见到漂亮女人随时都能产生欲望的状态，好比一个好骑手，见到一匹好马便想骑的状态。

此时，他不顾服务员在场，目光里闪烁着一种灼热，一种迷离。

他把菜单递给褚菁菁说："你点吧！我无所谓，简单、清淡就行。要不我点一个，其余的你点，中午休息时间短，下午还得上班。"

"好，你点一个，给我定下目标。"

"红烧鲍鱼，别的都由你点。"韩石说。

褚菁菁接过菜单，嘴上说好，心里骂了一句："去你的。满脑子尽想坏事。"

余下的菜褚菁菁没太讲究，点了几个招牌菜，一瓶不贵的红酒，她不想欧亚东花太多钱在这种人身上。

点完菜，服务员出门下菜单。

韩石说："把门带上，外面太吵。"

门关上了，房内安静下来。韩石毫不隐藏自己的眼睛，直直地望着褚菁菁说："妹子，遇上你，忽然让我想感谢上苍，没有让我白来人世一趟。"

"哥，我要感谢你，说实话，妹子在邙江没有靠山，妹子有了你，今后在邙江谁也不怕了。"

"放心吧！哥在邙江没有办不成的事，以后有事尽管找我。"韩石说着伸手搭在褚菁菁的肩上，想把她搂进怀里。

褚菁菁在他伸手的时候，预感到他下面的动作，侧身拿过放在凳子上的皮包，躲过他伸过来的手。

她没去看他的表情，知道他心中会有不快，便柔声说："哥，今天能让妹子请你吃饭，妹子脸上有光。这是我们事先讲定的，原本我带五万出来的，可是想着带钱多，不安全。再者饭店里人多眼杂，我就放了三万在房里，吃完饭我带你去取。"

韩石见她手上两叠红红的票子，情绪又高涨起来。他没有伸手去接，矜持地说："先放起来，吃了饭去你房里再说。"

他说这番话，心里有数了，知道了她的真正用意。她的目的是五万块钱给自己两万，余下三万是她的。

韩石放心了，既然她如此用心，便不会有诈，不会有圈套。因为她也要钱，又能为了钱奉献自己。

褚菁菁听了韩石的话，将钱放进包内。

"哥，回我房里，一起给你……"

她说完话脸上一红，羞涩地垂下头。

韩石"呵呵"笑了笑说："咱们快点吃饭，别在这里耽搁太多时间，太浪费了。"

"行，哥，我听你的。"褚菁菁说。

韩石又忍不住了，正欲伸手，见褚菁菁起身，又缩回来。

"我去催服务员快点上菜。"褚菁菁说。

韩石点点头，望着她走向门口的背影，心里发急，喉咙发干。

原本包间内有单独洗手间的，褚菁菁借催菜为由出门来到公用洗手间，对着镜子望着自己的脸，竟然扑哧笑了出来。

她侧耳听了听洗手间没有别人，轻声说："想不到我还会演戏。"

褚菁菁觉得做这件事，既刺激又好玩。想起欧亚东为瞿虎报仇，竟然废了城北"黑老大"卢生保，这种敢作敢为的男人，让人不由得打心底里佩服。她想到瞿虎，知道他想跟自己好，可是，自己是一个夜总会小姐，他又知道底细，今后如何能保证他不拿这事说事？

她想到欧亚东那张冷静的脸，和挂在眉宇间的忧伤，感觉这个男人心头压着无法公开的重负，不知道这个重负是不是韩石带给他的。可是，为什么这个与自己毫不相干的男人，要自己出面帮忙，而自己竟然不经考虑便答应了？原来就是挂在他眉宇间的那道忧伤，让自己无法拒绝。

褚菁菁找到答案的同时，想起了古雪燕。

她此时竟然有些嫉妒古雪燕。

她意识到，不能在外面耽搁太久，出来久了，会引得韩石起疑心，那可就麻烦了。想到这里，她匆忙回到房内。

"你去哪儿了?"韩石皱起眉头问。

褚菁菁心头凛然,果然引起他怀疑了。

"我出去看了看这家酒店的凉菜,做得很好,我看了看,能不能挑几款下酒。怎么了?我手机响了吗?"褚菁菁笑着问。

她故意提到手机,是要告诉他,自己不是出去打电话,连手提包也没带出房门,明确表明对他非常信任。

"手机没响,我在想你是不是放我鸽子了?"韩石似笑非笑地说。

"嘻嘻,哥,你可真逗。"褚菁说完,在他的脸上飞快地亲了一下。

这个动作让韩石颇感意外,刚才一直想对她有亲昵的动作,似乎觉得她在拒绝,又不敢太心急,担心惊飞了这只鸽子。

他摸摸脸上被亲过的部位,心头热气氤氲,恨不能冲上前将她抱在怀里,亲热一番。正当他想伸手时,传来了敲门声。

服务员在外面说:"先生,小姐,对不起,开始上菜了。"

褚菁菁说:"请进。"

韩石悻悻地坐回椅子,装出一本正经的样子,心里却搔痒难当。菜上齐了,服务员将他俩的杯子斟上红酒,背手站在一边。

韩石说:"你们可以出去了,不用你们斟酒,我们自己斟就行了。"

服务员躬身点头退了出去。

褚菁菁知道他想干什么,欲拒绝又担心引起他怀疑,一旦他怀疑,所做的一切就前功尽弃了,于是她索性拿出在夜总会与男人斗酒的本领与之周旋。

"哥,咱们今天中午总量一瓶红酒,喝完不另叫。"

韩石有心要褚菁菁喝多点酒,心想一个女孩子,酒喝多了,什么事都好办,便毫不犹豫地接口说:"行,一瓶红酒,两个人喝,谁也不许醉。"

褚菁菁也没装出不会喝的样子,大大方方地端起酒杯说:"哥,感谢你给妹子天大的面子,也感谢你不嫌弃我,认我为妹子,第一杯酒我敬你。"

俩人杯子当地碰了一下,愉快地喝干了。

韩石见她敬完了,也端起酒杯为认她这么个妹子而干杯。俩人一来一去找借口、找话题,客气地你来我往相互敬酒。几轮过后,该说的话也说了,再往下该吐露衷肠了。

褚菁菁不想听他说那些令人恶心的话，狡黠地一笑说："哥，你猜过老虎杠子鸡吗？"

"猜过，但不是很熟。"

"哈哈，这才公平，我也不熟的。剩下的酒，咱们猜老虎杠子鸡，谁输谁喝。"

韩石也觉得酒这么喝下去，你敬我我敬你的，太枯燥了，欣然答应说："好，我陪小妹抬几回杠子。"

敲了两回，褚菁菁自觉输了，喝了两杯，便装出不胜酒力之态说："哥，让着小妹一点，下面你输倒满杯，我输半杯。"

"好，全听妹子的。"韩石借着三分酒意，伸手将褚菁菁抱在怀里说："过来吧，你把哥急死了。"说着他的嘴已经拱上了褚菁菁的脖子，然后埋在她的胸上使劲揉、使劲嗅。

褚菁菁让他拱了几下，推开他说："哥，咱别在这儿玩，喝完我带你去房里，在这里让服务员撞见了会笑话咱俩的。我准备好了，在邗江宾馆开了房，三万块钱就放在宾馆房间里。"

"妹子，你想得太周到了，你怎么不早说？看把哥惹得猴急的样儿。"

褚菁菁微笑不语。

韩石得知已经开了房，顿时兴奋不已，想早点结束吃饭。他说："那行，下面我输了喝满杯，你输了喝半杯。"

褚菁菁乘机从他怀里挣脱出来，坐回椅子上，拿起筷子敲了起来。

"老虎老虎……老虎。"

"老虎老虎……鸡。"韩石说。

老虎吃鸡，韩石输了，喝完了接着敲。

褚菁菁不假思索，仍重复上一轮。

"老虎老虎……老虎。"

韩石也没变，他不相信她会重复，他自己也重复上一轮说的，意在逮褚菁菁一回。

"老虎老虎……鸡。"

韩石又输了，又灌了一大杯，两杯下肚，少说有四两，胃有点胀了，醉意却丝毫没显现。褚菁菁哪里知道，他喝红酒，就像喝可乐，两瓶红酒下肚都不带上厕所的。

褚菁菁说："哥，歇会吧！吃点菜。现在是二比二打成平手，瓶里不足半斤酒，再玩两回便喝完了。"

韩石一门心思想快点喝完酒，与她去宾馆鱼水之欢。他随便夹了两筷子菜填进嘴里，把自己的杯子倒满，说："来，抓紧时间接着玩，这一杯如果我输了，你陪一杯，咱们喝完就走。"

"行，我听你的。"褚菁菁说。

俩人又敲了一回，褚菁菁仍出老虎。

韩石魔怔了一般，仍出鸡，又输了。韩石端起酒杯大口喝完了，他说："今天我输就输在这'鸡'上了。"

他说完似乎觉得有些不妥，这不明摆着骂单小姐是鸡吗？

褚菁菁听在耳朵里，知道他不是有心骂自己，可是自己真就是这身份，心里还是生出别扭。

韩石望了她一眼，看她似乎没听进去，便不要褚菁菁喝杯里的酒了，而且韩石大声对门外喊："服务员，买单。"

服务员进来，见桌上的菜动了不到一半，便问："要打包吗？"

"你打包回家吃吧！"韩石不耐烦地说。

服务员原本是好意，听了韩石的话，觉得被侮辱了，心里委屈，却没敢言声。韩石常来这里吃饭，这里的服务员都见过，因为他来吃饭，都是别人请。今天见他单独带着女孩子来，服务员也自觉，没显得与他很熟悉。但是，见他态度粗暴还是第一次。

服务员退出去了，过了一会儿拿着单子进来，褚菁菁结了账陪韩石往外走。刚走出大门，褚菁菁停住脚步说："哥，等我两分钟，我去洗手间补一下妆。"

韩石说："你去吧！我等你，我也没开车过来，一道打车走。"

褚菁菁快速返回刚才吃饭的包间，进了洗手间锁上门，按照欧亚东事前的安排，拿出自己平时用的手机，给欧亚东打电话。

此时，欧亚东正在邗江宾馆等她电话。

电话通了，褚菁菁迫不及待地说："他来了，一会儿到宾馆。"

"你别慌，还和原来一样，不要让他看出什么？记住是1313房间，三万块钱在床头柜里。"

褚菁菁放下电话，紧张的心情稍稍稳定了一些。她简单地画了眼线，涂了唇膏，走出洗手间。

韩石在路边招停一辆出租车，她上了后座，与他并排而坐。褚菁菁拿过他放在脚边的手提包，弯腰背着司机，将自己包里的两万块钱塞进他包里。

韩石静静地望着她做完这一切，心里说："还不错，懂规矩。"等她把包放好了，韩石伸手握住她的手捏了捏，以示知道了，表示无声的感谢。

褚菁菁点头笑了笑，在他的手心写下1313房，韩石点头。

不多时，出租车稳稳地停在宾馆门前。

韩石对褚菁菁说："你先进去吧！"之后又对司机说："往前开，我去停车场拿车。"

褚菁菁来过邗江宾馆，她进了大堂，直奔电梯。

来到1313房，里面空无一人，她拉开床头柜，里面整齐地放着三万块钱。

这时，她的手机短信铃响，她慌忙掏出来查看。

"冰箱里有一瓶果汁，你当着韩石的面开了，倒给他。之后你去洗澡，十五分钟后你到1212房。"

褚菁菁看完短信，删了。她愣了愣，脑子有点乱，镇静片刻后，拉开冰箱，看到一瓶橙汁。她拿出来，查看瓶子封口，没动过，又拧了拧，很紧。

这时，她听到敲门声，便放下橙汁，将床头柜抽屉打开，进门一眼就能看到里面的三万块钱，这才走去开门。

韩石回身看了看走廊，空无一人，他侧身挤了进来。

韩石一进屋就扔下手中的皮包，抄腿将褚菁菁抱起来横放在床上，跨腿压了上来。

"小乖乖，憋了一中午，快给我吧！"说完，他的嘴已经把褚菁菁的嘴包住了。

褚菁菁左右摆头，好不容易挣脱了，气喘吁吁地说："哥，让我去洗个澡……我身上有味，洗干净了，慢慢给你……"

韩石放开她说："好，你快去，我等你。"

褚菁菁指着抽屉里的三万块钱说："哥，我没骗你吧，都是你的。"

韩石瞄了一眼三万块钱，心头暗喜，他说："妹妹，我不要钱，我要你。"

褚菁菁媚笑了一下，当着他的面脱掉黑裙子，只剩下内衣裤，正要解乳罩，看到桌上的橙汁，便将伸向后背的手撤回来，拿过橙汁说："哥，你喝了酒，喝点果汁醒一下,别一会儿没精力让小妹舒服。"

韩石听了这话,心里如添了一把柴,欲火更炽。

褚菁菁用力拧瓶盖,拧不开。韩石从床上起身,拿过橙汁,没忘了在她屁股上掐一把说:"我自己来,你快去洗吧!我等不及了。"

褚菁菁双手又伸到背后解乳罩扣子,见韩石拧开了橙汁瓶盖,她拿过玻璃杯递给他说:"这里的杯子我都洗过了。"

韩石倒了杯橙汁喝了一口,便端着杯子坐在床上望着她脱乳罩。

褚菁菁嘻嘻一笑,吐了吐舌头说:"哥,你真色,我不给你看。"说完捂着脱剩一半的乳罩,溜进洗手间,关上门。

韩石脱下衬衣,舒服地躺在床上,耳听洗手间传来哗哗的水声,仿佛美人入浴就在眼前,心头无法控制,忽忽乱跳。又觉得嘴唇发干,伸出舌头舔了舔,端起床头柜上的玻璃杯,两口喝完里面的饮料,觉得不够又倒了半杯。

"妹子,快点……哥……等急了。"韩石似乎有点犯酒劲,坐起身。

此时想起每次等女人洗浴都很漫长,何不与她来一个鸳鸯浴?想到这里,他咧嘴笑了笑,便开始脱衣服,还没把衬衣扣子解完,忽然觉得眼皮涩重,揉了揉眼睛,嘴里仍叽里咕噜地叫妹子,眼睛却睁不开了,脚下一软歪在床上呼呼大睡了。

褚菁菁在卫生间里并没有下水,而是一直站在门边听外面的动静,刚才还听到韩石叽里咕噜的说话声,此时却没了动静。

又过了片刻,她将门打开一条缝隙,伸头往外看,见韩石斜歪在床上呼呼大睡。她这才放心走出卫生间,快速穿上衣服。她将床头柜里的三万块钱取出来,但想了想,又放了进去,从韩石包里将那两万块取出来,放进自己包里,走出房门。

她按照欧亚东的短信吩咐,来到1212房前,敲响了房门。

门开了,欧亚东在等她。

褚菁菁看到欧宝松、瞿虎和古雪燕都在房内,暗暗吃惊,脸上微微变色。

"韩石睡着了吗?"欧亚东问。

"睡着了,我看到他睡着了,这才跑出来了。"褚菁菁心中开始害怕了,说话的声音微微有些颤抖。

"菁菁,别怕,没事了。"瞿虎安慰她说。

褚菁菁看了看众人,从包里拿出两万块钱,还有中午吃饭买单剩下的钱,她说:

"这两万块我不要了，房间里的三万块钱还在抽屉里。"

欧亚东将两万块钱塞回她包里说："事先说好的，拿着吧！把这件事忘了。"他又转向古雪燕说："你陪菁菁妹子在房里坐，我和宝松、瞿虎去楼上，我们分头从楼梯上去。"

瞿虎率先走出房门，隔几分钟，欧宝松上楼。

原本欧亚东想等韩石醒来问他砸死父亲的一车砖是谁指使的，可是，当进了房间却看到韩石脖子上绕了一圈尼龙绳，人被勒死了。

他惊愕地望着瞿虎说不出话来。

瞿虎说："哥，你帮我报了仇，这点小事不用你动手。"

欧亚东没有埋怨瞿虎，拍了拍他的肩小声说："下次别太冲动。"

韩石死了，父亲的死因没问出来。

眼下知道真相的只有马南山了。

这晚，当欧宝松和瞿虎准备将装有韩石尸体的行李箱运出宾馆时，还没出电梯，就意外地看到了一群警察冲进宾馆的大堂。

欧宝松和瞿虎只好将行李箱拉到楼顶天台，没能从容地将韩石的尸体带出宾馆，只能匆匆弃尸于报废的水箱里。这件事看起来做得天衣无缝，也没留下丝毫线索。然而，一旦韩石的尸体暴露了，并被确定身份，案子的漏洞便出来了。

欧亚东在欧宝松和瞿虎离开宾馆前，分别给他俩化了妆。他给欧宝松和瞿虎戴上假头套，还用橡皮筋扎成一把小刷子，再给褚菁菁戴上大蛤蟆镜，将长发盘顶，又在她鼻梁上粘上指甲大的黑胶泥。他吩咐他们，先后离开，出邗江宾馆后各自打车走，中途换车，找没人的地方把化妆的假发扔了，一周内不要联系，再聚的时间由他通知。

行李箱由瞿虎带出宾馆，装满石头从桥上扔入江里，沉入江底。

欧亚东和古雪燕开的房间在12层，他知道警察会重点注意13层，他俩当晚没退房，也没在宾馆住。第二天上午服务员打扫房间之前，由欧亚东回宾馆退房。

欧亚东原本是平头，从住进宾馆后便戴上了假发套，与古雪燕一样，一身牛仔装，身后各自斜背绿色帆布画夹。俩人牛仔装前襟满是油彩，各自鼻子上架一副墨镜，像邗江艺术学院学画的学生。

服务员对大学生在这里开房司空见惯了，谁也没放在心上，心里反而生出羡慕，心想:"瞧人家,多般配,都是大学生,都是学画的,一起出去画画,太浪漫了。"

警察来过几次,所有服务员都没提起这两个人,在他们的印象中,两个艺术学院的学生,怎么会与杀人案联系在一起?再者,警察特别关注的是13层的住客。所以,警察每次调查,欧亚东和古雪燕都没能走入警察怀疑的视线。

第十章
死者身份

　　白水区公安分局将两对假夫妻的画像打印近千份，分发给全市所有出租车司机以及公交车司机协助查找。

　　陈晓峰派李崤重点排查韩石死前的通话记录。

　　陈晓峰分析，既然韩石的妻子怀疑他外面有女人，或许确有其人，电话账单显示通话记录最多的应该就是这个女人，找到这个女人对破案有重大帮助。

　　李崤来到电信公司，调出韩石一个月内的通话记录，其中仅有一个号码每天与韩石保持通话，时间集中在中午和下午，通话时间不均。估计这个电话是韩石包养的情人的，李崤把这个情况以及电话号码报告给了陈晓峰。

　　陈晓峰听了李崤的汇报，另派大李与武渊按照这个手机号码寻找韩石的情人。

　　经过对韩石通话记录的排查，对通话人身份的逐一核实，找到了相关人。唯独韩石生前最后一天上午与中午这段时间的通话电话号码，无法找到通话人。这两个号码在韩石的通话记录中，总共出现了三次，而且集中在同一天。

　　一个电话是上午经公用电话亭打给韩石的。

　　这个电话亭在一个十字路口，不属闹市，离韩石单位的办公室不足一公里路程。李崤来到电话亭的位置，找不到离此最近的商铺或饭店，有一间工厂离那里也有两百多米。他想，电话公司在这里设电话亭，大概也是为了方便工人，而上午那个匿名电话正是工厂上班时间打的，如此看来，很难找到目击证人。再说事隔这么久了，即便有当日的目击证人，也很难回忆起这个不经意打电话的人了。

　　另外两个电话，出自同一部手机，仅是通话时间有间隔。李崤往这个号码打电话，无法接通。凭经验，这个手机号肯定没登记，此时无法接通，手机卡应该是被销毁了。

一个月内的通话记录都能找到通话人，唯独这个手机号和电话亭的通话人无从核实，这几通电话肯定与韩石的死有关。

李峙来到陈晓峰的办公室，把核查的最终结果向陈晓峰做了汇报。

陈晓峰在心里默默下着结论："毫无疑问，公用电话和手机，这两个电话就是犯罪嫌疑人打的。究竟是两个人？还是一个？"

"可不可以肯定通话人与韩石是熟人、朋友，或者其他关系？"李峙问。

"是啊！如果不是熟人，韩石怎么接了这个电话便去了邗江宾馆？公用电话和手机，是不是同一个人？"陈晓峰问。

"这个人先打韩石办公室的座机，再打他的手机，是否一开始并不知道韩石的手机号？"李峙说。

陈晓峰望着李峙，觉得他的分析在理，心里很高兴。其实他想到了两个电话是同一个人打的。况且，是否同一个人都不重要了，因为最早的案情分析会上已经下了结论，这是团伙作案，调查中也证实，嫌疑人是两个人，或两个以上。但是，陈晓峰想到了另一层，如果按照李峙说的，同一个人先用电话亭的电话，再用手机，这个人之前不知道韩石的手机号，用电话亭的电话找到韩石，这才获悉了手机号，之后韩石又能如约前往邗江宾馆，可不可以推断，这个打电话的人是女性？陈晓峰想到这里，眼前浮现出对两个留长发戴蛤蟆镜的女嫌疑人的电脑画像。

"打电话的是个女人，肯定不是韩石的朋友。是不是电脑画像中的两名女性之一，现在还不能下结论。"陈晓峰说。

"嗯！如果是其中的一个，便是犯罪团伙成员。这个人是什么身份？这个团伙又是什么性质？"李峙表情疑惑，自言自语。

"究竟图财，还是情杀，或者仇杀？韩石有妻子，有情人，为什么欣然应陌生女子之约？"陈晓峰问。

陈晓峰与李峙一问一答分析着案子，同时陷入对案子的思索。就是这样的一问一答，他们的大脑里不断地出现不同的场景和不同的犯罪人。

他俩都在想，究竟是情杀，还是仇杀？

片刻后，李峙问："我下一步是否着手调查这个买手机卡的人？"

"查找买手机卡的人，不是件容易的事，而且，我觉得意义已经不大了。你想，这个手机号仅与韩石这部手机通过话，再无其他任何通话记录，连一个短信也没发出过，说明这只手机准备用于犯罪，手机卡早就被销毁了。可以肯定，买手机卡的人，不可能用真实身份，或由本人去买。何况，这四个人连入住宾馆登记的身份也全是假的。我一直在怀疑，四个嫌疑人相貌的真实性。两男两女都是长发墨镜，如果如闵娜所说，犯罪团伙头目智商很高，再懂化妆术，那么我们根据电脑画像去寻找嫌疑人，那可就南辕北辙、离题万里了。"

李峙听了陈晓峰的话，频频点头。他深呼一口气，排解心头生出的急躁情绪。

调查韩石死前接触过的人，是破获整个案件的关键步骤。可是，这个手机号仅使用了两次，使用时间正是在邗江宾馆抓捕卫水冰的日子。

目前，虽然怀疑画像中的两男两女，看起来已经锁定了目标，可是四个嫌疑人的面目，却越来越模糊。

想来想去，整个案情线索好像仍停留在确定死者身份之前，虽然确定死者身份之后也找到一些有价值的线索，却无法继续往下进行。

原来以为只要确定死者的身份，便能找到更多线索，离破案便不远了。眼下看来，没那么简单。

陈晓峰感觉到，案件似乎更复杂了。

一桩弃尸案，现场不留丝毫痕迹，凶手做到了；即便现场不留下痕迹，却很难做到计划过程不留痕迹，这个人也做到了。陈晓峰开始在心里佩服这个犯罪团伙头目的智商。

他想，要想找到有价值的线索，仍需从死者身上入手。如果是情杀，一定是他过去认识的人；如果是仇杀，无外乎是他以前得罪过的人。只要从他过去的社会关系中深入调查，一定能寻找到有用的证据。

陈晓峰想到这里，对李峙说："下一步还得从韩石生前的社会关系进行调查，寻找切入口。了解韩石过去有没有在工作或生活中结下仇人，只要有事情的起因，就有参与者，也会有旁观者。"

"嗯！我先从他身边的同事亲友着手了解。"李峙说。

"这个任务派你与虞敏菲同去。"

"陈队……我……"

"我不是给你俩时间谈恋爱。调查韩石的社会关系，成了案子突破的关键，我交给你们的任务可想而知十分重要。韩石的社会关系无外乎两种组成部分：一是他的家庭；二是他单位的同事，有男有女，有老有少。你一个小伙子去调查，不一定每个人都积极给予配合，也许会有人不说真话。有虞敏菲协助，能收到更好的效果。"

"我知道了，陈队，我一定全力以赴。"李崝愉快地说。

"你可要想清楚，如果工作没有进展，反而会让人觉得你们借工作之机在谈恋爱哦！"

"放心吧！陈队，你是我队长，也是我哥们儿，我不会让你失望的。"李崝说完兴致勃勃地走了。

陈晓峰送他到门口，望着他的背影，心中对他寄予希望。

这时，陈晓峰想到武渊与大李去调查韩石的情人，不知他们有没有进展，能否从他情人那边得到新线索。想到这里，他掏出手机给武渊打电话。

电话通了，陈晓峰问："喂，武渊，情况怎么样？"

"陈队，我们找到她了，名叫苗可。她承认给韩石打过电话，可她不承认与韩石有特殊关系。我告诉她，韩石被人杀害了，她听了也只是啼哭，什么也不肯说。"

"带回局里。"陈晓峰脸色铁青地说。

"是。"武渊坚定地回答。

与武渊通完电话，他又给闵娜打电话，告诉她准备对韩石的情人进行常规问话。

陈晓峰换上警服，戴上帽子，来到刑警队会议室，这时候闵娜已经把讯问前的准备工作做好了，决定讯问不放在审讯室，而是放在会议室。

陈晓峰原想让闵娜一个人问话，自己参与会让苗可产生顾忌，可是，这个案子的进展让他感到心焦，他忍不住走进小会议室，与闵娜并排而坐。

闵娜见陈晓峰并肩与自己坐在一起，似乎有点紧张，面露羞涩。

陈晓峰问："紧张？紧张我在还是紧张审讯的人？"

"谁紧张了。"闵娜说完反而低下头，翻弄记录本，眼睛并不看陈晓峰。

陈晓峰意识到闵娜的紧张来自于一男一女坐在安静的会议室里，想到这层，他也有几分不自然。他干咳一声说："这是工作，怎么弄得像个小女生？"

闵娜听了他的话，扬起脸大方地望着陈晓峰，白了他一眼说："谁是小女生呀！我也是一名刑警。"

陈晓峰"呵呵"一乐，没言语。

闵娜说完话，不知为何，又心虚地瞄了一眼陈晓峰，她不想过早被他看出自己喜欢他，更不想不经意的流露被他看出来。

闵娜要求调来白水分局刑警队，就是因为喜欢陈晓峰。在没有向他表达心思的时候，与他单独共处一室，既害羞又甜蜜。

陈晓峰并没有看出闵娜心里想什么，更不知道她喜欢自己，此时觉得她的神情与平时不一样，他见过她在季局长面前没有丝毫紧张和惧怕，可眼前流露出的羞涩，让他有些奇怪。

没多久，苗可被带进来了。

苗可看到眼前外表威严的一男一女两名警察在对面端坐着，立即显得手足无措，不知是坐还是站着。

陈晓峰看出她似乎刚刚哭过，眼泡有些肿胀。他打量她清秀的面孔、苗条的身材，心想她年纪轻轻的，外在条件不差，为什么甘愿被人包养。找一份工作自食其力，活得轻松自在，心安理得不是更好吗？

陈晓峰见她目光满是惊慌的样子，内心又对她生出几分同情。

一个年轻的女孩子，活在这个物欲横流、充满各种诱惑与欺诈的世界，想要一步不错，太难了。

他的心里如此想着，收起严厉的面孔，并没有急于开口，而是侧脸转向闵娜，点头示意她开始问话，同时用柔和的眼神示意她，语气要和缓。

闵娜看懂了陈晓峰的意思，心里说："这个男人内心柔软、细腻，连一个被讯问的对象，都能想到照顾对方的感受。"想到这里，她面上微微发热。她平静了一下心中的微澜，提醒自己，此时在工作。于是，她坐直身子，低头翻弄记录本，借机调整情绪。

她翻了几页审讯录，端起茶杯喝了一口水，起身走到门边，对守在门外的女警说："送一杯水给她。"

苗可听到了，望着闵娜的眼神充满谢意。

不一会儿，女警送来一杯白开水，放在苗可面前。

闵娜摊开记录本，没预备记录员，在她看来，讯问苗可这样的对象不用做准备工作，自己边问边记，可以应付。另外，她是不想给对方造成更大的心理压力。她眼角的余光瞟到苗可端起茶杯喝水，等她放下杯子后，才把目光直视她。

闵娜沉静的目光停在她脸上，足足有十秒钟，一时间，会议室显得很静，陈晓峰似乎能听到自己的心跳声。

苗可在闵娜这种平静而又无声的注视下，再度显得局促不安。闵娜开口问话："苗可，我想你已经知道韩石被杀的消息了。我们今天不是审讯你，仅是问话。你与韩石是什么关系原本不在我们的问话范围，这属于你的个人隐私。但是，韩石是被谋杀的，所以我们不得不对他身边的每一个人进行调查讯问。也许凶手就是他身边的熟人，希望你积极配合，助警方尽早破案。你与他关系特殊，所以把你叫到公安局来，希望你把知道的情况如数告诉我们。"

苗可望着闵娜，又望向陈晓峰。女警问的这番话，与之前武渊的问话基本一致。此时，她不想承认与韩石之间的那层关系。他已经被杀了，谁杀的？为什么被杀？自己一旦承认与他的那层关系，传出去，这辈子洗不干净这段经历不说，很难说会不会惹上别的麻烦。再者她不敢肯定自己承认了这层关系，是否会被牵扯进案子。

苗可想得越复杂，嘴闭得越紧。

闵娜并不着急，也看透了她的心思。无论出于什么动机，每个人都有自我保护的本能。

闵娜能原谅她这种动机与本能，但她已经想好了如何让她开口。

"我们可以肯定，韩石被杀与你无关，你也不清楚被谁杀了。因为你也不了解韩石究竟得罪了什么人，或者在外面做了什么。你更没想过，以后会不会牵扯到你。"

苗可听了这番话，脸上忽然变色，随即浑身哆嗦了一下。

刚一开始，苗可听到韩石被杀弃尸的消息，又惊又怕，谁知道他得罪了什么人。从警察嘴里说出会不会牵扯到自己，更让她不知所措，浑身顿时掠过一阵寒意。

闵娜觉得时机差不多了，放缓语速说："公安机关找你问话，意在保护你，目的也是为了尽早破案，早日将犯罪分子缉拿归案。你想想，弄清案情真相，澄清此案与你无关，你自己的内心是不是也踏实干净了？让犯罪分子逍遥法外一天，就多一天危险。万一这些没有人性的犯罪分子，哪一天得知你与韩石曾经有过的关系，上门找你，事到临头你再寻求公安机关的保护，可就晚了。"

闵娜说到这里停住了，不再往下说，原本柔和的目光，突然挂起寒霜，变得冰冷，凌厉的寒光直指苗可，里面似乎藏有一簇簇利刺，要射出来，逼得苗可不得不低头。

这样的攻心术普通人是难以承受的，再者，苗可原本就不知韩石被杀的因由，她不愿卷入这种莫明其妙的令人担惊受怕的旋涡。

"把你知道的都说出来，我们也不会把你和韩石的关系透露出去的。"陈晓峰小声说。

苗可抬起头说："真的不会把我和他的事说出去吗？"

"当然是真的，我们问话是为了破案，不是为了刺探隐私。"

"我还有一个要求，不能让我父母知道我做的事。"苗可说到这里，泪水一串串滚落下来。

"你放心吧，只要你与本案无关，我们不会追究你与他的关系。"闵娜安慰她说。

"我真的不知道他在外面得罪了什么人，我和他的协议是每月一万块零用钱，房租水电生活费另计。他可以任意时间来我这里，或过夜，我承诺不破坏他的家庭。至于他外面有什么朋友，得罪了什么人，我真的一点也不知道，因为他从没带朋友来过我们住的地方。我想他也不敢带来吧！"苗可说到这里，低下头不再说话。

"韩石最后一次在你那边过夜是几号？"陈晓峰问。

"七月十九号，之后就再没来过，打他的手机也是关机。我还以为他外出旅游了，他一般去外地之前都会发条短信告诉我，或叫我一同去……"苗可小声说。

陈晓峰见闵娜埋头记录，便放缓节奏，稍作停顿。

闵娜记录完了，接口问："你认识韩石的爱人吗？她知不知道你的存在？"

"这个我不清楚，我从不问他的家事，他每个月都能按协议将钱送到我手上。只是上个月，也就是六月份没给我钱。我还以为他变心了，或者让他老婆发现了，控制了他的经济来源。不过，隔了两天他便如数送来了，他没提起经济出现困难，我也没多问。"

闵娜小声嘀咕了一句说："你倒是挺守规矩。"

陈晓峰听了想笑，还是忍住了。

苗可说完这番话，面红耳赤，神情尴尬。

话问到这里，陈晓峰与闵娜都清楚，苗可与谋杀案毫无关系，她根本不了解韩石的生活圈子，再往下问，也问不出有价值的线索。

陈晓峰与闵娜对视一眼，闵娜会意，她说："今天问话就到这里，你可以回去了，但最近不要离开邙江，如果想起什么有价值的线索，随时与我们联系。如果我们找你，希望你随叫随到。"

苗可听说让她回去，欣喜不已，连连应诺，点头称谢。

闵娜示意她可以走了，苗可起身打开会议室的门，门外守卫的警察领她出去了。

"她不知情。"陈晓峰说。

"是的。看起来挺单纯的一个女孩子，甘愿被包养，让人想不通。"闵娜说。

"这个世界什么事都有，什么人都有，有些事说不清，有些人让人想不明白。"陈晓峰答道。

"想不清，就不想，说不明白就别说。"闵娜说。

陈晓峰笑了。

"陈队，卫水冰的案子还没结，毒资起出来一部分，我明天想再去一趟江塘镇。我想去江塘派出所落实一下卫水冰奶奶养老的事。一个孤寡老人，仅存的活着的希望破灭了，该有多伤心，多孤独。"闵娜说。

陈晓峰不放心闵娜一个人去江塘，他说："你选好时间我陪你一起去，我也正想与你商量一下再审卫水冰的细节。韩石的案子走到这里，似乎陷入了泥潭，我也想冷静思考一下，寻找另一个突破口。"陈晓峰嘴上如此说，心里在想："她这个时候还能想着一个孤寡老人，说明她是心地善良的女孩。"

闵娜望着陈晓峰，心里充满感激。在她看来，他是不放心自己一个人去江塘镇，是在借口保护自己。

"谢谢陈队，我整理一下手头的工作，安排好时间，半天来回足够了，到时我告诉你。"

"好的，就这么定了。"

陈晓峰说完正准备起身离开会议室，李崞敲门进来说："陈队，冉局来电话找你。电话打到你办公室，没找到你，又打到队里，听他的语气有点火气。"

听到冉麸找自己，陈晓峰心里显出几分不快，眉头微微皱了一下。闵娜看在眼里，她不明白冉局为何经常对陈队使用高压态势。

"你去接电话吧。跟领导说话，学会语气放缓些，别急。"

"咦？"陈晓峰惊讶地看了一下闵娜，闵娜脸上一红。陈晓峰惊讶的目光变成感激，心情随之愉快起来，他快步走出会议室。

陈晓峰来到办公室，拿起话筒谨慎地说："冉局您好！我是小陈。"

第十章 | 死者身份

"陈队长,我是问你韩石的案子破得怎么样了,凶手锁定了吗?怎么到现在没个结果,也不把案情向我汇报?"冉麸说。

"案子……"陈晓峰一时语塞,因为他还没想过如何将案情向他汇报。

冉麸继续说:"刚才区政法委的领导打来电话,询问案子的进展情况,你不汇报案情,让我这个当局长的不知如何回答,在领导面前一问三不知,这不是让我出洋相吗?这个案子在白水区传开了,弄得人心惶惶,影响了白水区的对外形象。区委领导指示,要求尽快破案。"冉麸说到区领导的时候,口气几乎是怒吼。

冉麸这番话,让陈晓峰双眉倒立,心里憋着一肚子反驳的话,却不能说出口。他想起闵娜刚才的提醒,稳住情绪,说:"冉局长,凶手已经锁定了,是四人,两男两女,凶手的电脑画像已经印发出去了,我们正在抓紧……破案。"

"这样的情况为什么不早向我汇报?"

"宾馆服务员提供的犯罪嫌疑人的外貌,有待进一步核实,刚才我还在讯问韩石的情妇……"

冉麸打断陈晓峰的话说:"案子出来有些日子了,既然确定了死者身份,也锁定是四个人作案,那就尽快抓捕凶手,时间拖久了,只能说明你这个刑警队队长不称职。"

冉麸这句话把一直克制情绪的陈晓峰激怒了,忘了闵娜的提醒,他提高嗓门说:"冉代局长,如果你觉得我不称职,你尽可以使用你手中的权力换人。"

陈晓峰的话刺中了冉麸的敏感地带,冉麸最忌讳"代局长"的称呼。

"陈晓峰,我一早就看出你没把我这个搞政工的代理局长放在眼里,既然你觉得我这个局长是暂代,那么我就行使一回代局长的权力。从现在开始,你就不是'7·27'凶杀案的副组长了,副组长由武渊担任。"

陈晓峰愣了一下,知道自己说的话惹恼了冉麸,有心道歉也迟了,他听到冉麸撤去专案组副组长的话,反而有一股傲气顶了上来,他说:"冉代局长,要不把我这个刑警队队长也撤了。"

"陈晓峰,你……你太放肆了。"

陈晓峰没有再听冉麸说话,"啪"一声撂下话筒。

办公室里的队员,都听到了陈晓峰与冉局长的对话。见陈晓峰摔下话筒,脸色铁青,一个个神情愕然,半张着嘴。

"武渊……武渊……"

"陈队,到。"武渊答。

"冉代局长说……"

陈晓峰想把冉代局长说的话告诉他,但话到嘴边又停住了。这时候说这种话,让人感觉自己将不满情绪迁怒到了武渊身上。他想,任命的事还是由冉代局长亲口告诉他吧!

他回到自己的单间办公室,关上门,坐在椅子里怒气难消。稍微平静之后,他拿起电话想把事情经过向季阳汇报,手触到话筒又缩回来了。冉代局长停了自己专案组副组长的职,会向季局汇报的,想到这里,他冷静下来了。

冉麩对陈晓峰的迁怒,源于区委书记询问案子的进展,他说不出子丑寅卯,便怪陈晓峰没有及时汇报案情进展。冉麩联想到陈晓峰看不起自己政工出身,不懂破案,便一气之下,说出了撤了陈晓峰专案组副组长的话。

冉麩万万没想到陈晓峰敢顶撞自己,尤其他最后说撤了他刑警队队长的职务,明显叫板自己没这权力。

冉麩一股气堵在胸口,半天没缓过来,他下狠心,等自己局长的任命下来了,第一时间将陈晓峰调离刑警队。

陈晓峰摔了电话,虽觉得自己说话冲动了,但也没后悔。冉麩屡次三番地对他找茬、挑剔,让他忍无可忍。

他想着明天要和闵娜去江塘,干脆就在江塘多待几天。想到这里他没有和队员打招呼,便离开办公室,提前下班走了。

第二天一早,他也没去办公室露面,也不给队员布置工作,而是开车接上闵娜直接去了江塘。

卫水冰没全部交出藏匿的毒资,是否仍有同犯逍遥法外,这是陈晓峰最为担心的,所以他不放心闵娜一个人去。

第十一章
下个目标

褚菁菁将韩石带去皇宫大酒店吃饭,让欧亚东想到邗江有头有脸的老板都爱来这样高档的地方吃饭。于是,他从服装城保安辞职,来到皇宫大酒店应聘当保安。

以他的外在条件,应聘一名酒店保安,那是不费吹灰之力。保安经理看了他的简历,当即决定聘用。

这天他正在上班,辖区派出所民警送来画像,欧亚东接过画像认真仔细地端详一番,对辖区民警说:"这哪像杀人犯呀,很像电影明星,长发,大墨镜。"

民警望了他一眼又仔细看了看照片。

欧亚东见民警眼神有异,心里"咯噔"一响。

民警说:"你贫不贫呀?"

欧亚东脸红了,他觉得跟警察开玩笑,是对警察有别于普通群众的威严的不够尊重。欧亚东不好意思地笑笑说:"说笑,说笑。上班无聊,说点闲话提提神。"

民警认真地望了一眼欧亚东,心想这人够油的。

欧亚东看到民警认真的目光,眼皮微微跳动了一下。

他想,警察真的具备特异功能,以后遇上警察,别开玩笑,别搭腔,躲远点。

"发现照片上的可疑人物,立即打上面的电话。"民警指着画像上的电话号码说,语气生硬,脸色冷冷的,说完转身要走。

就在这时,从马路对面走来一位长发戴大墨镜的女孩子,远远看,外形几乎与画像描述一致。

民警看到后愣了一下,对面走来的女孩与画像上的样子很相似,他立即快步迎上去，拦住她。

欧亚东躲进酒店大堂，透过玻璃门看热闹。

民警拦住女孩子，与画像比对，不一会儿，围了一圈人。

欧亚东掏出烟，悠闲地吸了一口。忽然想到公司规定，本店员工上班时间不得在大堂吸烟。他往四周看了看，把烟缩进衣袖内，对另一名当班的保安说："我去洗手间抽根烟。"

他来到洗手间，丢了手中的香烟，掏出手机，分别给欧宝松和瞿虎发了短信，告诉他们警察确认了死者身份，画了嫌疑人的画像。你们没事别联系，不要经常聚在一起。

欧亚东下一个要找的人是马南山，他没把这次的计划告诉欧宝松和瞿虎。

欧亚东心中清楚，警察只要弄清楚死者的身份，很快会从死者身边的熟人着手调查，查找案犯。他知道，得在警察破案之前找到马南山。

他清楚马南山会去江塘镇新建的建材市场，还有靠近火车站的邗江建材总公司。

欧亚东不想在马南山办公的地方露面，那样很容易暴露自己的身份。

他从服装城辞职到皇宫大酒店当保安，是经过分析之后改换的工作。

他觉得不能重复使用对付韩石的方法。

此时，欧亚东开始后悔让瞿虎参与这件事，如果不是他鲁莽地勒死了韩石，也许已经问出了事件真相。如今出了人命案，虽不是自己动手杀死的韩石，可是整件事的起因与策划都是自己，如果量刑便是主谋。

即便如此，欧亚东没有责怪瞿虎，因为瞿虎的所有行为是为了报答自己。

思来想去，欧亚东埋怨自己遇事思虑不周。

人越多参与，留下的线索就越多。他最早只想到把韩石带去宾馆，事情便成了，看似简单，事实上经过了许多中间环节。

一个环节出问题，全盘皆输。

另外，欧亚东最担心的不是瞿虎，而是褚菁菁。这么大的秘密褚菁菁和瞿虎能保守多久，他心中丝毫没底。

古雪燕能为自己保守秘密，是建立在她爱他的基础上。如果没有了爱，万一有一天她恨自己了呢？还能保守秘密吗？

欧亚东想，事已至此，现在后悔也没用了。

第十一章 | 下个目标

所以，这一次欧亚东选择自己出面，不让任何人知道，包括古雪燕和欧宝松。

欧亚东没见过马南山，第一步他要知道马南山是谁，长什么样。之后再一步步接近他。

欧亚东工作努力认真，上下班准时，试用期没满，便被保卫科长视为人才，提拔为保安队长。

欧亚东表现最好的地方，是在酒店最忙的时候，他的工作从不拖拉。比如中午或晚间饭市，他会主动站在酒店门口指挥车辆停放，像大堂经理那样恭候客人。事实上他是在等待马南山。他觉得，饭市时间容易见到请客的老板。

如果请的客人尊贵，请客一方大多会站在大门外恭候贵宾，还有的手上拿着手机等客，不停地叽里呱啦打电话。

从他们打的电话中，能听出请的人是谁，欧亚东偶尔会听到一些人物的名字，在邘江电视和报纸上出现过的名字。

每当这时，欧亚东便会从内心佩服请客者的神通广大。

果然，功夫不负有心人，终于在某天傍晚，欧亚东在酒店门口亲眼见到了马南山。

这天，欧亚东一身保安制服，双手戴洁白的手套，笔直地立于台阶上，他的脸上始终保持微笑。

傍晚六点左右，天色微微发暗，一辆暗蓝色奔驰车，停在酒店门口。

车门开了，下来一位二十多岁的女子，身高一米七左右，身穿暗蓝色西装，西装颜色跟奔驰车的颜色很配。

她打开车门，车内探出一个半秃顶男人的头。女孩伸手护住半秃的脑袋，防止秃脑袋撞上车门。

女孩说："马董事长，您慢点。"

马董事长点点头，没说话。他钻出车门，站在轿车边，眼望四周，之后望了一眼酒店门口的迎宾小姐。

身着旗袍的迎宾小姐迎上前，脸上挂着见了亲人般的笑容。

"马老板您来了，定的房是老地方，我带您上去。"

迎宾小姐说着伸出右手，做出请让的动作。

马南山冲迎宾小姐微笑点头，他说："哟！小杜上班了呀！几天没来有没有想我呀？"

"当然想马老板了,你一天不来我就望眼欲穿了。"小杜一脸媚笑。

马南山没避在场的人,伸手在小杜屁股上抓一把,嘴上"呵呵"笑了两声,一脸的淫相。

小杜扭了扭屁股娇声娇气地说:"马老板,你好坏,吃人家豆腐,有没有小费的?"

马老板从腋下的黑皮包里抽出一个红包塞进小杜旗袍外坎肩的口袋里。

"谢谢马老板。"迎宾小姐蹲了个万福。

"我带您上去吧!"小杜说。

"我要等一位客人,暂不进房。"马老板说。

迎宾小姐听了他的话,哦了一声,明白马老板今晚请的是位重要客人,他要亲自等候。

"马老板您到大堂坐着等,我给您倒杯茶。"

"就站在这儿等。"马老板说。

小杜见状走进大堂,端来两杯茶,递给马老板一杯,再递给马老板同车的身穿蓝西装的小姐一杯。

蓝西装女孩始终没离开马老板两米远的范围,她对马老板刚才抓迎宾小姐屁股的举动,没有任何表情。

欧亚东看在眼里,估计她是马老板的保镖。

十几分钟后,马老板请的客人到了,几个人由小杜领着往电梯走。电梯口,另一名迎宾接替小杜。

小杜回到大堂迎宾台,欧亚东仍站在原地不动。

没有客人的时候,欧亚东若无其事地走到小杜身边,用羡慕的口气对小杜说:"马老板有面子,他请的客人是个大人物。"

"你认出来了吗?那是市政府的刘秘书长。"

"我的乖乖,这么厉害,市政府的领导也请得动。小杜好厉害,认识这么多老板,还有当官的。"欧亚东用近乎崇拜的眼神望着小杜。

小杜有几分得意,她挑了挑眉毛说:"马老板是邙江的大人物,做很大的生意。邙江的建筑材料都由他掌控,所以他跟很多当官的走得近。"

"刚才的马老板就是赫赫有名的马南山?"欧亚东惊讶地问。

"是呀！就是他，你也知道他？"

马南山这个名字让欧亚东感到呼吸困难，心跳加速。

小杜见欧亚东神色有变，有些惊诧。

欧亚东从小杜诧异的表情中意识到自己失态了，定了定神，装出见了大人物的激动，冲小杜歉意一笑说："我的乖乖，他太有钱了，我听说他太太手上的钻戒是三克拉的，邢江市没有一个女人手上的钻戒超过她，还是黄钻。"

"这个你也知道呀！我亲眼见过。马老板带太太来吃饭，他太太进门的时候伸出手指这样看的。"

小杜说着伸出左手翘起手指在眼前晃悠。

欧亚东想笑，止住了，他看出小杜脸上有见过大钻戒的得意与羡慕。

"你真的亲眼见过呀？我还以为是那些嫉妒马太太的人故意谣传的。"欧亚东装出一副没见过世面的样子。

"这有什么好谣传的？这年头有钱怕什么？其实人就怕没钱。"小杜说着话，面带失落。

欧亚东心想，小杜要么为自己没钱而失落，要么为男朋友没钱而失落，也可能为没生在有钱人家而失落。

欧亚东回身往电梯方向望一眼，想到给马南山开车门的女孩子，再想起在服装城给马太太送钱的西装男子。

他意识到，马南山身边二十四小时有保镖跟随。

欧亚东没担心自己不是保镖的对手，而是担心多了一层障碍，只要与保镖交过手，自己的长相便被记住了。如若除去保镖，这也不是欧亚东愿意做的事，他不愿殃及无辜。

保镖也仅是谋生者。

"做男人就得像马老板这样，要钱有钱，要能力有能力，呼风唤雨，在邢江没有他办不成的事。"小杜说着话掏出坎肩口袋里的红包，抽出来一张百元钞票。

欧亚东余光扫到了，假装没看到，眼睛始终望向前方。

小杜似乎并不想回避欧亚东，有意展示，流露出她认识马南山这样的大老板的得意。

她将钞票塞进口袋，红包丢进垃圾桶。

欧亚东觉得小杜说的话也没错，他与小杜年龄相仿，属同一代人，没有代沟。

这是一个现实的社会，既然活在这个时代，就要去面对，只有觉醒自己落后于成功人士，才能不断寻找机会并努力缩短差距。

"小杜，你说的话很有道理，像我这种当保安的，就是一个不成功的男人，看到有钱人，天天脸上发烧。"欧亚东对小杜说。

小杜愣了一下，似乎也明白自己的话伤到欧亚东的自尊心了。

太阳收去最后一抹红霞，倦鸟归林，酒店的招牌霓虹灯亮起来了，欧亚东看到小杜的脸上被霓虹灯涂了一层粉色，像涂了胭脂。

"我快要下班了。"鸥亚东冲小杜微笑了一下，意作告别。

小杜望着欧亚东转身离去的挺拔背影，心里默默地说："这么帅气的男人，如果有钱，该有多么迷人。"

欧亚东到下班时间了，他作为保安队长，只要当班的保安到位了，他早走一会儿没大问题。可是他嘴上说下班，却没离开。

他乘电梯，来到三楼的包房区域，从一个个包间门口走过。

他想再看一眼马南山，前面只记得他半秃脑袋的特点，没记住他的长相。

每个包间门口配有一男一女两名服务员，男生上菜，女生斟酒。上好菜，斟完酒，服务员一般要退出门外。

欧亚东估计马南山的包间应该是两个最豪华包间之一，他没有径直走向豪华包间，而是从包间门前经过。

他与服务员基本都熟悉，经过时与站立的服务员点头打招呼。

保安既要维护酒店用餐客人的安全，也要保护员工上班时间不被顾客无端骚扰。

欧亚东来到第一间豪华包房外，恰好服务员送果汁进房，门开着，他一眼看到马南山坐在主宾右侧，正与客人附耳交谈。

他心里有了主意，把帽子往下拉了拉，压到眉毛，脚步没有犹豫，走进房里。

他径直走向马南山，可是，他的脚刚跨进门，就被站在门边的穿西装的女保镖伸手拦住了。

"你有什么事？"

女保镖的嗓门有些粗，像刚变声的男孩子的嗓音。

欧亚东假装没意识到女保镖会拦他，受惊吓的同时，身子趔趄前倾撞到女保镖阻拦的手臂。

"哟！"欧亚东惊呼的同时，手搭上女保镖的手臂，没往上用力，仅是轻轻粘了一下。

女保镖上当了，挥臂格开欧亚东的手。

欧亚东借力后退两步，"哎哟"一声惊叫，不明就里地望着女保镖，又睁大眼睛望着自己脚下，挠了挠头皮。

"我是酒店保安，这位是马老板吧？您的车子刚才发出警报声，我上来跟您讲一下。"

欧亚东说完看了看女保镖，又挠了两下头皮。

马南山面露得意之色，与刘秘书长相视一笑，之后冲女孩挑起大拇指晃了晃。

欧亚东做恍然大悟状对女孩说："看不出，一个女孩子，手上功夫了得，轻轻一撩便让我退后两步。"

女保镖没理欧亚东的恭维，仍用警觉的目光盯着他。

马南山对女保镖说："打电话给老房，问他是不是在车上，车子怎么报警了。"

女保镖没动脚步，掏出手机打电话。

刘秘书长说："马老板，你车子的报警器太灵敏了，上回我走近你车子，还没碰到车子，警报器就响了。"

欧亚东往外走，没停留，耳听他们的对话，走出包房。

马南山的模样他记住了，不知为何，他觉得马南山有些面熟，模糊的记忆中似在哪儿见过。

他想，马南山毕竟是邗江有名的商人，也许在电视上见过他，抑或在报纸上见过他的照片。

小试女保镖的身手后，他基本知道了她的底细，顶多是在民营武校学过，或者当过武警，会几下子。欧亚东想，马南山把她放在身边当保镖，也就是撑门面而已。

目的达到了，欧亚东没有久留，匆忙离开，以免给马南山和女保镖留下印象。

欧亚东来到停车场，以查岗的名义走到马南山的奔驰车边。

司机被女保镖打电话叫回来之后，检查了车子的前后门，没有发现异样。他见欧亚东走来，问欧亚东："你是停车场的保安？"

"当班保安刚离开，我是保安队长。"欧亚东说。

"我的车门是锁好的,报警器没响吧?"

"是另一辆奔驰,当班保安看错了。"欧亚东说。

"就是,我了解我开的车子呀!"司机自信地说。

欧亚东与他对话,没有走近他,相隔约十米,他是不想让对方看清自己的脸。

欧亚东清楚地看到马南山的车牌号码,以及他的长相,一下子觉得踏实了许多。

之后的日子里,欧亚东仍和平常一样按时上下班,并没有急着与马南山正面接触,他是避免引起马南山身边保镖的警觉。

半个月后,古雪燕收拾自己的行李,从服装城的宿舍搬进欧亚东租住的房子,与他住在一起。

事实上,欧亚东不想这个时候与她住在一起,又不能对她明说。古雪燕是个敏感的人,她想做的事,你去阻拦,她马上就会生气,还疑神疑鬼的。

所以,欧亚东见她搬来了,也没阻拦。

古雪燕仍在服装城上班,她经历了韩石的事,虽没眼见到欧亚东杀人,但她心里清楚韩石是欧亚东、欧宝松和瞿虎合谋杀死的。

邗江宾馆水箱发现尸体的消息传到她耳朵里的时候,她内心有过紧张。过了一段时间之后,没有警察找上门,古雪燕提起的心慢慢放了下来。

她没有顾忌欧亚东是否会连累自己,反而从内心敬佩欧亚东是条汉子。

她体会过心中埋藏仇恨,又无能力报仇的痛苦,那种滋味能把活人折磨疯了,无能为力只能一味地躲,远远地躲。

从某种意义上说,古雪燕内心支持欧亚东报仇。

古雪燕钦佩这个男人,也爱这个男人,她想为这个男人生个孩子。这个想法出现的时候,古雪燕流泪了,内心隐隐生出一种无法抹去的担忧。眼下警察没找上门,并不是永久平安。只要这个案子存在,他们便不能永久平静地生活。

她感觉生活有了变化,像上了一条船,有一种颠簸感;或者是走在悬崖边,终日濒临危险。

古雪燕不担心自己,她担心欧亚东,担心有一天失去他。

想到有可能失去这个男人,一股凉气从脚底往上冒,整个人似要被冻成冰块。同时生出一种疼痛,要把古雪燕生生撕成两半的疼痛。

古雪燕想到自己能为他做的,就是为他留下血脉,留下后人。即便他将来不在了，她也要把孩子养大。

古雪燕感动于自己能为爱的人做一件实实在在的事情。

有了为欧亚东生孩子的想法后，那种惶恐不安的感觉渐渐淡了，古雪燕的内心反而变得踏实了。

没有和欧亚东住到一起时，她没把这个心思告诉他，担心遭拒绝。她知道欧亚东的为人，他有事自己背着，不会给别人增加负担，不会连累别人。

她将自己的衣服与欧亚东的衣服合挂在一个衣柜里，对欧亚东说："从今天开始，我是你妻子。"

欧亚东望着她说："可是，我现在不能给你所有女人都想要的完整的婚礼。"

"这些都不重要，重要的是我和你生活在一起的每一天。"

欧亚东明白古雪燕准备好了，敢于与他一起面对一切了。

欧亚东感动了，他没想过能遇上这么好的女孩子。

"放心，雪燕，我很少给别人承诺，但我答应你，一定会为你补办一个完整的婚礼，有亲朋好友到场为我们祝福的婚礼，到时把父母接来同住。"

古雪燕听了他的承诺，流下了眼泪，她不是感动，而是伤感，她无法失去这个男人。

欧亚东见她流泪，伸手为她擦拭，古雪燕扑进他怀里轻声说："我要给你生个儿子。"

古雪燕说这句话的时候，压抑住喉头的哽咽，微微啜泣。

欧亚东推开怀里的古雪燕，望着她的眼睛，想了想说："不行，这个时候不能要孩子，我们收入不稳定。"

古雪燕再度抱紧他说："这事不要你管，这是女人的事。"

欧亚东没再说话，默默地抱紧她。

自从古雪燕与欧亚东住在一起，她每天看着他准时上下班，没什么变化，也不提过去的事。但她知道他的心头埋着事，她什么也不问，是不去扰乱他的心智。

古雪燕的心里只想做一个好妻子，不管这个妻子是否有名分，能做多久，都不在乎，无怨无悔。

欧亚东尽量保持正常上下班，时间有规律，只要古雪燕下班了，他都能按时回到家，陪在她身边。他这么做是不想引起她不安，不想让她担惊受怕。

他也曾有过放弃找马南山的念头，可是，想到父亲在医院头上被纱布包裹仅露出两个鼻孔的惨状，复仇的怒火又占据了上风。

马南山和韩石有钱有势，他们已经过得很好了，原本和欧亚东一家八竿子也打不着的，却无缘无故弄得欧亚东父母双亡。他们有想过为人子失去父母的痛苦吗？在他们看来，死了人赔钱便能解决一切，他们有考虑过做儿子的尊严吗？

欧亚东经常被这种问题折磨得浑身燥热，像坐在烧热的火炉上。

在邻居看来，欧亚东和古雪燕像一对热恋中的男女，虽然上下班不是出双入对，但每到休息日，总是能看到俩人手挽手去菜场买菜，回来一同在厨房洗菜做饭。

欧宝松和瞿虎按欧亚东要求，相互没有电话联系，他俩起早摸黑地拉客，也很少碰头。褚菁菁没再去夜总会陪酒，跟着瞿虎在家过日子。

表面看起来，各人相安无事，生活仍是过去的样子，没变化，其实内心变化最大的是瞿虎和褚菁菁。他俩原本以为没多大事，当出了人命后，他俩知道一个成了杀人犯，另一个成了帮凶。褚菁菁不是邗江人，她不敢再去上班，又不敢回老家，便跟瞿虎回了家，俩人也没领结婚证，就这么稀里糊涂地住在一起。

瞿虎的父母见儿子带了个有模有样的女孩子回家，初时挺高兴。可是，没过多少日子，瞿虎的父母看出了褚菁菁身上许多毛病，开始对她不满意了。尤其见她窝在家里不出去工作，人还懒，洗衣做饭不会，扫帚拖布不拿，连油瓶倒了也懒得伸手扶，只知道窝在沙发里嗑瓜子看电视。

父母心疼儿子，心想儿子跟这样的女人过一辈子，反靠儿子拉客赚钱养家，这个家不穷得叮当响才怪。

这天一大早，瞿虎刚出车拉活，他的母亲便去敲门叫褚菁菁起床。褚菁菁不理老太太，老太太便在门外絮絮叨叨说个不停："小狐狸精，拖累我儿子，祸害我儿子……"

褚菁菁原本看不上瞿虎，老太太的絮叨一下子惹毛了她。她打开门问老太太谁是狐狸精了，之后冲着地上呸呸吐口水。这下老太太气坏了，拿起笤帚疙瘩打褚菁菁，撵她滚蛋。褚菁菁一怒之下收拾衣服，拖着行李箱走了。

褚菁菁临出门时对老太太说："我根本没看上你儿子，是你儿子死乞白赖缠着我，非拉我来你家。你也不看看，你们家有什么值钱的东西，家徒四壁的，有辆车还是三轮的。让我做你儿媳妇，你也配，让你儿子死了这条心吧。"

褚菁菁的话把瞿虎的母亲噎得直翻白眼，找不到更狠的话回敬她。等到老太太缓过神来，褚菁菁拖着行李箱已经走得没影了。

瞿虎中午回家吃饭，听说褚菁菁走了，拨打褚菁菁的手机是关机，瞿虎顿时火冒三丈。他又与母亲大吵了一架，一怒之下捡几件衣服扔上三轮车满街找褚菁菁。瞿虎骑着三轮车，汽车站、火车站找遍了，也没见褚菁菁的人影，无奈之下，他给欧亚东打了电话。

欧亚东正在上班，听瞿虎说褚菁菁走了，吃了一惊，他后悔忽略了对瞿虎和褚菁菁的关心。

欧亚东安慰瞿虎别着急，说一定能找到她，俩人约好了见面地点。

欧亚东与瞿虎见面后，瞿虎第一句话便说："东哥，这娘们儿不会去报警吧？"他说这句话的时候有些紧张，脸色发白。

欧亚东笑了笑，拍了拍瞿虎的肩膀说："放心，她不是这种人。"

欧亚东嘴上这么说，心里也没底。

"她在邗江有亲戚吗？或者好朋友？"欧亚东问瞿虎的时候掏出手机，他准备给欧宝松打电话，大家一同上街找。

瞿虎仰头想了想说："亲戚肯定没有，小姐妹肯定有。"瞿虎还想往下说，欧亚东搁在他肩上的手轻轻捏了一下，瞿虎住了口。

"你真的不在乎她曾是夜总会小姐？"欧亚东望着瞿虎，郑重地问。

"不在乎，我真的不在乎，只要她今后不再去做了。"瞿虎认真地说。

欧亚东不说话，拍了一下瞿虎的肩膀。

瞿虎望着欧亚东，没明白他为什么这样问，但他能感觉到东哥的话里另有深意，心头紧张，哆嗦了一下。

欧亚东没理会瞿虎的胡思乱想，他给欧宝松打电话，还没等他往外按号码，手机响了，是古雪燕打来的。

"东哥，菁菁在我这里，她到服装城来找我了。"

欧亚东舒了口气，他对瞿虎说："放心，菁菁没走，她在服装城，跟雪燕在一起。"

欧亚东对古雪燕说："瞿虎现在去接她，放心吧，没事。"

瞿虎听说褚菁菁没走，脸上露出笑容，可是，他心中的余悸并没消除，小心地问:"东哥,你是不是想除掉菁菁?"

欧亚东愣了一下,惊讶地望着瞿虎。

瞿虎也愣愣地望着他。

半晌,欧亚东缓过神来,说:"兄弟,为何有这种念头?我欧亚东是寻找杀父凶手,不图财害命,怎么会伤害无辜?如果褚菁菁去报警,她作为公民有义务举报,我不会怪她。况且我确实是触犯了法律,我不会把你们牵扯进来的。我用我的方式为父母报仇,我要做的事做到了,了却了心愿,我无怨无悔。"

瞿虎听了欧亚东的话,脸红红地说:"对不起东哥,我不该这么想。"

"我刚才问你在不在乎菁菁过去做过的事,是想知道你究竟爱不爱她,如果你不爱她,还要不要继续把她找回来。"

"东哥,我明白了。"瞿虎说着话,惭愧地低下了头。

"你真爱她?"欧亚东问。

"我爱她。"瞿虎斩钉截铁地说。

欧亚东点点头,掏出一串钥匙递给瞿虎,说:"你去接菁菁回我家里,等我们回来一起吃饭,我帮你说服菁菁,劝她别再走了。"

"谢谢东哥。"瞿虎接过钥匙欢天喜地地开着三轮车走了。

欧亚东望着突突冒烟的三轮车背影,表情平静。

他后悔把事情弄复杂了,本该一个人能做的事,牵连了这么多人进来。

欧亚东意识到,这件事开始了,自己不可能全身而退,迟早会被警察找到的。他似乎感觉到了警察的脚步正逼近自己。

他有些紧张,四处望了望,见没人注意自己,悄悄松了口气。

既然危险在逼近,剩下的事应该抓紧去办。

下班后,欧亚东打电话叫欧宝松一同回家吃饭。古雪燕是早班,下午就下班了,他们回家便有饭吃。

欧亚东刚到楼下,欧宝松也到了。

欧宝松见了欧亚东开口就说:"哥,瞿虎的事我知道了。"

欧亚东说:"回家说。"

"会不会坏事?"欧宝松问这句话的同时,心存内疚,瞿虎是他介绍给欧亚东的。

"天命不可违。"欧亚东说,并假装轻松,其实是在敷衍欧宝松。

第十一章 | 下个目标

欧宝松见欧亚东神情轻松，反而加重了他的担心。

"是我不好，我也没想到瞿虎会喜欢上这么一个女人。"欧宝松小声说。

"别这么想，他俩帮过我们，不要猜疑别人。"欧亚东说这番话的时候放低了声音。陆续下班的人从他们身前走过，俩人不再说话，一前一后上了楼。

欧亚东租住的房子在三楼，是两家合用厨房，还没进家门，他已经听到了菜入油锅的声音，而且他能听出是古雪燕在炒菜。古雪燕炒菜时锅铲翻菜的嚓嚓声像她的性格，爽快利索。

进了家门，果然是古雪燕在炒菜，褚菁菁打下手，瞿虎在看电视。

瞿虎见欧亚东回来了，后面跟着欧宝松，他连忙站起身，拘谨地站在原地。

"坐吧瞿虎，哥这里就是你的家。"欧亚东说。

欧宝松心中有气，他看不惯瞿虎没出息的样子，脸色没那么好看。

瞿虎看在眼里，再说他心中本就愧疚，像个做错事的孩子。

古雪燕炒了最后一个菜，与褚菁菁一起端菜上桌。

欧亚东接过褚菁菁手上的碟子，微笑地说："菁菁是客人，怎么能让客人下厨房？"

古雪燕放下手上的菜碟子说："我拦不住，菁菁太客气了。"

"雪燕姐，你当我是外人？"褚菁菁说。

"自家妹子，不是外人。"古雪燕说着转脸对欧宝松和瞿虎说："你们几个去洗手，吃饭了。"

欧亚东听话地领着欧宝松和瞿虎去厨房洗手。

洗完手回来，关上房门，大家围桌而坐。

欧亚东说："今晚咱们不喝白酒，喝几杯啤酒，我有事跟大家说。"

古雪燕听了欧亚东的话，将摆上桌子的两瓶白酒拿走，又去啤酒箱里拿出两瓶啤酒。

欧宝松接过啤酒，开了瓶子，给每人倒了一杯。

欧亚东见大家表情严肃，知道自己说的话太郑重了，弄得大家心情紧张，他补救说："我说的也不是大事，都是自家兄弟姐妹，不要生分。"

瞿虎知道是自己把事情弄大了，本就不安，听了欧亚东的话，更是心虚，他连看褚菁菁的目光也是胆怯的，生怕她再弄出什么事，让自己下不来台。

欧亚东见大家响应得并不积极，便带头喝一口酒说："瞿虎、宝松你们也喝，我说你们是自家兄弟，今晚我要说的事，就是自家兄弟之间的事。"

欧宝松没看欧亚东的脸，从他说话的语气以及情绪，感觉欧亚东没有被瞿虎的事情难倒。于是，他端起啤酒杯碰了古雪燕、瞿虎、褚菁菁的杯子，说道："听哥的，来，咱们喝。"

几个人响应，少少地喝了一口。

谁心中都清楚，警察正在调查杀韩石的案子，出任何差错，眼前这几个人谁都得进牢房。

古雪燕并不知道欧亚东要说什么事，心中也在犯嘀咕，她的心思和欧宝松是一样的，担心褚菁菁与瞿虎的关系产生连锁效应。

古雪燕说："我少喝点，待会给你们做个酸辣汤。"

瞿虎不说话，褚菁菁也不说话。

喝了几杯酒之后，僵硬的气氛稍显和缓，瞿虎和褚菁菁脸上僵硬的表情也柔和下来了。

欧亚东调整了一下情绪，把语气放缓。

他望着褚菁菁说："菁菁，有件事我得问你，由你亲口告诉我，我才能决定要不要为你们做点事。你爱瞿虎吗？你愿不愿意嫁给他？"

谁都没想到欧亚东会问出这样的问题，包括褚菁菁本人。瞿虎更是没想到，他惊讶的同时，脸也红了。

瞿虎担心如果这个时候褚菁菁说出"我不爱他"，自己这张脸丢得都没法从这间房走出去。

褚菁菁放下手中的筷子，看了瞿虎一眼，低下头没说话。

"我知道瞿虎爱你，他愿意娶你，愿意为你做任何事。"欧亚东接着说。

瞿虎感激地瞄了一眼欧亚东，眼窝热热的，眼泪都快流出来了。

褚菁菁知道所有目光都在望着自己，她低着头没勇气抬起来面对大家。

褚菁菁拖着行李走出瞿虎的家门后，立刻意识到自己在邝江举目无亲，除了瞿虎再没第二个人可以收留自己。她想回老家，可是，回老家怎么办？还得外出打工。她站在马路边，后悔顶撞了瞿虎的母亲。骂得痛快了，却再也无法弥补裂隙了。

褚菁菁知道自己没那么爱瞿虎，没瞿虎爱自己那般爱他。她就是嫌瞿虎的长相，笨笨的，没有灵气，没有男人味。

再想想自己，任何一个男人知道自己曾经做过的事，能包容吗？如果瞿虎的父母亲知道自己做的事，还能容许自己走进家门吗？

想到这些，褚菁菁便没那么讨厌瞿虎了。她低着头小声说："要看他怎么对我。"

瞿虎见她低着头不说话，急得满脑门汗珠子，忽然听她这么说，便迫不及待地表态说："放心菁菁，这辈子我只爱你一个人。有我吃的绝不会让你饿着，赚不到钱，我上街乞讨也养着你。"

"你就会说这句话，你知道我做过三陪女，以后吵架了，你不得拿脏事说事呀，我还有脸跟你过日子吗？再说，如果你父母知道我曾做过这个，他们能容下我吗？能容我进门吗？"褚菁菁铁青着脸望着瞿虎说。

瞿虎听了褚菁菁这番话，反而镇定了，他松了口气说："我一直担心你看不上我，嫌我人丑、脑子笨。你知道的，我没什么大出息，没有好前途，只能靠笨力气挣死钱，一辈子不可能风风光光，更不可能让你人前显贵。只要你不嫌弃我这个，我一生一世都爱着你，我保证父母让你进家门，我要是提你以前做过的事，出门让我被车撞死。"

瞿虎说的话让欧亚东和古雪燕也为之动情。

瞿虎爱得单纯，没有条件，欧亚东尊重他。

欧宝松进门之前一直对瞿虎心有不满，有怨气，但听了瞿虎这番表白后，也原谅他了。

"光说不练假把式。"褚菁菁说。

"我嘴笨。"瞿虎说。

他俩的对话把欧亚东和古雪燕逗笑了。

欧亚东喝了一口啤酒，放下杯子，走进睡房。

古雪燕不知道欧亚东要干什么，她想起身跟他进去，犹豫了一下，坐着没动身。欧宝松、瞿虎和褚菁菁也用疑惑的目光望着欧亚东。

片刻，欧亚东出来，坐回桌边，摊开手上拿的东西，是三串钥匙。

"这是三套房子的钥匙，宝松、雪燕各一套，瞿虎和菁菁一套。房子不大，只有六十平方米。目前房子的手续在雪燕一个人名下，等产权证下来了，再分别过户。原本我没准备这么快告诉你们这件事，眼下我看到瞿虎和菁菁结婚急需用房，便提前把这事告诉你们，了却你们的后顾之忧。"

欧亚东的这番话把大家都弄愣住了，尤其是古雪燕，跟他住在一起也没听他说起过这件事，想不到他有这么多钱。

"哥，你把赔偿金用完了？"欧宝松惊讶地问。

欧亚东望着欧宝松说："那笔钱是留给你嫂子，还有你将来的小侄子的。"欧亚东说着望着古雪燕点点头。

古雪燕听了欧亚东的话，眼泪顺着腮边流了下来。

欧亚东抽出一张纸巾为她擦眼泪。

"雪燕，对不起，事先没和你商量，我拿了你的身份证去办的。"欧亚东说。

"可是，没有我现场签字，你怎么能一口气买下三套房？"古雪燕问。

"我的一个小学同学，是售楼部的经理，找他内部办的。"欧亚东说。

欧宝松心头犯着嘀咕，欧亚东手上除了赔给大伯的一笔钱，哪来这么多钱？一下子买三套房。

古雪燕没去想欧亚东哪来这笔钱，而是听出他在安排后事，止不住心头凄苦，又不能当着外人说破这层，只能默默流泪。

褚菁菁是女人，她也感觉到了。

出了人命案子，便知道最终结果。欧亚东提前给大家准备房子的用意，是要独自揽下这桩事。

褚菁菁欣赏欧亚东这种敢作敢为的男人，看出他这份心思后，更加敬重他。她拉着古雪燕的手，默不作声，泪水在眼眶里打转。

古雪燕的眼泪也让瞿虎和欧宝松醒悟过来。

"哥，我和菁菁给你添烦恼了。你帮我报了当年的仇，我还没谢你，又给我们买了房子，这样的大恩让我怎么报？"瞿虎小声说。

欧亚东摆了摆手，不让瞿虎说下去。他说："你俩领证结婚吧！"

"哥，我听你的。"瞿虎说。

"你呢？同意吗？"欧亚东问褚菁菁。

褚菁菁望着欧亚东，再看看古雪燕，点点头，小声说："哥，我听你的。"

欧亚东松了口气，他对欧宝松和瞿虎说，你们最近就别再拉客了，抓紧把三套房装修了，瞿虎婚礼就在新房子进行。

"哥，你和雪燕姐也把婚事办了吧！我们四个人一起举行。"褚菁菁说。

古雪燕擦了擦眼泪，换上笑脸，故作轻松地说："你俩先结，我还要对他考察一段时间。"

欧亚东接口说："你雪燕姐看不上我。"

欧亚东是玩笑口吻说的，瞿虎听出来了，嘻嘻笑了，只有古雪燕心头袭来一阵撕裂般的疼痛。

欧宝松听他们的对话，心里有些着急。

"哥，你不能有事，咱家可以没有我，却不能没有你。没有你，我在这世上活着，还得被人欺侮，有你在，我有底气。"欧宝松红着眼睛说。

他的话让在场的所有人都感到震惊，包括欧亚东。

"宝松，放心吧，哥不会有事，把心放踏实了。"欧亚东故作轻松地拍着欧宝松的肩膀。

古雪燕的心在往下坠。

这顿晚饭没有多少欢乐，也很少有谁说话。

经过众人劝说，褚菁菁仍跟瞿虎回去与父母同住，直到新房装修好，举办婚礼。褚菁菁没有异议，答应不再惹瞿虎父母生气。

大家散去后，欧亚东对古雪燕说："房子在你名下，等事情平静了，给他们过户。"

古雪燕明白了他的心思，用房子拢住他们的心。将来自己独自带着孩子，能得到他们的照顾。她没说话，也不问，只是默默地伏在他怀里，眼泪无法控制地往下流。

第十二章
走入视线

陈晓峰陪闵娜去江塘镇见卫水冰的奶奶，陈晓峰开车，闵娜坐副驾驶位子。来之前他电话知会了当地派出所所长，没要求警员协助，决定先去卫水冰奶奶家，回访老人。

陈晓峰开的是国产吉普车，局里配给刑警队队长用的。车子用了快十年了，发动机听着有些吵，空调又不太制冷，只好打开前车窗。

陈晓峰暂时忘了韩石的案子，他和闵娜一样，想的是卫水冰的案子。

卫水冰是主犯，被抓了，没交代全部毒资，季局长指示，暂时不结案。

陈晓峰以为闵娜来见陈奶奶，仍是为了下一步审卫水冰。

其实闵娜来看卫水冰的奶奶，不是想再利用老人感化卫水冰，而是来感谢陈奶奶，她要为自己的心灵赎罪。

利用老人感化卫水冰，她内心觉得愧疚。

闵娜也知道，再审卫水冰如果没有撒手锏，他是不会开口的，她来江塘，也是为了寻找突审卫水冰的灵感，如果能获得更有用的证据当然是再好不过了。卫水冰，之前答应全部交代，可是，到临了改变主意，这是为什么？难道是他提的要求，留一部分钱给奶奶养老，没得到应允，因而改变主意？

此时，陈晓峰专心开车，没说话。

闵娜坐在副驾驶位子上，见陈晓峰不说话，便专心回忆审讯卫水冰的过程。

闵娜想，卫水冰没交代的毒资会不会仍藏于奶奶家的某个角落，准备留给他奶奶养老。或者有同伙没落网，掌握在同伙手上，卫水冰保留同伙、保留这笔钱是有所托付的。

"或者这个人在卫水冰心里很重要？"

闵娜把自己的想法告诉了陈晓峰。

陈晓峰觉得闵娜的分析符合逻辑，也符合人情。仔细一想，又觉得闵娜把卫水冰想得太过理性。陈晓峰经手的刑事案太多了，毒贩、杀人犯最直接的想法是一切手段为了钱，别人的生命不是他们考虑的。

陈晓峰认为答不答应留钱给卫水冰的奶奶养老，都不是不交代问题的理由。毒贩子的死敌是警察，他不会让警察那么容易得到他们付出生命换来的东西。每个毒贩子都知道自己是死罪，抓住便是死，早就想到了这个结果。最后时刻他也要玩弄警察一把，满足他的心理。

但陈晓峰没有把心里想的说出来，以免影响闵娜再审卫水冰的信心。

如果不是闵娜让卫水冰见了陈奶奶一面，也许他不会交代藏在地窖里的部分毒资。

陈晓峰顺着闵娜的思路说："是呀，谁比卫水冰的奶奶更重要？他的父母？"陈晓峰问。

"审问阿六时，阿六曾提到过，卫水冰与父母关系不好，从小是奶奶带大的，我这才决定请卫水冰的奶奶出来见他。可是，我并不确定阿六说的话全都是真话。"闵娜说。

"毒贩子嘴里没有真话，只有他们自己知道。阿六虽参与贩毒，但不够死刑，他想宽大处理，说点真话是有可能的。而卫水冰交代的这部分毒资，是对你带他见奶奶的一种感激也未可知。"陈晓峰对闵娜说。

"对我感激？"闵娜反问，她不想毒贩子对自己有感激之心。

"卫水冰没想到你会让他见奶奶，更重要的是摘去他的手铐脚镣，保留了他在奶奶面前的颜面，或者说保全了奶奶对孙子的希望。卫水冰不是傻子，只要抓住了便是个死，没抓住只能东躲西藏逃亡终生，走路不敢走大路，不敢白天上街。生活中没有亲人，没有信赖的人。因此，他更看重人格与自尊的存在感。你的做法满足了他最后人生人格自尊的保全，尤其在奶奶面前。"

"谢谢你的夸奖，你也是犯罪心理学专家了。"闵娜说。

陈晓峰望着闵娜，哑然一笑，拍着脑袋说："我这是班门弄斧，其实是你料到结果的。"

"我只是没料到卫水冰会留一手,我把他想得太简单了。听了你刚才的话,我想到人有多复杂,案子便有多复杂。我在想,会不会有另一种可能,他藏的毒资只有五百万。"

"季局长得到的内线情报来自省厅,不会有错。"陈晓峰说到季阳,不由自主地看了闵娜一眼,他有一种直觉,闵娜与季阳的关系不一般。不知为何,此时再看闵娜,忽然发现闵娜与季阳长得有点像。可是,闵娜不姓季。

"闵娜,你姓闵吗?"陈晓峰好奇地问。

"陈晓峰,你姓陈吗?"闵娜问。

"我姓闵。"陈晓峰说。

闵娜笑了,笑完之后,她羞涩地转头望着窗外,嘴角仍有笑意。

陈晓峰见过闵娜敢对季局长开玩笑,当面让季局长把烟掐了,他喜欢闵娜的性格,觉得她开朗直爽。

陈晓峰岔开话题说:"我认定卫水冰有同伙没落网。"

闵娜没说话,点点头,依旧望着车窗外。

暖风中,碧绿的麦田在风中展示一层层绿色的浪潮,一株株麦子秀出穗头。

时间总是快得让人惊讶,刚脱去厚重的外套,麦子已经长出了穗头。

吉普车驶入江塘镇,陈晓峰看了看表,刚到十点,是预计中的时间。

"闵娜,你吃早饭了吗?一大早起床就来了。"陈晓峰问。

"这个时候想到我有没有吃早饭?当然没吃啦!我妈要起床给我弄,我没让她起床。"闵娜说。

"我错了,咱们先去吃早饭。"陈晓峰嘴上道歉,脚下松了油门。

车子慢了,发动机没那么吵了,涌进车窗的风柔和了许多。

闵娜拢了拢头发。

"我带了饼干,你吃吗?要不咱们先去陈奶奶家,回头再说。"闵娜说。

陈晓峰望着闵娜,有些心疼她,他再看看路两侧,没看到有像样点的早点铺,他歉意地笑了笑。

闵娜从包里掏出饼干,还有一瓶矿泉水,递给陈晓峰。

"先吃几口再走吧!小心低血糖,开车有危险。"

陈晓峰把车停在路边，接过饼干的包装看了看，掏出饼干吃了几口。

"不喜欢这口味？"闵娜问。

"我看你喜欢什么牌子。"陈晓峰答道。他张嘴说话时，饼干屑从嘴里飞了出来。

"怎么了？干吗要看我喜欢什么牌子？"

"我要多了解你的生活。"

闵娜不说话，心头有些甜，觉得陈晓峰是个心细的男人。

陈晓峰接过矿泉水瓶子，想也没想对嘴就喝。

闵娜吃了两块饼干，也喝了一口。

陈晓峰惊愕地望着她。

"又怎么了？"闵娜问。

她看到陈晓峰望着矿泉水瓶子，也盯着瓶子，以为水有问题。看了一会儿没发现异样，她看着陈晓峰，眼里满是问号。

"你不嫌我喝过的水？"陈晓峰一本正经地问。

"我不嫌你脏。"闵娜说完将涨红的脸转向车窗外。

陈晓峰心头一暖，眼珠一转，眉毛上挑，装出歉意的样子说："我没刷牙。"

"噗！"闵娜将喝在嘴里的满满一口水喷出窗外。

"你恶不恶心呀！"

闵娜擦着嘴角的水滴，佯作恼怒。

"哈哈，前面说不嫌弃，怎么还吐了？"

陈晓峰达到目的，畅快地笑出了声。

其实闵娜没真的生气，她是没想到平时不苟言笑的刑警队队长，竟然也有调皮的一面，还不失幽默，觉得他更可爱了。

陈晓峰抽出纸巾擦闵娜嘴边的水渍，她没有躲闪，定定地望着他。

"我调来白水区是为了你。"闵娜说。

陈晓峰没说话，轮到他定定地望着她了。

"我看出来了。"陈晓峰说，他的心头甜得像抹了一层滑腻的奶油。

"你能看出来？原以为你很笨，还很愤青，与冉麸闹别扭。"

"我犯不着与他闹别扭，他的目的是当局长，多弄政绩，当局长顺利点。他给我小鞋穿，是觉得我抢他风头了。"

陈晓峰说完，嘴对矿泉水瓶口，咕咚咕咚灌了几口。

"你这么年轻，别学得那么世故。人一旦做任何事都有所求，俗念便像路边无法遏制的杂草。"

"你比我还小竟有这么老成的哲学思想。"

"我爸说的，人这一辈子最忌争名夺利，只要陷进去，便如走入荆棘丛中，想找回头路都难。"

"你爸……说得真好。"陈晓峰说。

"我爸是我的偶像。"

自从知道虞敏菲爱的是李崤以来，陈晓峰心里就没出现过这种感觉。他怎么也没想到，有这么一位好姑娘在悄悄地喜欢自己，又主动调到一个单位，还首先表白。

陈晓峰想伸手把闵娜搂进怀里，但他没有，心里明明想这么做，却伸不出手。他不是不敢，是不舍得打破这层氛围，对他来说，太美好了。

天空晴得像陈晓峰的心情，天边有云朵，一大朵一大朵白色的，太阳时不时地躲进去，再走出来，总是那么不疾不徐。

走出云层的阳光照进车窗，晒着陈晓峰搭在方向盘的手与胳膊。他调整情绪之后，还是将想要伸出去的双手搭上了方向盘。

心情热热的，太阳火辣辣的。他双手回归自然的知觉，左手举起来遮挡阳光，右手擦了擦嘴角，说："咱们走吧！"

闵娜将饼干装进手提袋，把矿泉水放在陈晓峰手边。

"喝掉呀！我不会再碰了。"

陈晓峰鬼鬼地一笑。

闵娜记得路，她给陈晓峰指路。车子经过高铁站的时候，陈晓峰看到马南山建材批发市场，巨大的红色广告字，显赫招摇。

他心里说马南山的生意做得真大，每次经过邗江火车站都会看到显著的广告牌，没想到，到了江塘还有他的市场。

陈晓峰望着眼前这个批发市场，占地少说有两万平方米。

他在心中感叹的同时，忽然想起一件事，眉毛咚咚连跳几下。

马南山兴建江塘建材市场的时候，发生了手推运砖车砸死民工的事件，就是眼前这个建材市场。陈晓峰接触过这个案子，由于事件处理以民事赔偿结案，不是刑事案，他没有介入太深。

想到这里，陈晓峰想到了韩石，他缓缓转动方向盘，脚下轻轻一点，将车子停在路边。

闵娜不知道陈晓峰怎么停车了，望着他说："还在前面，要转两个弯。"

陈晓峰想到闵娜原在市局，应该知道这档事。他说："这里曾发生过砖车砸死老人的事件。"

"这事我知道，市局110指挥中心接的报警电话，那天我刚好在110指挥中心找同学有事，听到了这事。"

"韩石负责这个工地的工程建筑。"陈晓峰说这话的时候，语气中带着询问，目光发亮，意味深长。

"你的意思是？韩石的死是否与这个事件有关？"闵娜问。

闵娜问话的同时心里欣赏陈晓峰的敏锐直觉，但她没有把事件与韩石的死往一块拢。如果按陈晓峰的推断，案子就简单了。

她相信任何事情的发生都有起因。而且，作为一名刑警，任何没可能的线索都有可能，很多案子都是看似没有必然关系，最终就是那么简单。

"我们来江塘来对了。"陈晓峰说。

无意中新发现了与案件关联的线索，使陈晓峰眼前豁然开朗。一种按捺不住的兴奋输入他的血管，似乎刚做完一场运动，浑身轻松。

"卫水冰是江塘人，韩石在江塘镇搞过建筑，两个案子究竟有没有联系？"陈晓峰小声自言自语着，他再次把韩石的死与卫水冰联系在一起。

看起来两个案子的时间那么凑巧，而且发生在抓捕卫水冰住的宾馆，陈晓峰越想，越无法把韩石的死与卫水冰撇开。

"你仍认为韩石案与卫水冰案有关联？"闵娜听到陈晓峰自言自语提到韩石的名字。

"你不觉得有太多巧合？"陈晓峰问。

"是的，这种巧合也可能维系在一个人身上，这人就是卫水冰，也可能毫无关系，因为两个案子貌合神离。"闵娜说。

"还有一个人，卫水冰的同伙，如果卫水冰的同伙是江塘人？"陈晓峰望着闵娜问。

闵娜明白陈晓峰把卫水冰的同伙与杀韩石的人联系在一起了，她陷入沉思。

陈晓峰也陷入沉思，此时此刻，他有再审卫水冰的冲动，他想撬开卫水冰的嘴，让他说出真相。

闵娜望着陈晓峰说："你想再审卫水冰。"

"啊！你怎么知道？心理学专家太厉害了，什么事都瞒不住你。"陈晓峰说，他满脸的惊讶。

"不是我厉害，此时我也想审他，他的身上藏有秘密，不仅仅是毒资。我能想到这些，是受你启发，之前我没把两个案子往一起联系。"闵娜说着话，用热烈的目光望着陈晓峰。

"如果没想起这里发生过的事件与韩石有关，我也不会想到这些。"陈晓峰说。

他停顿了片刻，整理了一下思路接着说："有许多案件因仇恨形成暴力，仇恨从何而起？当今社会不时出现各种形式的暴力，如有民众的暴力，合理诉求得不到回应就诉诸暴力，人与人之间的纠纷得不到解决也诉诸暴力；还有一种话语暴力，一旦形成争论，往往不是说理，而是直接转向语言冲突，相互问候老祖宗，或者互相扣帽子，气势汹汹……"陈晓峰说到这里，心中有几分欣喜，几分沉重。欣喜的是，案情有了转机，沉重的是当下社会的暴力现象无处不在。作为公力机构如何应对和解决出现的问题，是刑警队队长应该面对和思考的。

闵娜听了陈晓峰的话，频频点头，她从内心赞成他说的话。

"你怎么不说话？"陈晓峰问。

"我在想你说的话，想到当今社会上产生的各种暴力的最终解决办法是和解，如何寻找和解之道？如何化解仇恨？"

"是的，和解之道，你说得真好。这些暴力的形成，有多种因素。"

"如果我们司法机关不能公正地处理好这样的案子，暴力便不能得到很好的消除。"闵娜似乎在自言自语。

"你说得对，司法公正就是化解仇恨，是和解之道。"陈晓峰说。

"你干刑警队队长屈才了，应该坐镇指挥，运筹帷幄。"

"季局长的位子？"陈晓峰说完调皮地"嘿嘿"一笑。

"你太年轻了，目前看，最多比冉代局长强点。"

"还是你了解我，这一天的到来得等你当上市局局长，到那时别忘了提拔我。"

陈晓峰说。

闵娜笑了。

陈晓峰此时觉得和闵娜在一起很舒服，如果选择办案搭档，他一定选闵娜。

干刑警很讲究搭档之间的默契。好搭档在一起查案像撞了运气，一查一个准，顺利得让人难以置信。他觉得第一次与闵娜外出办案，就有如此大的收获，太意外了。而且自己想到哪儿，她便想到哪儿，她太聪明了。

陈晓峰想到夫妻搭档，止不住脸上发烧。

闵娜看在眼里，问："你脸怎么红了？"

陈晓峰一惊，随即看看天上的太阳伸手挡了挡，说："今天太阳好厉害。"

闵娜似乎看出他在心里打什么主意，鼻子里哼了一声，没有追问。

不一会儿，陈晓峰心情平静了。

闵娜问："先去陈奶奶家还是派出所？"

"看不出你脑子挺聪明，是当刑警的料。"

"哼！别以为世上就你聪明，别人都不如你。"闵娜说。

陈晓峰一副缴械投降的笑容，说："先去陈奶奶家，我需要整理一下思路。"

陈晓峰皱着眉头开车，脑子里画出一个个问号，像一个个圆圈，在他眼前转动。

"难道这是一起简单的复仇案？"

闵娜发觉陈晓峰走神的时候，方向盘已经偏离。

"小心！"闵娜惊呼。

陈晓峰被惊醒，脚下急刹车，嘎一个急停。好在闵娜有准备，只是身子前倾，晃了几晃，没撞到挡风玻璃。

"你下来，我来开。"闵娜说着不等陈晓峰是否同意，便打开车门跳下车。

陈晓峰抱歉地离开驾驶座位，坐到副驾驶位子上。他闭上眼睛，整理线索的方向。

闵娜目视前方，稳稳地开车，没去打扰他。

十几分钟后，车子停了，陈晓峰睁开眼，欠起身，往车窗外看了看，车子停在巷子口。

他没问是不是到了，只是望了一眼闵娜，闵娜点点头。

陈晓峰下了车，掏出手机想给李崏打电话，让他与虞敏菲去调查被砖车砸死的老人的家庭关系，但犹豫了一下，又把手机放进包里。他觉得这事得自己去调查，免得冉麸知道了找麻烦，批评自己不汇报，出风头。

闵娜锁好车门，把车钥匙递给陈晓峰，看出了他的犹豫，小声问："怎么了？什么事这么犹豫？"

"我独自去查一下死者的家庭情况，先不公开，这条线索就我俩知道。卫水冰的同伙隐藏得很深，杀韩石的人也很狡猾。"陈晓峰说。

"你可以打电话给季阳，听听他的意见。如果季阳知道了你查案子的方向，就算将来冉麸知道了，明知没向他汇报，他也不好为难你。"闵娜说。

陈晓峰心里说对呀！季局长会支持自己的。虽然他心里赞同闵娜的建议，但他没立即去做，觉得一个大男人，事事听一个小女孩支使，没面子。

他说："算了，我先查一下，有了眉目再汇报。"

"哼！小肚鸡肠。"闵娜小声说。

陈晓峰假装没听到，心里偷乐。

闵娜在前，陈晓峰跟其身后，往陈奶奶家走。

起出藏于地窖内毒资的时候，刑警队派法医郝奇来过现场，事后陈晓峰没问郝奇现场勘察的情况。当时，他的所有心思都放在宾馆水箱抛尸案上了，没顾上卫水冰的案子。

他有些后悔当时没来现场。

巷子里没有风，太阳光愈来愈强，俩人各自脱了外套，挽在臂间。

此时，陈晓峰的心中有一丝喜悦，感觉自己离犯罪分子越来越近了，仿佛已经闻到了对手的气味。

陈晓峰心情虽激动，眼前却浮现出卫水冰的眼神。陈晓峰看出卫水冰眼睛里的嘚瑟，意思是说，你看不惯我又怎么样？你还不能彻底干掉我。

陈晓峰握紧拳头，在心里暗下决心说："我就快干掉你了，不会让你嘚瑟太久的。"

闵娜走进陈奶奶家的院子，陈晓峰想看看陈家的地窖在哪儿，他小声对闵娜说："你先去，稍后找你。"

闵娜嘴上说好，没回头，径直往院里走。

陈晓峰站在大门外，望着眼前的老式三合院，再回望村道，无行人，他沿着围墙往房后慢慢踱步。

他了解江塘人的生活习惯，估计陈奶奶家的地窖与其他人家的一样，建在房后。

地窖主要用途是储存过冬的蔬菜，过了春天地窖就空了。为了证实自己的判断，他给郝奇发了条短信，问卫水冰奶奶家的地窖位置。郝奇很快回复短信说："房后靠近东山墙。"

陈晓峰转到房后，看到沿东山墙搭有一间小房子，门上挂锁。陈晓峰轻轻一推，门开了，锁搭扣环是坏的，门锁形同虚设。

他站在门口往里望，小房子不足十平方米，红瓦盖顶，青色砖墙，与主墙红砖颜色不搭，明显是后建的。

陈晓峰走进去，沿墙有两排木架，地面抹了水泥，后墙角敞开两米见方的地窖入口。盖子靠在旁边，破损成两半。

他估计地窖废弃多年了，也许卫水冰离开江塘后，陈奶奶就没用过。

陈晓峰蹲在入口处，用手机的手电筒功能往窖内照。

里面黑黑的，地面潮湿，散落着几块碎木片，别无他物。

他闻到洞内飘浮散发着霉变的气味。

起初他想下洞去细看，微弱的电筒光扫过，看不出异样，他放弃了下洞的念头。

他离开地窖，关上门，仍将锁链搭上，看似锁了门。陈晓峰心想，卫水冰够大胆，也有心计，五百万现金能藏在这样简陋的地方。也许他正是利用了人们不相信这种地方能藏钱的心态。

陈晓峰返回陈奶奶家，走进大门，听到闵娜的笑声。

他驻足，没有去打扰。

他喜欢闵娜的笑声，柔和、干净，没有杂音，即便是高音部分也不觉刺耳。

陈晓峰内心甜蜜，欣慰。

他想不到她与陌生的老人沟通得这么顺利。

过了一会儿，他走进院子。

闵娜见到陈晓峰走进院子，仍只顾跟陈奶奶说话。陈奶奶也看到了，问："他就是你男朋友呀？"

闵娜点点头，嗯了一声。

俩人的对话，陈晓峰并没有听到。

等陈晓峰走近了，陈奶奶记得他，她说："姑娘，眼光不错，是个好小伙子。"

对决

陈晓峰不知道闵娜跟陈奶奶介绍自己是她的男朋友，闵娜之所以这么介绍，是不想引起陈奶奶的猜疑。陈晓峰听到陈奶奶的话，如坠云雾，他瞟了一眼闵娜，见她红着脸，更加纳闷。

"陈奶奶，您身体好吧？"陈晓峰说着话，坐在陈奶奶面前的竹椅子里。

"奶奶身体好，上次多亏你女朋友带我去见了水冰，你们俩都是好人。"陈奶奶说。

陈晓峰听陈奶奶说闵娜是自己女朋友，担心她听了不高兴，想纠正陈奶奶的话，见闵娜没反对，便当作没听见，装糊涂。

陈晓峰说："奶奶，您眼真尖，一眼就看出她是好姑娘。"

他说着瞟了一眼闵娜，本想说："奶奶您眼真尖，一眼能看出她是我女朋友。"临了他把"女朋友"改成了"好姑娘"。

"是你有眼光，有福气，这么好的姑娘做你女朋友。小伙子，听奶奶的，赶紧娶回家，小心别别人抢走了。"陈奶奶说完自顾自地笑。

陈晓峰接陈奶奶的话说："我听陈奶奶的，回去赶紧结婚，明天就娶回家。"

"哎哎，别顺杆爬占便宜呀，谁同意你娶了？"闵娜涨红着脸说。

"奶奶您劝劝她，她还不同意呐，我这么好的小伙子，难得，对吧！"陈晓峰不理闵娜的反对，厚着脸耍嘴皮子。

闵娜见陈晓峰起劲了，佯作生气，噘起嘴。

陈晓峰心里乐开了花，兀自"嘿嘿"地乐。

"奶奶老了，看着你们年轻人一对一对的，我开心。不知道水冰什么时候带女朋友回来，如果真有这么一天，奶奶死也瞑目了。"

陈晓峰和闵娜听了陈奶奶的话，知道自己的行为引得她想孙子了，相继收起笑容，不再嬉闹。

闵娜端过陈奶奶的茶杯送到她手上。

陈晓峰不知如何安慰老人，他起身，独自走入院中。

他听到闵娜与陈奶奶小声说话，不知是安慰老人家还是扯开了话题。

墙头几只梳理羽毛的麻雀呼啦飞走了，叽叽喳喳盘旋一周，落在院外。

或许这个院子里很少人来了，麻雀也觉新奇，飞来凑热闹。

太阳透过树梢，照进院子。

"陈奶奶，您为什么不去跟儿子一起住，独自住在这里？"闵娜问。

"奶奶老了，我嫁到这个家就住在这里，习惯了。习惯院子里的太阳，麻雀飞来飞去，风里的影子，夜晚墙缝里蟋蟀的叫声，这些都是我的伴，去哪儿都不会习惯的。"

"派出所的同志说过的，联系镇政府安排您去养老院。"

"等我老了，走不动了再去养老院。再说了，小冰工作忙完了，还要回来住的，我要在这里等他。"

闵娜没说话，她望着陈奶奶半闭的眼睛，心里有一种说不出的难过。

她原本想从陈奶奶的嘴里听到更多有关卫水冰的消息，但当她进了这个干净的小院，便觉得不应该再来打搅她，不该再有利用老人的念头。

闵娜抚摸偎在陈奶奶腿边的懒散的猫。

"陈奶奶，村里发生砖车砸死人的事您知道吧？"

闵娜忽然拐了话题。

话题拐到别人身上，是不想再提起卫水冰，免得勾起老人想孙子的情绪。

站在院子里的陈晓峰也觉得这个时候把话题扯开比较好。

"是欧家，欧绪忠，他比我小十几岁，我嫁到江塘镇，他才这么高。"陈奶奶说到这里，叹了口气，之后接着说："真没想到，到老了发生这样的事。"

陈晓峰没忍住，转头看了闵娜一眼，俩人心领神会，微微点了点头。

"您说的欧绪忠没有后人吗？儿子或者女儿。他这么走了，孩子怎么办？"闵娜问。

"他有个儿子，和水冰年龄差不多，孩子们长大了，都选择去外地工作，好多年没见着了。"陈奶奶说着话，眯缝着眼睛，似乎正在打开记忆库，搜寻过去的人或事。

陈奶奶的话引起了陈晓峰的兴趣，他装作若无其事地从院中走回来，站在闵娜身后。

"欧家的儿子叫什么名字？"闵娜问。

"小东，什么东的，我只知道他小名，小学和水冰一个学校。"

闵娜和陈晓峰的眼角余光对视了一下，脸上同时露出笑容。

闵娜没再往下问。

俩人陪陈奶奶东拉西扯地又聊了一阵，这才起身离开。离开前，陈晓峰掏出五百块钱悄悄地放在了茶几上。

死者的儿子与卫水冰在同一所小学上学，这个消息令陈晓峰兴奋不已，原本他对两个案子的关联并不十分肯定，仅凭自己的办案经验或者是直觉，拿不出站得住脚的有说服力的证据。

俩人回到车上，陈晓峰没急着发动车子，手扶方向盘，默默地眼望前方。

"是巧合吗？"陈晓峰问。

"不是。"闵娜说。

"好，我们去派出所。"陈晓峰望着闵娜的眼睛亮光闪闪。

"我肚子饿了。"闵娜说。

这句话让陈晓峰攥紧方向盘的双手松开了，他抱歉地说："对不起！"

"我要提醒你，以后外出办案不能光想着如何破案，忘了吃饭，长期积累，会伤身体的。"闵娜红着脸小声说。

闵娜瞬间变得像个小女人，让陈晓峰想起当着陈奶奶的面说尽快娶她回家的话，此时，他明白她的心思，心头暖暖的。

自己是个男人，应该有担当，有表示。她都已经把话挑明了，自己还装糊涂，不像个男子汉。

"闵娜，刚才我当着陈奶奶面说的话，不是玩笑，是真心话。"

闵娜没多想，她说："我也没开玩笑。"

陈晓峰这回没有犹豫，伸手握住闵娜的手。

闵娜任由他握着，定定地望着他，等他说话。

陈晓峰没想到这么快就与闵娜拉近距离，毫无障碍地向她敞开心扉，把她装进来，这一切发生得太快了，他来不及想别的，倾身将她拉进怀里，抱着她。

"我喜欢你。"陈晓峰的嘴附在闵娜耳边小声说。

"你说什么？我没听见。"闵娜说。

"我喜欢你。"

"我没听懂，你说清楚。"闵娜推开陈晓峰，摆出一本正经的样子。

陈晓峰坐直上身，双手仍搂着她的双肩。

他定了定神，似乎在给自己打气。

"闵娜,我爱你。"陈晓峰说完想去亲闵娜。

闵娜抬手挡住他的嘴,说:"少来,你没刷牙。"

陈晓峰笑了。

"我知道你心里想什么。吃完饭去派出所,我开车,你歇会。"闵娜说。

"我不累。"

陈晓峰说着拧钥匙发动车子,带闵娜去镇上找饭店。

其实这个时间早点都停了,中午饭又不到时间,他俩好不容易找到一间馄饨店,匆匆吃了一碗馄饨,之后直接来到江塘派出所,找到户籍科小艾。

小艾以为他俩仍是为了卫水冰的案子来的,可听说是找镇上欧绪忠家,有些惊讶。江塘镇没有人不知道欧家发生的事,小艾调取了欧家的户籍档案,上面只有欧亚东一个人,她打印了欧亚东的资料交给陈晓峰。

"欧亚东参与贩毒?"小艾问。

"没有证据,所以来找你们协助。听说欧亚东和卫水冰是小学同学,不能确定他是不是卫水冰的同伙。"陈晓峰说。

"据我们派出所掌握的情况,欧亚东十几岁便去了河南学武术,很少回江塘,没听说过他有什么劣迹。后来听说他去当演员演电视剧,没演上角色,大多是替身,据说收入还不错,从没听说过他与卫水冰混在一起。"

陈晓峰不说话,认真听着小艾讲述。

小艾说:"要不你俩找管那个村的民警了解一下情况,你们认识的,他就是和我一起去邗江的小单,他过去管那片区域。高铁站建成之后,那片区域的治安管理划给高铁站派出所了。"

小艾工作很主动,又打电话叫小单来。

不多时,小单来了,相互握手寒暄几句后,话入正题。

小单听说找欧亚东,也有些意外,他见过欧亚东,却对他不是很了解。小单说欧亚东给他的印象,人还不错,话不多,看起来老实本分,不浮躁,比实际年龄稳重。

据小单回忆,真正接触他,是因为他父亲的意外事故,欧亚东来派出所接受过调解。小单也是听说他十几岁便辍学去学武术,没念过中学,没参加过高考,等于一直在外地。但是没人知道他是否有一身功夫,没听说他跟谁交过手。去浙江横店影视城当替身演员是近几年的事。他从武术学校出来,一直梦想当武打明星,但他从没演过露脸的戏,而是当替身,跑龙套。欧亚东料理父亲后事时,在江塘待了几天,接受了事故的赔偿。

小单说在整个事件的处理过程中,欧亚东没闹事,没提无理要求,这件事所领导知道。小单最后还加了一句,欧亚东长得挺帅气,可能跟练过武术有关,整个人看起来有股英武之气。

听了小单的介绍,让陈晓峰对欧亚东产生了一丝好感,他对欧亚东是卫水冰同伙这一想法产生了动摇。

但是,对欧亚东的怀疑没有消除。

陈晓峰对欧亚东的好感,来自于他没上访没上告,而是默默地接受赔偿,是否能代表欧亚东素质高?

陈晓峰耳濡目染太多事例,对那些抬着死人堵医院堵派出所、多闹点赔偿的行为,持有看法,他觉得欧亚东能接受调解很难得。

陈晓峰问小单在此之后有没有再见到过欧亚东,小单摇头说:"他的父亲下葬后没出一年,他的母亲也去世了,他又回来料理了母亲的后事,之后没在江塘露过面。不过,欧亚东的叔叔一家还住在江塘。"

小艾打印了欧亚东叔叔一家的户籍资料,交给陈晓峰。

陈晓峰看到一个名字:欧宝松,男,年龄,二十三。

看完这行字,他的脑海里再度跳出欧亚东三个字。

第十三章
不是巧合

欧宝松的名字走入陈晓峰的视线，让他有了另一个猜测。

欧宝松虽然比卫水冰小不了几岁，但他与欧亚东是堂兄弟关系，他不自觉地把三个人联系在了一起。

陈晓峰走出江塘派出所大门，打定主意，暂不回邗江，在江塘住一段时间。

他想起"7·27"案情分析会上自己下的结论："作案团伙在三人以上。"欧亚东、欧宝松、卫水冰恰好就是三个人。在分析会上，大家得出的共同结论是卫水冰与抛尸案无关，审讯卫水冰的时候也没有提起这个案子。

陈晓峰离开派出所，大脑停不下来，一直纠结这个问题。

他把车钥匙递给闵娜，让她开车。闵娜知道他要思考问题，便接过钥匙。

途中短暂无语，各自都在想事。

她不知道陈晓峰是否要回邗江，能感觉他没打算回去，又不好多问，于是便一门心思开车，车速不快，慢慢前行。

她有心开得稳一点，让他好好想问题。

陈晓峰靠在副驾驶座椅上，双臂抱于胸前，闭着眼睛，耳朵里听着车轮与路面摩擦的沙沙声。

他的大脑如旋转的车轮。

他从抓卫水冰到发现韩石尸体开始回忆，仔细琢磨两个案子的交织点，从中寻找理由，说服自己把两个案子分开。

韩石胃里检验出了麻醉药成分，脖子上有勒痕，手法看不出是新手还是老手。

但是，整个计划很周密，几乎把警方的眼睛蒙住了。唯一漏洞是抛尸现场选在水箱，他们这种做法出于什么原因？如果韩石的尸体被抛弃在更隐蔽的地方，也许至今仍没人知道。

既然是老手作案，应该不会犯这种低级错误。

陈晓峰想起分析会上闵娜说的话："在宾馆抓捕卫水冰的时间与死者的死亡时间非常接近。也许正是因为抓捕卫水冰，让凶手见到大批警察包围了宾馆，从而害怕了，匆忙抛尸。如不然，也许至今也没人知道宾馆已经发生的凶杀案。这个犯罪团伙，或者这个犯罪团伙的头目心理素质非常稳定。匆忙抛尸仍知道如何消除犯罪痕迹，这就是说，我们的对手，不是普通的杀人犯。"

如果闵娜分析准确，虽然杀人实施步骤很周密，但最后抛尸的匆忙，暴露了他们的弱点。也就是说，抛尸现场并不是犯罪分子最初的计划。

不是老手却又不是普通的杀人犯，听起来有些矛盾。

陈晓峰想到欧亚东的几个特质，父亲被意外砸死，不闹不告，这么悲惨的事能扛下来，心理素质稳定到让人产生怀疑。再想到他十几岁便去河南学武术，反过来说，他既然有一身的功夫，何苦要用麻醉药，再用绳子勒脖子？

"闵娜，你还记得你在'7·27'案情分析会上说的话吗？你说我们的对手，不是普通的杀人犯。你认为不是普通的具体特质是什么？"陈晓峰问。

他原本闭着眼睛，手抱胸前靠着椅背，睁开眼睛突然发问，把专心开车的闵娜吓了一跳。

"哎哟，一惊一乍的，你要吓死我了。"闵娜说。

"啊，我说话大声吗？"陈晓峰似乎刚睡醒。

"我以为你睡着了。"闵娜小声说。

陈晓峰揉揉眼睛，望着车窗外，问道："我们这是去哪儿？"

"我也不知往哪儿走，这条路我走了两个来回，知道你在思考问题，没打搅你。"

陈晓峰看到路边一家农家菜馆，对闵娜说："中午请你吃农家菜。"

闵娜没说客气话，径直开车停在了饭店门口。

俩人下车走入饭店，老板是个女的，身材饱满，面色红润，她笑脸迎出来，想将陈晓峰、闵娜二人引去包间。

陈晓峰指着靠窗散客的桌子说："不进包间了，就坐这儿！"

老板娘说好嘞，便有服务员麻利地走过来，手上拿着菜单、茶壶。

陈晓峰没心思吃什么菜，欧亚东、欧宝松、卫水冰几个人的名字把他的大脑和胃填得满满当当。

他把菜单递给闵娜。

闵娜拿过菜单翻看片刻，与服务员小声私语。陈晓峰没注意听她们说话，他在想下一步该如何接触到欧亚东和欧宝松。

欧宝松住在江塘的地址有了，欧亚东在浙江横店影视城，两个人都不难找。

他决定先接触欧宝松，他与欧亚东是堂兄弟关系，应该知道欧亚东是否在横店。陈晓峰想清楚了下一步的侦破方向，绷紧的神经松弛下来，皱起的眉头也舒展了。

他暗暗松了口气，直到这时才想起给闵娜倒水，他端起茶壶，见自己面前的杯子里满满的，闵娜杯子也是满的，他充满歉意地说："对不起，我走神了。"

"喝点水，歇一会儿，别绷太紧了。"闵娜说。

陈晓峰顺从地端起茶杯喝了口水。

闵娜也端起杯子，小小抿了一口。

她放下杯子说："你前面问我心理素质稳定具备哪些特征，我从心理学理论的角度简单说一下。心理潜能、心理能量、心理特点、心理品质与心理行为的有机结合，称为心理素质。而这五个方面又都蕴含在智力因素与非智力因素之中。心理素质是指个体在心理过程、个性心理等方面所具有的基本特征和品质。它是人类在长期社会生活中形成的心理活动在个体身上的积淀，是一个人在思想和行为上表现出来的比较稳定的心理倾向、特征和能动性。一个人的心理素质是否稳定，与他的意志力有直接关系，而意志力又是从日常生活中锻炼出来的。"

"意志力是心理素质稳定的直接因素？"陈晓峰问。

"是的，我不知你是否想说欧亚东，我也觉得他从小练武，具备这样的意志力。心理素质是在遗传基础之上，在教育与环境的影响下，经过主体实践训练所形成的性格品质与心理能力的综合体现。其中的心理能力包括认知能力、心理适应能力与内在动力。对内制约着主体的心理健康状况，对外与其他素质一起共同影响主体的行为表现。心理素质水平的高低应该从以下方面进行衡量：性格品质的优劣、认知潜能的大小、心理适应能力的强弱、内在动力的大小及指向。对内体现为心理健康状况的好坏，对外影响行为表现的优劣。"

"闵娜,你的心理学学得真好。"陈晓峰由衷地说。

"我说的是学校里的知识,还需要在工作中检验,我能感觉到你的侦破方向是对的。"

"就是说我想到的,你也想到了,而且你支持我的思路?"

闵娜点点头。

"我终于明白了什么叫夫唱妇随、琴瑟和鸣,这种感觉太美了。"陈晓峰说。

他的心情好了,思路顺畅了,人也恢复了正常状态,调皮劲又上来了。

"我忽然发现你油腔滑调的,我从上大学开始,每次回家都能听我爸提起你的名字,说你是邗江公安系统不可多得的人才,是个干刑警的料子。可是,我真正与你接触了,发现有反差,与我爸说的那个人相差甚远。"闵娜表情严肃地说。

她是故意装出的这副劲。

"我知道你爸是谁。"陈晓峰笑嘻嘻地说。

"你怎么知道?"闵娜惊讶地问。

"看出来的,其实是连猜带蒙。"

闵娜不说话,看出陈晓峰的表情不像开玩笑,心想凭他的聪明与机灵,不难看出自己与季阳之间的父女关系。

服务员上菜了。

陈晓峰望着端上来的菜说:"给我省钱呐,没点贵的?"

闵娜嫣然一笑,得意地说:"没想着给你省钱,我点的都是我爱吃的。"

"你爱吃就是我爱吃的,你吃啥我跟着吃啥。"

陈晓峰拿起筷子,夹菜送进嘴里,津津有味地吃起来。他边吃边说:"其实呀,吃什么不重要,看跟谁一起吃。跟你一起吃饭,青菜萝卜我都能吃出鲍鱼味。"

"那是你上火了吧!连萝卜什么味都忘了。"闵娜不知不觉跟着陈晓峰嬉闹起来。

"只有萝卜能降火吗?"陈晓峰嬉皮笑脸地说。

"你讨厌。"

俩人你一言,我一语,似乎暂时把烦人的案子抛于脑后了。

"陈晓峰,我问你一件事,你要老实回答。"闵娜本来笑眯眯的神情忽然沉了下来。

陈晓峰没反应过来，以为自己哪句话说错了，愣愣地望着闵娜。

"之前你是不是喜欢虞敏菲？"闵娜问。

陈晓峰又是一愣。

"虞敏菲跟你提起过？"陈晓峰问。

"没有，我看出来的。"

陈晓峰不敢敷衍闵娜，沉静片刻说："是的，我承认，她进刑警队之后，我的确喜欢上她了，可是我一直没向她表白，直到有一天我看出她喜欢的人是李峭。"

"她知道？"闵娜问。

"知道，李峭也知道，我和李峭聊过这件事，是他当面说出来的，原本我还想在三个人之间保留这个秘密。"陈晓峰轻松地说。

"痛苦过吗？"

"我埋怨过自己表达太迟了。"

"现在呢？心里是什么感觉，说起虞敏菲是痛苦还是可惜？"闵娜问。

闵娜的话，让陈晓峰警觉起来，心里说，天下没有不吃醋的女人。

"这么说吧！我开心她与李峭在一起，因为李峭是敏菲爱的人，想想当时，我也没有李峭那么爱她。有了你，我什么都不要了。闵娜，我说的是真心话。"

"我相信你没有瞒我，说的是真话。我也原谅你了，我在大学也被人追求过，那段时间我们不在一起，出现这种情形不算出轨。今后，再不许你心里有别人，我的心里也不会有别人。"

陈晓峰望着闵娜真诚的眼睛，心头发热。正当他酝酿一番感人肺腑的话时，见门外进来两个人，瘦高一点的略白，矮胖一点的显黑。

陈晓峰便缄口不语，注意力集中在进来的人身上。

两个人进店扫视一周，见散客座位只有陈晓峰和闵娜，他俩走向角落卡座，远离陈晓峰和闵娜的桌子。

陈晓峰注视闵娜的眼神被影响到了，他虽没有转移视线，眼睛还是眨了几下，本想表达的掏心窝子的话被扰乱了顺序。

闵娜也受影响了，她脸上的红润渐渐转淡。

进来的两个人正是欧宝松和瞿虎。

他俩上午拉了几趟客，欧宝松叫上瞿虎回江塘镇找搞装修的中学同学，谈房子装潢的事。

其实他俩在店外停三轮车，还没进店时，陈晓峰眼角的余光就透过玻璃窗看到了。这样拉客的三轮车在邗江和江塘很普遍，陈晓峰没想别的，只觉得这俩人长相有特点，往一起一站，是一句广告语："白加黑。"

陈晓峰和闵娜停止嬉闹，貌似专心吃饭，其实他俩都想听到不远处的两个人在聊什么。他们更希望从他们的聊天中听到需要的信息。

这是他们的职业习惯。

欧宝松和瞿虎坐在卡座说话小声，陈晓峰和闵娜停止咀嚼也无法听到他们说什么。

陈晓峰放弃努力，对闵娜小声说："吃完饭，你开车回队里，我留在这里。我先悄悄接触欧宝松，再找到欧亚东，也就几天的事。有人问我，你就说我病了，休息几天再上班。"

闵娜说："如果请派出所协助，直接传唤欧宝松呢？"

"如果对方就是我们要找的人，只要一传唤就会惊动同伙。"

闵娜点点头："你要注意安全。"

"放心吧！在邗江我还没遇到过对手。"

两个拉客青年的出现，让陈晓峰和闵娜的心情从柔情蜜意中回归到平时的工作状态，神情慢慢绷紧了。

闵娜担心陈晓峰一个人留在江塘。

两个人各想着心事，吃饭的心情也没有了，越是听不到一白一黑两人谈话的声音，越让他俩怀疑。

两人做拉客生意的，谈什么大事要躲避别人听到？

陈晓峰放慢吃饭速度，决定等这两个人出门后跟着他们。想到这里，他望着闵娜说："你喜欢看韩剧《我叫金三顺》吗？我昨晚看了前五集，你知道金三顺为什么会发胖？"

闵娜感觉到陈晓峰故意把说话声音抬高，明白了他要拖延时间，等角落里的两个人，她顺着他的话答道："这个剧我看过呀，金三顺是蛋糕师，经常吃蛋糕，所以会发胖！"

"不对，她是因为怀疑男朋友有外遇，压力大变胖的。"陈晓峰说。

"骗人。"

"是我的个人感觉和经验,一个人压力大会变胖的。从第一集开始金三顺发现闵贤宇行踪奇怪,因此金三顺跟踪他,果真发现闵贤宇跟一个美貌女人一起上楼进了房间,金三顺满脑子都是要把陌生的女人和闵贤宇痛打一顿的想法,但她一看到闵贤宇,就抓他的裤腿哀求,后来他俩分手了,三顺跟贤宇分手后,压力大就变胖了……"

饭店老板娘原本站在吧台边,离陈晓峰和闵娜不远,闲得无聊,听到他俩对话了,凑过来说:"我同意你说的,人有压力是会变胖,你看我。"

闵娜闻声抬头看了看略胖的女老板,面露惊讶。

"你看我说得不错吧!有实例的。"陈晓峰说,他见老板娘加入谈话,心想正好,面露得意。

"你有什么压力呀,都当老板了,我们这些打工的更不好活了,得胖成什么样呀!"闵娜上下看看自己的身材,再双手揣住两腮帮子的肉,一种不敢面对现实的痛苦表情。

陈晓峰摊开两手,做出无能为力的样子。

"老板,要两瓶啤酒。"

卡座里有人喊。

陈晓峰顺势抬头望过去,是黑脸矮胖子喊的。

女老板闻声抬头,脸上一下子露出笑容,她转身朝他们走去。

站在门边的服务员听到了,从冰箱里拿了两瓶啤酒。

"哟!是宝松呀,好久不见,去哪儿发大财了?"

瘦高白脸的小伙子见女老板朝他走来,客气地站起身说:"嫂子好!我能发啥大财,你看,发大财能开这个吗?"

女老板顺着他手指往外看,陈晓峰知道是两辆三轮车,原本他下意识地要往窗外看的,被耳朵里回荡的女老板叫的宝松两个字给吸引了。

他小声问闵娜:"她刚才说宝松?"

闵娜认真地点了点头。

陈晓峰睁大眼睛,会不会是要找的欧宝松,还是别的什么宝松?

不管怎么说,他感觉有些意外,如果真的是欧宝松,也太巧了吧,找什么人什么人便露面，事情顺利得让人觉得不是真的。

陈晓峰面色涨红了，他闭上眼睛，平息心情。

闵娜不说话，侧耳听女老板与宝松的对话。

陈晓峰看了一眼手表，下班时间，小艾不在派出所了，要不然可以打电话请她查一下，江塘镇有多少叫宝松的人。弄不清对方的身份，错过这么好的机会，他心里有些着急。

"你是真人不露相。"女老板说着顺势坐在小伙子身边。

服务员麻利地扳开啤酒瓶盖，给两人杯子里倒酒。

"好久不见你回江塘了，这位是？"女老板说着话，对黑脸的胖子客气地点点头。

"我的好朋友，叫小虎，同我一样拉客赚点小钱养家糊口，今天他陪我回家看看。"

"还在邗江拉吗？"女老板问。

"邗江外来人也多一些，江塘只有高铁站那边有客，可是拉三轮的太多了，钱不好赚。"

"现在干哪行钱都不好赚，人们都知道外出赚钱，钱就紧了。"女老板说。

"是呀，钱难赚。"

"宝松你慢慢吃，嫂子给你加两个菜。"

"嫂子你去忙，菜够吃了，不加了。"

两个人的对话，悉数被陈晓峰和闵娜听在耳朵里。

女老板经过他俩身边时，闵娜礼貌地冲她笑了笑说："老板，有酸辣汤吗？给我们烧一碗，别大碗，太多喝不完。"

"好嘞！这就给二位做。"女老板说着往厨房走。

陈晓峰和闵娜已经吃饱了，她是为了延长等候时间。

这期间，陈晓峰一直在想对策，如何弄清叫宝松的人是不是欧宝松，如何接触他。

闵娜点酸辣汤的时候，陈晓峰去吧台结了账，他拿手机走出饭店，悄悄给江塘派出所长打了个电话。

欧宝松和瞿虎吃完饭，大声叫嫂子结账，一名服务员应声跑过去结账。

闵娜也向女老板招手说结账。

欧宝松和瞿虎结完账往外走，闵娜掏钱给女老板。

女老板收钱的时候，服务员说："这桌结过了，男同志结的。"

女老板略带歉意地说："不好意思，我没看到结过了。"

闵娜说："没关系，我也不知道，是他出去打电话的时候结了账。"

女老板认真地看着闵娜说："你俩不是江塘人吧？江塘镇你这个年龄的青年男女，没有我不认识的，我怎么觉着第一次见你们？"

"老板好眼力，我俩从邗江来，高铁开通后这才从邗江调到江塘高铁站上班。"

"怪不得眼生。"女老板说着话，与将出店门的欧宝松打招呼："宝松兄弟，常回来看看，别把嫂子忘了。"

闵娜装作不经意地问："吴宝松回江塘了吗？好久不见他，都认不出来了。现在年轻人外出赚钱，赚了钱在外地买房，他还愿意回江塘？"

闵娜故意说与欧相近的吴字，而且邗江人说话与江塘人有区别，欧和吴很容易混淆。

女老板没听出来，惊讶地问："你认识欧宝松？"

"我知道他经常在邗江高铁站拉客，我还坐过他一回车呐，刚才一下子没认出来。"

"这么巧呀，宝松是个孝顺孩子，他赚了钱会回江塘的，父母都在江塘。"

闵娜接口说："江塘挺好的，这两年发展很快。"她说着话的时候已经起身往外走，临出门的时候向女老板摆摆手说："谢谢，你们家菜的味道真不错，下次再来。"

女老板听了高兴，连声说："欢迎再来，下次给您打八折。"

闵娜说谢谢的时候，脚步已经出店门了。她按捺不住心中的激动，要急于告诉陈晓峰，瘦高的白脸青年就是欧宝松。而且她知道陈晓峰正在车上等自己，他出门没回来，肯定有原因。

闵娜上车后第一句就说："白脸的是欧宝松。"

"确定？"

"女老板亲口说的。"

陈晓峰脸上露出惊喜，他拉过闵娜的手亲了一下。

"我与派出所祁所长联系过了，你系好安全带。"陈晓峰盯着欧亚东和瞿虎两人骑的三轮车，下了人行道。

欧宝松开车走在前面，瞿虎跟着。

陈晓峰发动车子，跟在他俩身后，三车间隔相距二十米。

中午路面机动车不多，陈晓峰望着前面两辆显得陈旧的三轮车，心想，欧宝松不像赚了大钱的人，如果他是卫水冰的同伙，不可能开着破旧的电动车，干拉客的生意。

陈晓峰想到这里，心头轻松了许多。不管怎么说，他希望年轻人能脚踏实地，本分赚钱，珍惜年轻的生命，别干违法乱纪的事。

"他俩不是卫水冰的同伙。"陈晓峰对闵娜说。

闵娜望了一眼陈晓峰，再望着前面呼呼颠簸的三轮车，明白了陈晓峰的思路，她点点头说："真聪明。"

行驶了约一公里，陈晓峰见欧宝松的三轮车减速打右转向灯，他仔细看了一下左右倒车镜，见后面没有车，他脚下用力，"呼——"吉普车吼叫着冲了出去，在欧宝松的车将右转时，陈晓峰超到他前面。

闵娜明白陈晓峰要干什么，嘴上说小心，紧紧闭上眼睛，双手攥在一起。

陈晓峰原本打算转弯后别一下欧宝松，让他的车躲避时撞上护栏就行了，没想到右转后超过了他的车，有人骑电动车闯红灯，"嗖"地从陈晓峰车前蹿过去。

陈晓峰出于本能，脚下急刹车，只听车后"哐"一声响，欧宝松的车子撞在了吉普车尾部。

右转弯的时候，欧宝松和瞿虎的车子都在减速，虽然陈晓峰超车加大了油门，但当他超过欧宝松之后，他已经刹车减速了，因为他有意要别欧宝松，所以欧宝松虽然撞到了他车尾，人却没有大碍，三轮车前轮扁了，欧宝松额头碰上了挡风玻璃。

瞿虎没大碍，转弯的时候，见到一辆吉普车超车，他自觉刹车减速，欧宝松顶上吉普车的屁股时，他及时刹住了，没连环相撞。

骑电动车闯红灯的人，"咻溜"跑没影了。

陈晓峰停车下车之前对闵娜说："你给派出所所长打电话，告诉他我们所在的路段。"然后他走到车尾看了看，吉普车没被撞坏，只是保险杠脱落了。

欧宝松没受伤，他揉着额头下了车，查看自己车子的损坏情况。

陈晓峰指着远处骑电动车的人跺着脚喊："你给我站住，你回来！"

瞿虎停了车走过来，先问欧宝松有没有伤着，欧宝松说没事，就是车轮坏了。

瞿虎望着陈晓峰说："哪有你这么开车的，转弯还这么快，明明是你开快车造成的，你说怎么办？三轮车坏了，人也伤到了。"

陈晓峰没和瞿虎动气，按交通事故定责任，未必是自己错，是对方追尾。但他的目的不是要追究交通责任事故，而是另有目的。

"你也看到了，骑电动车的人闯红灯，我急刹车造成的。"陈晓峰说话的时候，语气是软弱的，意思是承认自己有责任。

欧宝松下车，站在两辆车之间，闵娜也来到吉普车车尾，她下车是让陈晓峰知道，电话打通了。

欧宝松望着陈晓峰，再看看闵娜，认出是在饭店吃饭的两个人，他心想怎么这么巧，他的心里有几分警觉。

瞿虎没认出来，他在为欧宝松争取修车钱，再要点医药费，所以一直在把责任往陈晓峰身上推。

"你看，车坏了，客拉不了了，我们干苦力的人不容易。"

陈晓峰不生气，不争辩，嘴上一个劲地说："是，我有责任，是我急刹车让你撞上来了。"

"赔点钱吧，多少赔点，你看他，脑袋撞挡风玻璃上了。"瞿虎指着欧宝松红肿的额头说。

"赔多少？你们说个数，多了我也拿不出来，今天出来吃中午饭，身上也没带那么多钱。"陈晓峰丝毫没有动气，和风细雨地说。

欧宝松站在一边没说话，望着陈晓峰，心里的警觉漫延开来，成了怀疑，之后又有了一丝紧张。

他拉了一下瞿虎的胳膊小声说："算了，是我追尾，责任在我，你走吧，车子我自己修。"

瞿虎没明白欧宝松怎么了，对方同意赔钱了，他却不要了。

"怎么了哥，他同意赔钱了，咱为啥不要呀？"

欧宝松宽容一笑说："你没认出来吗？他俩中午和咱们在一个饭店吃饭的，这就是缘分，再说他也不是故意的。"

欧宝松嘴上说着话，拉瞿虎的手在他胳膊上用力掐了两下。

瞿虎狐疑地望着陈晓峰和闵娜，欧宝松用力掐胳膊，提醒了他。

"缘分，呵呵，缘分，你们走吧，不要你们赔了。"

瞿虎说话的时候，不像刚才那么粗言大气，脸上义愤的神情变软了。

陈晓峰不疾不徐地说："这样不好，多少我得赔点，大家赚点钱不容易。"

他说着掏裤腿两侧的口袋，没掏出钱，对闵娜说："我的钱包放在车头零钱柜里了，我去拿。"

陈晓峰去车头拿钱，没忘了对瞿虎说："放心，我俩不会跑的。"

瞿虎不说话了，呆呆地望着陈晓峰和闵娜。他意识到这事发生得怎么这么凑巧，其中必有蹊跷。

闵娜站在原地，不说话，她看出了欧宝松和瞿虎表情的变化。

欧宝松不知如何化解这个场面，他想打电话给欧亚东，告诉他发生的事，但转念一想，先别去烦他，既然对方执意赔钱，拿了钱走人就是。

陈晓峰磨蹭了几分钟，走回车尾，手上拿着钱，有几张百元的，还有十元的零钱。

"你看，我翻遍了，只找到这点。如果你们觉得不够，把电话留给我，回头我再给。"

欧宝松没动脚，瞿虎看了一眼欧宝松，上前接过陈晓峰手上的钱。

"算了，够了，你们走吧！"瞿虎说。

陈晓峰走上前，看了看欧宝松的额头，关切地问他："真的没大碍？要不坐我车，我开车送你去医院。"

"没事，蹭了一下，不要紧。"欧宝松闪避陈晓峰伸向额头的手。

陈晓峰和气的态度使欧宝松的警惕一点点放松，揉搓额头的手放下了。

陈晓峰仔细看了看他的额头，没撞破，有些红肿了，知道没大碍。

"既然没事，我也放心了，我把电话号码给你，有问题打电话给我。"陈晓峰说。

"算了，不用留了，这事就过去了。"

此时欧宝松和瞿虎都希望陈晓峰快点开车走人，他越是谦虚热情，越是让欧宝松觉得哪儿不对劲。

正当陈晓峰转身要离开的时候，来了一辆警车，停在陈晓峰的车子前面，车上下来两名身着制服的警察，其中一人是小单。

陈晓峰没说话，张着嘴望着走来的警察，不知如何是好。

"发生什么事了？"小单说话，另一名警察查看三轮车和吉普车的受损情况。

"这是追尾呀！三轮车的责任。"小单说。

"警察同志,是我的错,我急刹车造成他追尾。"陈晓峰解释说,一副认错的诚恳态度。

小单听了陈晓峰的话,点点头说:"敢于承担责任。"小单又望着欧宝松,眼睛一亮,他说:"欧宝松?是你呀!"

欧宝松望着小单,认得他,肯定是镇上派出所的,但不知道名字。欧宝松反应够灵活,马上装作认出小单来了,还是喜出望外的样子。

"哎哟!你好,是你呀,好久不见了。"欧宝松说。

"你们是私了还是现场调解?实在不行就去派出所,坐下来慢慢聊。"小单说。

欧宝松连忙接口说:"我们私了了,不麻烦警察同志了。"

小单望着陈晓峰问:"能私下解决?"

陈晓峰说:"能,肯定能。"

"那好,我们是接到报警来的,有人看到出了交通事故,说双方要打起来了,所以连忙赶过来。既然能私下解决,我们便不插手。但是,我们出警了,得消案,所以麻烦你们双方签名留下联系电话,便于案子回访。"

欧宝松说:"我们都已经私下解决了,给你们留什么联系电话呀?"

"宝松,你好久没回江塘了,不知道我们派出所修改了出警制度,凡接到群众报警并出警了,一定要有案件处理记录,当事人联系电话必填。来,你是江塘人,支持我们派出所的工作也是你的义务。"

陈晓峰抢在欧宝松前面接过小单手中的笔说:"我签,警察的工作一定要支持。"

欧宝松见陈晓峰在当事人一栏里签了名字和联系电话,只好不情愿地拿起笔签了名字,留下手机号。

瞿虎被欧宝松暗示之后,一直站在旁边不说话,眼睛在警察和陈晓峰脸上叽里咕噜乱转,他没看出什么破绽,心想二哥是不是太紧张了,看谁都是警察。

闵娜站在旁边没说话,她的目光始终没离开过瞿虎的脸。

陈晓峰见欧宝松签字,没凑近了看,退后几步与闵娜并肩站在一起。

小单收起出警的单子,对欧宝松说:"要不要帮你找个修车的过来?车轮坏了,你走不了。"

"没事,我能搞定,我打电话叫朋友过来帮忙。"欧宝松轻松地说。

"那好,我们走了,有事找警察。"小单冲陈晓峰挥手说。

陈晓峰连忙举手致意，说："谢谢警察同志，您辛苦了。"

警车开走了，陈晓峰问欧宝松："要不要帮忙？我拉你去找修车的过来。"

欧宝松不耐烦地说："不用了，你走吧！"

陈晓峰没不高兴，拉着闵娜上车走了。

欧宝松的警惕、防备、不安，尽数被陈晓峰看在眼里，原本陈晓峰有心与欧宝松纠缠，拖延时间，但想到第一次与他接触就把事情弄复杂了，会引起他的警觉，对案子侦破不利。

陈晓峰能感觉到欧宝松心中有事，这让他如获至宝。

"我们去派出所。"陈晓峰对闵娜说。

闵娜不说话，专心开车。

陈晓峰直到这时才掏出手机给季阳打电话，向他汇报在江塘的发现，以及自己的思路。

季阳听了陈晓峰的侦查方向，愣了一下，开始时觉得这是联想，故事发生的人物太巧，貌似臆测。可是，仔细琢磨，又觉不无道理，完全符合逻辑。案子新的走向，完全是陈晓峰凭个人能力展开的。

季阳不得不承认陈晓峰脑子灵活。

"季局长，我个人设想，暂时由我一个人在江塘秘密调查，试一下能否不动声色地接触欧亚东、欧宝松，专案组仍留在刑警队，人员不做调整。"

季阳说："我同意了。"

陈晓峰与季阳通完电话，浑身轻松。

"闵娜，送我去派出所取欧宝松留下的手机号码，之后你开车回局里，我留在江塘。"

"知道了。"闵娜小声说。

"开车小心点，别开快车，别超车。"陈晓峰有些不放心，唠唠叨叨地嘱咐闵娜。

"知道了，你怎么婆婆妈妈的？倒是你一个人在江塘让我不放心，每晚必须给我电话，汇报情况。"

"啊！我怎么又多了一层领导？"陈晓峰扮了个鬼脸说。

闵娜不理他，面带微笑。

陈晓峰来到派出所，找到所长，与他谈了案情，请求给予支援。所长当即拍板，人财物全力支持，并派小单跟随陈晓峰一同办案。

闵娜回程时，陈晓峰忽然有一种依依不舍的感觉，可是小单在场，他说不出肉麻的话。

他做出同事间公事公办的样子对闵娜说："再审卫水冰的时候，你告诉我，我回去。"

闵娜没看陈晓峰，也没听清他说的话，想着他一个人留在江塘，有些不放心，不自觉地眼眶有些发热，但她没流露出来。

"你自己多保重。"闵娜说着向陈晓峰、小单挥手说再见。

陈晓峰站在路边，目送吉普车远去。

第十四章
复仇进行

　　欧宝松望着远去的吉普车，觉得事情有些怪，不像正常的事故，有故意肇事的嫌疑。

　　这个人是干什么的？派出所的警察为什么会出现？

　　想到这里，他有几分纳闷和忐忑。

　　欧宝松回忆着，自己的三轮车正常行驶，没变道，没超车，车速也不快。吉普车转弯时超车，车头是强行别进来压住自己的车头，超车动机不合常理。

　　就算他急刹车的理由是躲避电动车的突然闯红灯，可之前他完全有时间控制车速，如果别进来之前就减速，过了斑马线再抢道，根本不会发生后来的事。

　　与他素不相识，他到底想干什么？

　　欧宝松想到这里，掏出手机给欧亚东打电话，将发生的事告诉了他。

　　欧亚东也感到吃惊，沉默不语，足足过了一分钟，他才问："你俩进饭店之前，这个人就在饭店，还是他在你之后进来的？"

　　欧宝松想了想，有些不确定，放下耳边的手机，问了瞿虎同样的问题。瞿虎肯定地说看到吉普车停在路边，他们进店早，自己的车子停在吉普车后面。

　　欧宝松再将手机贴紧耳朵说："他比我们进饭店早，我记得当时饭店里只有靠窗的座位有人。"

　　欧亚东松了口气，他对欧宝松说："你们修好车回邘江吧！房子装修不能在江塘找装修队，更别找熟人。"

　　欧宝松嘴上答应着，心头已经开始懊恼，知道自己不该回江塘，更不该找同学装修，不知不觉又犯了错误。

"你们双方谁都没报警，派出所警察自己来的？"欧亚东问。

"警察来了之后说是接到路人报警，他们到现场，听说我们私下解决了，没说太多，让我填了出警的单子，留下电话号码就走了。"欧宝松把过程回忆了一遍，还将怀疑的几个关键点说给欧亚东听。

欧亚东嘴上嗯了几声，没说话，心里冒出两个字加一个问号："凑巧？"

几个凑巧连接到一起，露出人为的痕迹了。

欧亚东意识到警察逼近自己了。

他感到惊讶，想不到警察的目光这么快便注意到自己，他们是怎么发现的？

欧亚东大脑如此想着，走神了，忘了正与欧宝松通电话。

"哥，我要不要回家看看爸妈？"欧宝松问。

欧亚东镇定地说："回呀！到家门口了，回家看看，家里缺什么就买，过段时间我回去看他们。"

"好，我知道了。"欧宝松说。

欧宝松听欧亚东的语气没有责怪，心定了许多。

原计划找同学装修房子，人工能便宜点，没想到节外生枝，只能放弃。

欧宝松与瞿虎买了些水果、点心回家看望父母，还陪父母吃了晚饭，他借口第二天早起拉客，当晚与瞿虎回了邛江。

欧宝松在江塘遇到的一连串奇怪的事，让欧亚东敏锐地意识到警察的目光瞄准自己了。

没有别的途径，警察是顺着韩石的死去寻找他的仇人。

按照警察的思路，韩石的死无非仇杀或情杀，即便警察想到是仇杀，也不可能没有证据就把案子定死在自己头上。也就是说，警察只是怀疑，还在寻找证据。

可是，欧宝松和瞿虎首先被盯上了，警察正从外围调查，不用说，很快便会经过他俩找到自己。他们只需从手机的通话记录，便知道自己没有离开邛江。

还好，欧宝松和瞿虎没转行，仍靠拉客为生，警察的怀疑会降低几分，放缓他们追踪的脚步。

他知道，要在警察找到自己之前把最后一件事处理掉，而且要处理得干净彻底。

欧亚东给欧宝松打电话，没用手机，而是用街边的公用电话。他告诉欧宝松，今后不要用旧手机号通话，换新的手机卡，不要上门找自己，仍如平常一样拉客赚钱，房子先不要装修。

欧宝松听了欧亚东说的话，内疚地问："哥，是不是我回江塘给你添麻烦了？"

欧亚东说："宝松，没事，如果不是你在江塘遇到这样的事，我们还不知道警察注意上我们了。你不用担心，他们没有证据，不会把我们怎么样的。所以你和瞿虎要镇定，跟平常一样，不要做出格的事，任何一件反常的小事都能引起他们的注意。"

"哥，哪儿出了问题？"

"他们只是怀疑，我们不要自乱阵脚，夜路没撞上鬼，自己吓出病了。让他们仍以为我不在邗江，这样对我们有利。"

"瞿虎、褚菁菁怎么交代？要不要告诉他俩警察盯上我们了？"欧宝松小声问。

欧宝松问这句话的时候，喉咙里打了个结。

欧亚东听出了他的紧张和顾虑，他说："不能说，如果说了，他们会更紧张，做事会走样，更容易让警察看出破绽。"

"我知道了，哥，你要小心，你不能出事……"欧宝松说这句话的时候声音微微有些颤抖。

欧亚东似乎看到欧宝松求助的眼神盯着自己。

"放心吧！我不会有事。"欧亚东说。

欧亚东放下话筒，走出电话亭，心情变得有些沉重。

这晚欧亚东没睡好觉，他想起好多事，想起好多人，从小时候能记起的事，到父母的脸，翻来覆去在脑海里飘浮，游游荡荡，起起伏伏。他想伸手去抓，一抓一个空，无法捉住，像虚幻的梦境、无法寻根的谎言。

欧亚东感觉自己正置身于流动的水面，脚不着地，随波逐流，无法停下来。

到后来，他的耳边老是重复回响小时候父母亲常说的一句话："东东，你是爸妈的全部希望，将来欧家靠你了，你有出息，爸妈为你感到骄傲。"几句话在耳边不厌其烦地重复着。

不知过了多久，他靠岸了，回望上游，寻找自己从上游什么地方漂下来的，慢慢地，他的大脑从虚幻中安静下来。

他清醒后首先想到自己的人生是失败的，就像找到了自己摔跟头的原因。

他看到这一点，便看到自己有许多地方让父母失望了，没让他们等到想要的骄傲。

自己的失败导致父亲去打工赚钱，被砖车砸死。

如果有钱早一点给家里买套房子，或许父亲就不会为生活奔波了。

欧亚东一直以为自己是在往有出息的方向努力，努力做个乖孩子，努力做个听话的孩子。唯一不听父母的一件事，就是没好好读书，是不是不爱读书造成今天这种局面的？可是，那个年龄他就是不喜欢读书，只喜欢武术。即便自己读了书，考上大学，能阻止发生的事吗？

很多时候，欧亚东感激当年父母没有阻拦自己喜欢武术，自己的爱好能得到父母支持，在一个平常家庭是多么不容易的事。父母没读多少书，却能允许儿子做喜欢做的事。谁的父母不想孩子好好读书，考上大学，找个好工作，娶妻生子？

欧亚东做替身演员之后，才知道理想与现实的差距，奋斗了几年，仍没能力让父母过上富足的生活。

他没有别的路可走，只能拼，除了替身演员，其他重活累活也都抢着干。他不挑活，即便十块钱的活，他也干。给剧组送盒饭的事没人愿意干，他干。

欧亚东知道，一个平民家庭的孩子，没有任何背景，想闯出一条路，首要的是积累人脉。

可是，还没等他给父母挣来好日子，他们却相继走了，丢下他一个人。

欧亚东有自责，有后悔，早知这样，该守在父母身边的。如果这么做了，肯定不会发生后来的事。

不知不觉，欧亚东的眼睛里流下了悔恨的泪水。

他不止一次在悔恨中流泪，尤其夜深人静时，是他最想父母的时候。

古雪燕搬来与他同居，欧亚东流泪的次数少了。他有很多时候睡不着，想父母的时候，他尽量克制。

欧亚东克制不要轻易流泪，他不想让古雪燕看到自己流泪的样子。

古雪燕那晚说要给他生个儿子，让他又想起了父亲。

自己也将当父亲了。

自己能给儿子留下什么？准备给儿子留下什么？

儿子长什么样？像父亲还是像母亲？

欧亚东希望儿子像雪燕，雪燕的眼睛大，大眼睛总归是漂亮的。

这是欧亚东这晚睡不着，想的最开心的一件事。

想到自己也会有儿子，他完全没了睡意，又克制着不要翻身，稍有动静就会吵醒古雪燕的。她自从跟了自己后，就没过上过安稳生活，还每天担惊受怕的，她需要休息。

黑暗中，欧亚东睁大眼睛，耳边是古雪燕均匀的呼吸声，这是她睡着了才有的均匀，他的心头涌起一层温暖的潮水。

其实古雪燕没睡着，她知道欧亚东在睁眼想事，听他呼吸的频率，能知道他心事有多重。他没有翻来翻去是不想吵醒自己，于是，她也不动，装睡着了。她不想让他担心，更不想成为他的累赘。

月亮爬上来了，从树丛里爬上来的，圆圆的，完整的。

月光静谧，悄无声息地从没拉严的窗帘缝隙中漏进来，白白的一条线，小手指宽，拦腰横跨整张床。

欧亚东望着窗帘上那条白光，像一只细长的玻璃瓶子，白闪闪的，他忍不住伸出手。

他不知是伸手去抓，还是想舒开手掌堵住这道亮光。

"亚东，我知道你没睡。"

古雪燕伸手握住欧亚东伸向亮光的手。

欧亚东没有惊讶，翻转身，与古雪燕面对面。他望着古雪燕，看清她黑闪闪的眼睛，将她搂进怀里。

他有一种无法言诉的疼爱弥漫在心头。

古雪燕将脸贴在他颈间。

"别担心，我不会成为你累赘的。"古雪燕柔声说。

"咱们先不要孩子，行吗？如果我做完最后这件事，一切平安无事，我就答应要个孩子，给你一个安定的家。"

古雪燕身体贴近他。

"你不用担心，我知道我在做什么，知道自己能为你做什么。如果我不能为我爱的人做我想做的事，将来我就无法原谅自己，活着也没有意义了。"

古雪燕说完这句话，额头贴着欧亚东的额头，俩人都睁着眼睛，其实看不清对方，只能听到相互的呼吸愈来愈潮湿。

欧亚东吻住她的眼睛，再往下，吻住她的嘴唇。

古雪燕闭上眼睛，躺平了身子。

借着一线月色，欧亚东望着古雪燕微闭的双眼，一副恬静的等待，他没有犹豫，覆身抱紧她。

欧亚东覆身的时候，拿定了主意。

第二天古雪燕上早班，她轻手轻脚地起床，没惊动欧亚东。

欧亚东如果不上晚班，平常会十点左右起床上班。

古雪燕出门之后，欧亚东起床了，他提前到了单位，不是去上班，而是向保卫科长递交了辞职信，辞职理由是去南方打工。

保卫科长不愿放他走，又说不出挽留的理由，他清楚，像欧亚东这样有能力有才干的年轻人，更愿意去南方沿海城市打拼，寻找更好的发展空间，他能理解，也不能阻拦。

欧亚东递交了辞职信，站在路边给古雪燕发了条短信，简单几个字："我有事外出几天。"

他发完短信，没等古雪燕回复，便关了手机，之后他买了一张新的电话卡，插入手机，将旧卡折断扔了。

欧亚东先在马南山的建材批发公司附近租了一间房，他是要跟踪马南山，掌握他的生活规律。

他每天早晚出门，早上天不亮就起床，来到马南山的建材店附近，头戴草帽，装成捡垃圾的样子，看到马南山坐的奔驰车进公司了，他便回了出租屋。

回出租屋之前，欧亚东将草帽和垃圾袋藏在绿化带里，身上整理干净了再进小区。他中午待在房里不出来，直到下午人们下班前，才出小区。

他这么做，是避免与邻居以及小区里的人有更多接触。

经过观察，欧亚东发现马南山的车星期四上午没进总公司，而是去了江塘的建材批发市场。

发现这个规律后欧亚东很兴奋，他没有犹豫，当即回江塘，在江塘高铁站附近的一家私人小旅馆住下了。

欧亚东有一事不明白，奔驰车送马南山到江塘建材批发市场之后，司机又开车离开了，马南山不在车上。

马南山在江塘待了一天，不出批发市场大门，保镖也不露面。直到下午六点，他的车回来了，接他和保镖离开。

而且马南山只带女保镖，没有男保镖，欧亚东在酒楼包间已经试过了女保镖的身手。

他同时想起了在酒店门口马南山伸手掐迎宾小杜的屁股，给了小杜一百块钱的红包。他想，马南山与韩石一样，也是个色鬼，很可能与女保镖存在另一种关系。可是，为什么要专门跑来分公司约会？是担心在总公司被人发觉传到妻子耳朵里？

马南山不出门，又是大白天，门口有保安值班，欧亚东一时无法接近马南山。

但他没有贸然走进马南山的公司，担心被女保镖发现，或者认出来，引起他们的警觉。

欧亚东不担心保镖的三脚猫功夫，他只是不想伤及无辜。

这天傍晚，欧亚东站在路边，望着马南山的奔驰车出了建材公司，往邗江方向卷一路黄尘，他为找不到机会而感到束手无策。

再等马南山来江塘要到下周了，欧亚东心里开始着急。

他望着渐暗的天色，想着这个时间不会被镇上的人认出来，便顺着建材批发市场的围墙往东走。

欧亚东原来的家就在围墙内的东面，现在望过去，是马南山的库房，里面是堆积如山的钢材。

欧亚东处理完母亲的后事再没回过江塘，他不愿触景生情，睹物思人。此时，他望着钢材仓库，不由自主地心生伤感。

他鼻子里闻到一丝炊烟的味道，他熟悉这个味道，是柴火味。

夕阳下沉，袅袅炊烟升腾，村口竹林间，倦鸟归林，叽叽喳喳十分热闹。

欧亚东四顾，炊烟是从远处老房子上空飘过来的，远处还有没拆的村庄。

炊烟把欧亚东带回了少年时光，每天黄昏倦鸟归林的时候，他总能听到母亲站在自家院外高喊："亚东，吃饭了……"仿佛就是昨天的事。现在已物是人非。他的眼圈热了，止不住流出了泪水，为了不引起别人关注，他赶紧伸手擦了擦眼睛。

一个十来岁的少年背着书包从欧亚东身边经过，擦身而过时，少年回身望了欧亚东一眼。欧亚东窘迫地挺了挺胸脯，大声咳嗽了一声，以示自己不是擦眼泪。

少年走远了。

谁家少年，一代代繁衍，生生不息。

他顺着丈余高的红砖围墙往前走，墙头拉着半米高的铁丝网。

欧亚东伸手量了一下高度，攀上墙头不难，但是铁丝网的倒刺很容易扎破手，划破裤子。

他想，马南山竖围墙拉铁丝网为防小偷偷钢材吗？如此想着，心念一动，有心进院内，看看马南山在哪儿办公。

正在这时，一个黑影迎面跑来，听到有人喊："抓小偷，有小偷！"

黑影近前，欧亚东看到一个中年人，肩扛麻袋，呼哧呼哧大喘气，跑动中肩头颠耸，麻袋里是金属撞击的叮当声。

麻袋内的分量似乎不轻。

欧亚东明白这人进院内偷钢材了，后面呼喊追赶的一定是保安。

中年人与欧亚东擦身而过，警觉地瞟了他一眼，有些惊慌。欧亚东知道他害怕了，故意往墙边贴了一下身体。

看得出中年人年纪不小了，还能跳进围墙背出一麻袋钢材，实属不易。

欧亚东没有阻拦小偷，偷钢材的人跑过去了。

不多时，两个中年保安迎面跑来。

欧亚东顾忌保安是江塘人，怕自己会被认出来，他仔细看俩人面孔，觉着陌生，估计是外地人在这里打工。

两个中年保安追赶的脚步松松垮垮，并不卖力，有虚张声势之嫌。他俩经过欧亚东身边，同时用狐疑的眼神望着他。

欧亚东抬手往身后指了一下。

其中一名保安打起精神说："追。"

另一名小声说："别玩命，那人手上有钢筋。"

欧亚东当没听见，也不转头，只是竖起耳朵听他俩脚步踏水泥路面时的啪啪作响声，节奏没那么急，听着似出力了，但没卖命。

欧亚东觉得既好笑又奇怪，心想，天刚黑，小偷这么大胆。

他如此想着，没停步，也没转身，继续沿围墙往前走，仔细观察围墙和铁丝网的高度。

往前走了约百米，欧亚东看到围墙与铁丝网的连接处有一个豁口，豁口形状明显是人为弄开的，估计是刚才偷钢材的人弄的。

为了证实自己的判断，他又往前走了一段，再没发现围墙有破损之处，他折返回来。

月亮还没出来，四下里黑漆漆的，前后不见行人。

马南山建材批发市场的大门正对江塘高铁站，在人民路西侧，这个时间段人民路行人多一些。而建材市场后围墙是一条小路，显得偏僻，江塘本地人知道这条小路通高铁站，还有就是下农田的人走这条路。

欧亚东回到有豁口的位置，见两头没人，于是纵身跃起，右手攀上围墙，左手跟着搭上墙头。

他轻吁一口气，双臂用力，身体上引，目光越过豁口望着院内。

迎着人民路的路灯，他看到围墙内横竖两排建筑，横的是一栋两层楼房，形似工厂宿舍楼，约有十间，估计是办公区了。

欧亚东看到只有一个窗口亮着灯。

竖的一排是钢架铁皮顶结构，估计是仓库。

偌大的批发市场不见人影，只有通往大门的水泥路两侧的几盏灯亮着，大门口的保安值班亭有灯光。

空地上，影影绰绰地堆积着钢材。

欧亚东目测了墙头豁口的大小，之后徐徐吐出一口气，身子微缩，上半身伸进去了，他知道进院不难。

他仔细看了看墙后，没有堆放杂物，这才又缩回上半身，他没有贸然进去。

欧亚东双手松开，身体轻轻落地，若无其事地沿来路返回。

他走了没多远，碰到追小偷的两个保安返回来。

保安经过欧亚东身边，停步盯着他，其中一个问："刚才是不是你走过去的？怎么又回来了？也想偷钢筋卖钱吗？"

另一个接口说："看样子没错，黑灯瞎火的，不是想偷钢材，谁会到这里走来走去的。"

欧亚东没理他俩，准备擦身走过去。

先说话的保安伸手拦住他说："问你呐，你是哪里人？干什么的？你不说话我打电话给派出所,让警察来查你。"

另一个听了同伴的话,从怀里掏出电筒,直接在欧亚东脸上照来照去。

欧亚东火了,停下脚步,抬手挡住手电光。

"把手电筒关了,你再敢往我脸上照一下试试?"欧亚东压低嗓门用江塘本地话说。

拿手电的保安听出欧亚东是本地人,果然垂下手电,一团白光照在欧亚东与保安之间的空地上,再没乱晃。但是保安嘴上没服软,他说:"有身份证吗?一个人在我们公司围墙外转悠,肯定心怀不轨。"

"你是安徽人吧?你的普通话不准,拐弯的地方能听出你是安徽来的。"

两名保安是同乡,都是安徽人,没打手电的保安听出欧亚东的话里含有讥讽。

邗江大部分私企老板私下有不成文的规矩,不招安徽人。原因是安徽人聚在一起喜欢搞事,喝酒耍酒疯,打群架,偷东西。

"他骂你!"年纪大点的保安对拿手电筒的保安说。

手电光在地上晃了几下,似乎想抬起来照欧亚东的脸,但没抬起来。

"你是安徽人不?他也骂了你。"拿手电的保安说。

"是咧,咋办?"

"要揍他不?"

欧亚东没等他俩商量完,轻滑一步,没容他俩看清怎么回事,已经站在两个保安面前,先是抬脚踢飞手电筒,手电筒还没落地,"啪啪"两声,各人脸上挨了一巴掌。不重,响声清脆。

欧亚东手上没用力,只是想教训他俩一下。

两名保安都没看清欧亚东怎么一下子滑到面前的,眼皮都没来得及眨,别说躲闪了。

他俩揉了揉挨抽的腮帮子,不疼,明白没下重手,嚣张气焰收了,互相对看一眼,顾不上捡拾被踢飞的手电筒,灰溜溜地走了。

欧亚东没理他俩,走过去弯腰捡起墙边熄灭的手电筒,扔进围墙内。这时候,他有进院内看个究竟的想法。

他回身望了一眼,两名保安一路小跑,转眼没影了。

欧亚东心想,这个时候进院,容易被保安发觉,便没贸然进去。

他回到旅馆，简单洗漱了一下便上床睡了。

后半夜，月亮照进窗口，欧亚东悄悄起身，手搭窗台，顺着水管滑到地面。这家私人旅馆，是两层小楼。他没走正门，不想被门口收钱兼看门的大妈看到。

旅馆的后窗外是一条小巷。

欧亚东借着月色，轻手轻脚地走出小巷，走上人民路之前，他把自己装扮了一番。

高铁站广场不见行人，显得空荡，路灯孤影与月色搅在一起，更为清寂。

他望着对面马南山建材批发市场的广告灯箱闪烁着红光，不再是白天那般热闹。

欧亚东拉低头上的遮阳帽，肩上搭着一只蛇皮口袋，仍把自己打扮成捡拾垃圾的样子。他缩着肩，背微驼，远看像一个上了年纪的人。他知道高铁站周边有很多摄像头，做这一切是为了躲避监控。

他站在路边，就着灯光看了一眼腕上的手表，凌晨四点。

这个季节天亮得快，东方既白，路灯开始褪色。

远处传来一两声悠长的狗吠，夹杂着蛙鸣。

一辆小货车呼啸而过，空车斗"哐哐"作响。

欧亚东穿越十字路口，步履蹒跚，躲过监控之后，他加快脚步，不多时便来到了建材市场的后墙。他放慢脚步，初时担心有夜班保安巡逻，毕竟保安知道哪儿有人爬墙偷钢材。

他站在有豁口的围墙下，观察周围，不见人影，没再犹豫，一纵身，双手搭上墙檐，曲肘揉身，上半身轻松钻进豁口。

欧亚东头朝下像泥鳅般滑过墙头，双手轻推墙壁，双脚稳稳落地。

他猫腰轻手轻脚地来到两层的办公楼后墙，贴着墙根，蹲在暗影里。片刻，没听到脚步声，估计保安还在睡觉。

他按捺住怦怦的心跳，望着院子里一层薄雾静静飘浮，笼罩了锈色积重的盘钢螺纹钢。

草丛里细弱的虫鸣，忽急忽缓，忽高忽低。

欧亚东踮起脚尖，悄无声息地从暗处走出来，他站在走廊里，空荡荡的。他不再紧张，从一间间门前走过，看到一间办公室的门楣上方挂着"董事长"三个红字的木牌。

欧亚东心想，马南山应该就是这间办公室。

他没有再往前走,而是重新折回办公楼后面,他数着窗户,站在马南山办公室的后墙根下。窗户是推拉玻璃窗,里面严严实实地拉了窗帘。

他伸手试着推拉玻璃窗,纹丝不动,两扇玻璃窗在里面扣死了。

他没有逗留太久,趟过没膝的茅草来到库房外面,看到里面堆放着过顶的板材管材。

昨晚他躺在床上一直在想如何接近马南山,他想到如果头一天夜里潜入建材批发市场,躲起来,待第二天马南山上班后,再寻机下手。

此时,他站在偌大的仓库里,望着堆积如山的钢材,心里感叹马南山的生意的确做得很大。

天色渐渐亮了,院内景物大致浮出轮廓,能看清近处茅草尖上晶莹的露珠。

他沿原路退回,仍从围墙豁口出去。

一不留神,他脚下踩到草丛里一只废弃的塑料脸盆,塑料的碎裂声在寂静的院内显得异常清脆。

欧亚东浑身毛发都竖起来了,抬起的另一只脚没落下来,转脸望着大门口值班亭的方向。

他万没想到,保安的临时宿舍就在仓库内一角。马南山之所以把保安的宿舍安置在库房,也是为防止小偷进库内偷钢材。

仓库里正在睡觉的正是昨晚被欧亚东抽耳光的两名保安。

塑料断裂的脆响,惊动了半梦半醒的年长的保安,他冲着外面大声问:"谁呀?"

他的问话,惊醒了另一床的同伴。同伴懵懵懂懂地问:"怎么了?有小偷?"

年长的保安说:"外面有动静,好像有人。"

说话间年长的保安已经下床,趿上鞋子走了出来。

欧亚东突然听到仓库内传出人声,浑身一激灵,他没有多想,拔腿就往围墙豁口处跑。

两名保安看到欧亚东奔跑的身影,尾随紧追,嘴里大喊:"抓小偷呀,抓小偷!"

他俩昨晚虽与欧亚东在围墙外打过照面,但欧亚东跑得快,又是猫着身子,头上还戴着黑色遮阳帽,没被认出来。

俩人望着欧亚东往后围墙跑,对视一眼,先醒的保安问:"追吗?"

"咱是俩人,怕他?逮到了有一千块奖励的,追!"

另一个得到鼓励,提气说:"追。"

于是,两个保安边扭上衣扣子边追,没忘了大声叫喊助威。

"抓小偷……"

"抓小偷呀……"

门卫听到了,手持塑胶警棍往这边跑,边跑边喊:"小偷在哪儿?小偷……"

追在前面的保安大声回应说:"小偷在这边,往后围墙跑了。"

欧亚东不是担心被几个保安抓住,而是不愿与他们有正面接触,被他们记住长相。

他提一口气,脚下发力,耳边呼呼风响,转眼间来到墙边。他看准墙头豁口,纵身攀上去,没等保安追到墙边,身子已经滑出墙外。

两个保安先后追到了,并肩站在墙边,望着欧亚东像泥鳅一样哧溜滑出墙外,愣在原地,近乎目瞪口呆。

他俩同时想到昨晚围墙外遇到的那个人,脸上挨了耳光,却没看清对方如何移动脚步的。

他俩对望一眼,年纪较大的保安说:"是昨晚那个人吗?"

"像。"年轻一点的保安说,他边说边摸了摸挨过巴掌的脸。

门卫也赶到了,见他俩愣愣地望着围墙发呆,不满地问:"人呢?"

"跑了。"

"俩笨蛋,两个追一个还让他跑了。"门卫心有不甘地说。

年纪大的保安剜了门卫一眼,想发火又忍住了。

门卫自觉话说重了,歉意地望向年长的同事,"呵呵"笑了两声问:"偷走东西了吗?"

年长的保安没理他,与同伴对话。

"要不要报警?"

"报吧!辖区警不是说过吗?有小偷就报警。"

"奇怪,满地钢材,他为什么要去仓库附近偷?"年长的保安问。

"大概想偷贵重值钱的吧?"门卫接口说。

发生被盗事故,当班保安都有责任,门卫自知也逃避不了,必须与他俩站成同一战线,免得他俩联手把责任推到自己头上,有口难辩。

第十四章 | 复仇进行

"我报警。"门卫说着从裤袋里掏出手机,拨打110。

十分钟左右,警察到达现场。

第十五章
初次交锋

出警的是小单,与小单同时出警的是陈晓峰。

陈晓峰没穿制服,他住在派出所值班室。他来江塘镇两天,没有四处调查,也没有打听太多,只是问清楚欧宝松家的位置后,独自去看了看。

蒙眬中听说是马南山的建材市场遭盗窃,陈晓峰没有犹豫,起床陪小单出警。

听保安报警的急迫语气,似乎发生了重大的盗窃案,可当他俩到达现场后,三个保安没有谁能说出被盗了多少钢材。

问话的是小单,陈晓峰站在一旁听保安叙述。

从保安对小偷外形的描述来看,小偷年纪比较大,是单个作案,陈晓峰听了,不是要找的人,首先对小偷失去了兴趣。

保安说小偷从围墙豁口进来,又从豁口逃跑。陈晓峰听了这句话,心想不对呀,明明说小偷年纪比较大了,想到这里,他精神为之一振。

陈晓峰独自走到围墙边,目测地面离豁口的高度,虽不足两米,但这样的高度如果让自己身负重物,在后有追兵的情况下,利索地爬过去,没那么容易。

陈晓峰的直觉是,这个人没偷到东西,年纪也不是保安看到的年纪。

保安说的小偷头戴黑色遮阳帽,背微驼,应该是伪装的。

陈晓峰看到围墙边有两行脚印,他顺着往办公区草梢露水被碰落的痕迹查看,看到脚印停在一扇窗户下。

陈晓峰望着窗口,试着推了一下玻璃窗,纹丝不动。

他想,小偷是想进办公室偷东西,但窗户从里面扣死了,进不去。

陈晓峰再顺着脚印转到办公室前面。

天色渐渐发亮,虽然太阳未出来,但四下里的灰暗已退去。陈晓峰迎着晨曦,看到走廊上有几枚脚印,脚印边缘是露水的湿迹和散落的细小草叶。

他顺着走廊往前走,停在董事长的办公室门外。

这时候小单听完保安的叙述,也来到走廊,站在陈晓峰身边。保安跟在警察身后,几个人默不作声。

"有发现吗?"小单问。

陈晓峰回身看了一眼保安,与小单对视一眼,他故作轻松地说:"小毛贼,不像江洋大盗。你们警惕性很高,我猜测小偷没偷到东西,被你们发现后,吓跑了。"

三名保安受到表扬,面露欣喜之色。

小单从陈晓峰的眼神中感觉出事情没他说的那么简单,从他的话意中听出不想让保安知道太多,或者引起他们紧张。

小单没往深里问。

"这间是马南山平时办公的地方?"陈晓峰问。

"您认识我们董事长?"门卫问。

"问你话就如实回答是或不是,哪来那么多话?"小单批评门卫道。

年长的保安如实回答说是,没忘了剜一眼门卫。

"董事长不常来公司,每周只来一天,星期四过来。"年长的保安补充说。

陈晓峰听了没再问话,冲小单点点头。

小单会意,对年长的保安说:"我们立案了,不用太紧张,小毛贼想捞点油水,今后发生类似的事及时报警。"

三名保安同时说:"是。"

陈晓峰、小单一前一后往警车边走,年长的保安叫住他俩。

"警察同志,我们昨晚碰到一个人,看起来像我们早上看到的小偷,但是我们昨晚碰到的人是年轻人。"

陈晓峰停住脚步,回头望着年长的保安,虽然保安说的话有些语无伦次,但他听明白了。

"昨晚遇到的人什么情况,在哪儿遇到的?"陈晓峰问。

年长的保安看了同伴一眼,喉咙上下滑动了几下。

年轻的保安马上接口说："昨晚我俩在墙外巡逻，我们每晚睡觉前都要巡逻一次的。碰到一个年轻人，我问他这么晚一个人在墙外溜达，是不是想偷东西？我用电筒照了他的脸，他用手挡住了……那人不说话，起脚踢掉我手中的电筒……就跑了，我俩追了没追上，那人跑得太快，一转眼没影了。"

"那人长什么样？"陈晓峰问。

"没看清长相，手电光扫在他脸上，脸挺白的。"

"有多高？"

两名保安对视一眼，年长的保安伸手往头顶比画一下说："比我俩高，跟他差不多。"

保安指的是小单。

小单很烦保安说话磨磨叽叽的劲头，拿自己跟小偷比，更烦他，小单问："你没看清他长什么样？刚才这个小偷你们也没看清脸，说年纪大，昨晚碰到的你说年轻，怎么说像一个人？"

"动作，动作都很快。"年长的保安说。

"身手，他的身手快，他打了我俩一人一巴掌，我都没看清他是怎么蹿到我面前的，脸上就挨了一下。"年轻的保安补充说。

"废物！"门卫忍不住从嘴里挤出一句，虽小声，但几个人都听到了。

年长的保安脸上挂不住了，碍于警察在场，没发作，只是脸上的肌肉抽了一下。

年轻的保安年轻气盛，怒视门卫说："你说谁废物？你算什么呀？警察都没说啥，轮到你下结论？"

门卫挨了骂，脸上下不来，纵身跳到骂他的保安面前。

"你不是废物也是笨蛋，脸上挨了巴掌还不知道怎么挨的。"

年轻保安照着门卫脸上就是一巴掌，门卫想还击，被年长的保安一把抱住了。

"别动手，有话好说，大家是同事，有什么过不去的事。"

年长的保安抱住门卫的双手，就在这时，门卫的脸上又挨了一巴掌。

"你这个老王八蛋拉偏架，你俩串通一气。"门卫气急了，奋力挣脱年长保安的搂抱，抽身抄起脚边的一条三角钢。

年轻保安见状，满地寻找合手的家伙。

陈晓峰见状，大声喝止，将保安和门卫从中间隔开。

"你像话吗？跟他俩比，你是年长的，不诚心劝架，还拉偏架，让他俩积怨更深。"

陈晓峰批评年长的保安。

门卫听了陈晓峰的话，扔掉手中的三角钢，目光仍仇视着打了他的保安。

小单说："如果我把你们三个人的情况反映给你们公司领导，你们被开除都有份，作为同事，遇事窝里斗，像什么话？还有你，虽然挨揍了，可你说话太气人了，骂他俩是废物，就你有能耐，有能耐怎么没抓住小偷，让小偷溜了？"

小单说的几句话，有一句最管用，他们最担心被炒鱿鱼。

门卫原本觉得自己占理的，听了警察的训话，意识到是自己说的话引起了矛盾，他收回带有挑衅的目光，其实他心中的仇恨并没有减少，只是收敛了表面的怒气。

年轻的保安看了看自己打人的手，主动上前拉起门卫的手，用道歉的语气说："对不起，我一时冲动，动手打了你，你打回我吧！"

门卫扫了陈晓峰和小单一眼，脸上勉强装出笑容，说："算了，大家是同事，我有错在先，发生小矛盾也是常有的。"

陈晓峰皱着眉望着年长的保安。

年长的保安明白陈晓峰的意思，满怀歉意地说："我不是有心拉偏架，你俩谁打伤谁都不好，打伤谁都得付医药费，都得被公司开除，你说对吧？"

小单望着年老的保安，心想："这道歉听着别扭，却实用。"

年老的保安装出一副可怜相说："求求你别反映到我们公司，那样我们的饭碗就保不住了。我们是安徽农村的，能找到一份保安工作很不易……"

"求求你们……"年轻的保安也跟着说。

"没事了，我保证不记在心上。"门卫说。

陈晓峰嗯了一声，点点头。

三个保安看起来是和好了，陈晓峰重新回到之前的思路。

年轻的保安说小偷的身手很快，让陈晓峰有几分意外又有几分惊喜，但他没有把心里想的流于表面，而是用平静的语气问："你说那个人身手很快，有多快？"

这句话让年轻的保安来了劲头，凌晨他追在前面，原本是年长的保安先听到外面的动静，先起床，但是他步子快，几步就跑到年长的保安前面去了。他清楚地见到小偷双手攀住围墙，身子一缩便滑过豁口，像黏滑的泥鳅。

"昨晚他踢飞我手上的手电筒,我脸上又挨了一下,我没看清他是如何移动脚步的。刚才那个小偷,虽然驼背,可是他脚下快。从上墙到滑出墙外,似乎在眨眼之间。"

年轻的保安说到激动处,脸色有些发白,嘴唇微微颤抖。

年老的保安说那时候墙头还有雾,看起来真的像滑过去的。

陈晓峰拍了拍年轻保安的肩膀,轻松地说:"那是你遇到小偷造成心情紧张的缘故。没事的,这个小偷不会再来了。如果他真有能耐,就不会害怕而拼命逃跑了。"

陈晓峰有意安慰保安,消除他们的紧张感。

门卫领悟得最快,"哦"了一声点点头。

"你们公司有监控吗?"陈晓峰问。

"前门有,后墙没装,以前装过,被人故意砸坏了,之后就没再装。我敢保证小偷不是从前面进来的,我后半夜没犯困,上半夜泡了一杯速溶咖啡,太提神了,一点困意都没有。"门卫信心十足地说。

陈晓峰想,后墙没有装监控,无须耗费时间。

"财物没被盗,你们吵架的事用不着向你们公司说了。"陈晓峰说。

"是。"三人异口同声地响亮答应道。这种事巴不得公司没人知道,更不愿让董事长知道了,弄不好要扣工资。按保安的工作守则,财物被盗是工作失职,财物损失大,是要被炒鱿鱼的。

回到警车上,小单问陈晓峰:"你怀疑小偷的身份?"

"我感觉他们描述的小偷不是为了偷点钢材卖钱,据我观察,院里到处是废铁废钢材,后围墙边虽没有一堆一堆那么多,零零碎碎还是有的。根本用不着往仓库去。还有呀,这个人在办公室走廊逗留过,脚步停在董事长那间办公室门前。"

小单听了陈晓峰的话,默不作声,作沉思状。

过了片刻,小单没想出头绪,问道:"有没有可能是小偷看不上钢材,想偷更贵重的东西?"

"不排除这种可能,如果真如保安所说,那个人身手很快,一定不是偷钢材卖钱的小毛贼,这人身上有功夫。"

"陈队,我同意你的分析,你是不是怀疑欧亚东?江塘镇很多人都知道他去河南学过武术。"

陈晓峰没点头，也没说是，他眼睛亮亮地盯视前方。

"咱们派出所在这周围有安装监控吗？查看监控，寻找这人从什么地方来的。"陈晓峰说。

"高铁站和人民路有治安监控，镇政府附近也安装了。"

陈晓峰点点头说先回所里。

小单开车，路上俩人都没说话。

到了派出所停车场，车子熄了火，小单问陈晓峰："不让马南山知道这件事，是不要闹得动静太大，引起这个人的警觉？"

陈晓峰望着小单，觉得他很聪明，适合干刑警，在派出所有点屈才了。他这么想，替他惋惜的同时，想到自己无能为力。如果没有分局局长同意，刑警队队长无权从派出所调警力。

想到这事，想起冉欶，他的心头有些发毛。

小单见他没说话，便没再问，他锁好车，带着陈晓峰去了监控室。

陈晓峰这才想起小单问过的话，走神了，没回答他，心神不宁地敷衍他："我的直觉，这个人不是偷东西的小毛贼，也不是欧宝松。"

"你说的是开三轮的欧宝松，欧亚东的堂弟？不可能是他，他的性格看起来柔弱很多，他没能力窜上那么高的墙。"小单认同陈晓峰说的话。

"所以，暂时不想把这件事在马南山的公司扩散，免得一桩小事弄得沸沸扬扬，让对方闻到气味，立马消失了。"陈晓峰说到这里停住了，没往深处说。再往下说，韩石的案子就带出来了。

"好，如果是欧亚东，我也想会会他。在警校学的擒拿格斗，参加工作两年，还没试过，再不试一下，我都快忘光了。"小单说。

小单也来了劲头，也许是他平时做的多是调解工作，与老头老太打交道，尽是家长里短的家务事，如今终于遇到了新鲜刺激的案子。

阳光跳出地平线，空气鲜活起来。远处有鸡鸣狗吠声，被汽车引擎的轰鸣声覆盖了。

陈晓峰看到自己的身影映在围墙上晃动，想到越过围墙的人灵活的身手。

他在围墙边目测过高度，如果让自己跳过去，能否如保安所说那样，像一条泥鳅滑过墙头，还未知。

如果这个人真的是欧亚东,他来马南山的公司干什么?为什么要找马南山?如果真是欧亚东,韩石的死是否与他有关?假如韩石是害死欧亚东父亲的凶手,欧亚东杀了韩石,为何他还要再冒风险来找马南山?

马南山与这个案子有什么关系?

一连串的疑问在陈晓峰的大脑里闪过,没找出头绪,他的思绪又回到欧亚东身上。听保安说得那么神乎其神,激起了他的好胜心,想着有朝一日与欧亚东交手,一决高下,他想试试在少林武校学过武术的人功底有多深。

小单带陈晓峰上到四楼的监控室,值班民警从里面打开门,小单说需要调一个小时前人民路高铁站周边的监控录像。

值班民警打开两台监控电脑,将录像调整到一个小时前。

陈晓峰握手言谢,之后与小单分别坐在电脑前,专心查看监控录像。

小单看高铁站广场的监控录像,陈晓峰看人民路的监控。他们从凌晨四点开始往后倒,在四点二十二分的时候,陈晓峰看到一个人从东往西,穿过人民路十字路,往马南山建材市场走来。

"是这个人了。"陈晓峰说。

小单和值班民警闻言凑到电脑前。

"符合建材市场保安所说的特征,头戴黑色遮阳帽。"陈晓峰说。

"将人像放大,看能否看清这个人的面孔。"

值班民警左手敲键盘,右手握鼠标点击。不一会儿,画面放大,虽看不清人脸,却能看出这个人年纪不大,不是保安说的年纪比较大还驼背的特征。

这个人走路始终低着头,十字路口等红灯也没抬头。

"他倒是遵守交通规则。"陈晓峰说,言下之意,这个人不是没素质的小偷。

小单有疑问,看着电脑,问哪里能看出来。

"十字路口人行道红灯,他等到绿灯才通过,这个时候根本没有车通过。"陈晓峰说。

"他是不是在观察监控?你看,他抬了一下头。"小单说。

陈晓峰闻言,有些惊喜,说:"把他抬头的图像放大。"

值班民警再度敲键盘拖鼠标,图像被放大了,只能看到下巴部分,鼻子以上是遮阳帽的阴影,无法看清。即便露出的下巴部分,也能看出这人年纪不大。

第十五章 | 初次交锋

陈晓峰想到小单见过欧亚东,他问:"从脸型轮廓来看,能不能看出像某个人?"

小单仔细端详了一会儿说:"看不出来,嘴巴以上是黑影,如果鼻子能露出来,还能比较。"

值班民警无能为力地说:"这个我没办法,况且路灯下放大人像容易模糊。"

"咱们暂不管他是谁,能不能查出从哪里出来的?"

小单和值班民警闻言,各自操作电脑,将图像往回拉。经过比对分析,这个人是从高铁站旁边的一条小路走出来的。

"高铁站属江塘镇管吗?"陈晓峰问。

"有一部分,高铁站的治安归铁路公安管。"小单回答。

"再往后看,是不是他回去的路途与出现的地方一致?"陈晓峰说。

值班民警手中的鼠标点击快进键,不一会儿,看到一个人影穿过人民路,消失在画面之外,与来的路不同。

陈晓峰没再多问,他觉得这个人就住在高铁站附近,想到这里,他对值班民警说:"谢谢你,辛苦了。"

陈晓峰走出监控室,他决定独自去高铁站附近暗中查访。他没把想法告诉小单。他觉得两个人去查,容易引起对方警觉。

陈晓峰吃过早饭,独自来到人民路十字路口。他站在嫌疑人站过的地方,观察人民路两侧。东南边是高铁站,西北方是马南山的建材市场,成对角线。

他朝着监控录像里看到的嫌疑人出现的位置望去,高铁站后面是村庄,旁边有条小路进去,两侧多是两层楼的民宅,看起来有些零乱。

陈晓峰想,如果他住在村里,挨家挨户走访有点困难。他看到有几家楼顶竖着旅店、宾馆的招牌,心想,嫌疑人会不会住在私人旅店?如此想着,陈晓峰决定先去私人旅店、宾馆暗中调查。

他首先来到高铁站,在广场逗留片刻,直到第一班列车进站。虽然在江塘下车的旅客不多,但是高铁站广场上的人气在聚拢,并热闹起来。

最多的是一些推着自行车卖水果和茶叶蛋的小贩。

陈晓峰慢慢往村里走,他觉得从小偷出现在监控的区域,离他住的地方不会太远。他没有选择人民路两侧的宾馆旅店查找,而是往村里走。

不用说,村里的农民没有地种了,有工作的年轻人这个时间已经离家上班了,

对决

村道上只有老人和未上幼儿园的孩子。

零星几家卖早点的小吃部的炉子冒着白烟，铁锅口飘散着淡淡的水蒸气。

陈晓峰迎着太阳往高处望，两侧房顶晾晒的长袖短裤，花花绿绿迎风招展。

一条黄狗和一条黑狗懒洋洋一左一右地反方向前行，交错时相互驻足对视一眼，再低头往前走，一摇一摆，井水不犯河水的样子。

这是一个安静而又平常的早晨，村里人习惯了每天近乎相同的空气阳光，还有熟识的面孔。

怀抱幼儿的大爷大妈面无表情地望着沿村道往深处走的陈晓峰，他们在问同一个问题：这个双手没有任何行李的陌生人是谁家的亲戚，要投宿住店为何空手？

陈晓峰能明白他们目光里的询问，他停在一间杂货店的橱窗前，里面坐着一位中年男人，他掏出两个硬币买了一瓶矿泉水。

陈晓峰问："请问村里还有旅店吗？"

中年男人想了想说："有，青年旅店，直走右转弯就是。"

"贵吗？"

"不贵，贵的不叫旅店，叫宾馆。再说了，开在村里，贵了能有人进来住吗？"

陈晓峰道了谢。

中年男人对已经转身的陈晓峰说："人民路有几家宾馆旅店呢，也不贵，百来块钱就能住一晚了。"

陈晓峰报以微笑说："村里安静，最主要是便宜。"

中年男人坐回椅子里，翻看《邗江日报》。

陈晓峰不确定要找的人住在青年旅店，凭他的直觉和经验，这个人离自己不远了。因此，他内心无法控制地激动起来，心跳像脚步一样重，咚咚响。他的手心潮湿，脊背有汗往下流。

如果这个人是欧亚东，陈晓峰并不确定能打赢他，可又想与他交手。

他心情激动，浑身出汗，不是在乎输赢，而是担心如果他是凶手，自己单枪匹马擒不住他，让他跑了。那样自己不仅犯了错误，也错过了最佳的抓捕时机。

陈晓峰此时内心既有接近犯罪嫌疑人的激动，又被没有把握的忐忑不安干扰，呼吸无法顺畅。

他走到路口，望见右手边的青年旅店招牌，停下脚步。

他在思考进旅店之后如何与老板对话，对话内容要尽量避开询问。

陈晓峰口袋里有一张欧亚东的照片，是他办身份证的一寸黑白照片，虽然是打印件，但还算清楚。不过身份证照片是几年前的，与现在的长相应该有差别。

正在陈晓峰思索间隙，他的手机响了，是闵娜打来的。

留在江塘两天，算今天是第三天，他没有主动给闵娜打过电话，很多时候想打，碍于有人在场。

与闵娜的关系在不知不觉中有了突破，是陈晓峰没想到的。确定了恋爱关系，自己又没主动向她表示过关心，连一个问候的电话也没给她打过，陈晓峰有些内疚。

他接通电话，第一句就是："对不起闵娜，我一直没主动给你打电话，别生我气。"

"我没生气，我担心你一个人在那边，吃不好，睡不好。"闵娜说。

闵娜的话让陈晓峰心头如流过一道温暖的泉水，之前的紧张与忐忑一下消失殆尽。

"放心吧！如果出差都是这样的，那就是天堂般的日子了。"

"有进展吗？"

陈晓峰停顿了一下，他在想如何对她说。如果告诉她此刻自己正在查找嫌疑人，她要紧张的。想到这里，他说："没有进展，还没能与当初我俩推测的人接触，不好下结论。"

"你回队里吧！我想你了。"闵娜放低声调，轻柔地说。

"我也想你，我把几件事弄清楚就回去。"

"嗯！我等你回来再审卫水冰，我要你坐在我身边，我们一起审。有你在我心里有底，也没那么紧张。"

"上次审他，你很自如呀！"陈晓峰说。

"是因为你坐在我身边。"

陈晓峰轻声笑了笑说："你很早就暗恋我了？"

"是……不是……"

陈晓峰知道她害羞了。

闵娜说是又说不是，陈晓峰不再往下追问，他不是要听到她说出答案，而是自己表现得轻松，能有效消除她的紧张，让她明白自己没有危险，过得很好。

闵娜意识到自己被套出真话，又羞又急，还没等她圆话，陈晓峰已经把话题扯开了。

"你在办公室打电话吗？"

闵娜平静了一下，小声说："是的，大家都出去了，只有内勤在。"

"冉慭……"

"他昨天找过你，他说你闹情绪，不上班当旷工。今天没再问你，队里的工作交给武渊代管了。"

陈晓峰说："这样也好，免得队里放羊。"

"他这么对你，你心里真的不难过吗？"闵娜问。

"不难过，只是有点憋气……"陈晓峰没往下说，他不想把不良的情绪带给闵娜。

自己眼下做的事，季局长知道，所以他并不十分担心将来解释不清楚。

闵娜没有再提影响陈晓峰心情的话题。

"李峙怎么样？"陈晓峰问。

"李峙和虞敏菲到办公室报到一下就没影了，不知他俩忙些啥。"

"我交给了他俩一个任务，他们在查找两个人。"

"这事你不告诉我？"闵娜有些生气地说。

"我不想让你分心，你专心准备审卫水冰，闵娜，你决定哪天审，提前告诉我。"

"如果放在下星期一审他，你能回来吗？"

"能的，我能回来。"

"我去接你，可是，你的车交给武渊了。"闵娜说。

陈晓峰听出她说话声音降低了，他理解她在想什么。

"我坐公交车回去。"

"星期一中午等我，我去接你。"闵娜说话时加重了语气。

俩人收了电话，陈晓峰没有因为刑警队交由武渊管理而失意，而是很想见到闵娜。

他忽然觉得自己很需要她，分别那天站在派出所门口望着她开车走的时候，这种感觉没有现在这般强烈。

是否将要面临危险？

会有危险吗？

陈晓峰有一种预感,感觉自己似乎要遇见某一个人,或者步入某种险境。

如此想着,他有了另一个想法,想在旅店住一晚。

要想不引起老板和住店客人怀疑,只需在旅店住一晚,店内住了什么人,不需要问任何人,便可一清二楚了。

想到这里,他稳定脚步往旅店走去。

青年旅店是家庭经营的,规模不大,仅一栋两层半的小楼。

陈晓峰还没进店,迅速打量了一下楼房的结构,估计上下两层半的旅店,也就十几间客房的样子。

陈晓峰走进旅店之前,双手在头上挠了两下,将掖在裤子里的衬衣拽出来,这才走进店内。

他看到柜台后面站起一位中年妇女,估计是店主。

女店主圆胖脸,脸色红红的,见到陈晓峰进来,脸上立马挂足笑容,既喜气,又有福气。

"请问要住店吗?"

陈晓峰点点头说:"预计要住两天,但我先交一天的钱,明天要住我再补交,行吗?"

"没问题,你想住几天就住几天,店虽小,保证你像是住自家一样。"女店主说。

"谢谢。"陈晓峰目光停在了墙上的价目表上。

"你这特价房五十块钱一天?还有吗?"

"没有了,就一间,房间小,条件一般,你住不习惯的。"女店主说。

"挣钱不容易,能省点就省点。"陈晓峰说。

"看您不像外地来打工的农村人,还在乎这几十块钱呀。"

陈晓峰慢吞吞地办理着入住手续,与女店主闲聊,他想从闲聊中得到更多入住客人的信息,但他没有直截了当地问,他担心要找的人与店主熟悉。欧亚东是江塘人,被拆的家离这里本就不远。

"你怎么空着两手的,行李没带?"

陈晓峰原本用普通话与她对话,听了她的话,他当即改用邗江话说:"早上和老婆吵架,给赶出来的。"

女店主惊愕地望着陈晓峰白皙的脸,心想看着挺斯文的男人,也会跟老婆吵架。

"工作丢了，老婆说我没用，找不到工作挣不到钱就不许回家。"陈晓峰补充说。

"有孩子吗？"女店主问。

"没呢，结婚刚两年，准备过两年再要。"陈晓峰红着脸说。

"赶紧要个孩子，女人有了孩子脾气就改了。"

"嗯！"陈晓峰面露感激之情，他知道女店主信了自己的话，小声问："特价房真的就一间？"

"真的就一间，住的是一个外地口音的人，说是来江塘找朋友。要不我再给你打个折，稍微比特价房贵一点，这样满意吗？"

"满意的，我出来啥也没带，好在口袋里还有点钱，要不我连旅店都住不起。"

"待一两天，你爱人的气消了就赶紧回家，女人不会真生气的。"

"谢谢你，她气消了我就回。"

陈晓峰交了钱没急着拿房间钥匙，干脆坐在沙发上一副闲得无聊、与女店主聊天的架势。

上午是旅店一天中最闲的时候，女店主见陈晓峰没有回房间的意思，也没多问，知道他被老婆赶出来，心情不好，有意开导他。

她把房间钥匙拿出来举着让陈晓峰看到，放在柜台上，意思是想回房间就自己拿。

陈晓峰问："房子是自家建的吧？做旅店生意倒是好营生，比出租房子有钱赚。"

"出去打工也是赚那么点钱，受累还受气，不如自家弄个糊口的营生。"

"好，这个营生好，给自己当老板。每天有个十个八个旅客，三五百块收入，比县长强呢。"陈晓峰说着话，大脑在转，怎样将话题往住客身上引。

"有时多，有时少，小旅店住客不稳定的，有的时候一天只有一两个，比如昨天和今天。"

"昨天一个？算上我是两个？"

女店主说："昨天两个。"她说这句话时有些失落。

"做老板不能着急上火，你比我不知强多少倍，守着一份生意。哪像我，一个大男人没工作给老婆赶出家门。我是看你面相善良，跟你说了实话，朋友面前我都不好意思说。"

女店主笑了。

陈晓峰知道旅店住了两个人，不知是男人还是女人。他有心将话题往那儿引，让店主自己说出来。

正在这时，楼梯有脚步声，陈晓峰假装不经意地扫了一眼，看到一个背包的年轻人往下走。

年轻人头上戴着一顶陈旧的黑色遮阳帽，帽檐压到眼眉。

陈晓峰心头忽地一跳，背包客头上的遮阳帽，与监控视频里的帽子很像，长帽檐。他仍保持与女店主说话的笑脸与姿势，跷着二郎腿。

由于背包客把帽檐压到眉骨，陈晓峰看不清他的脸。

"出去吗？"女店主问。

"我要退房。"背包客用普通话说。

"你定的是三天，这就要退吗？"女店主惋惜的语气。

"临时有事，下次来还住你家。"

陈晓峰明显听出背包人故意捏着嗓子说话。

"好，欢迎下次再来。"

陈晓峰坐在沙发上，看不到背包人的脸，耳听他与店主对话。陈晓峰快速上下打量背包人，他背上背着陈旧的帆布包，脚上一双黑色平底运动鞋。

望着背包客与店主说话结账，陈晓峰心生一计，掏出裤兜里的钱包随手扔在过道上，同时迅速调整坐姿，背朝过道，不再跷着二郎腿。

陈晓峰做这些动作时，女店主没看到，她的视线被背包客挡住了。

背包客结完账，转身离开柜台，他始终压低帽檐，低头走路。当他看到过道上的钱包时，扫了坐在沙发上的陈晓峰一眼，嘴上说："老板，地上有只钱包。"他说话的时候并没有停步。

陈晓峰闻言，夸张地站起来，双手一撑跃过沙发，正好挡住背包人的去路。

这个夸张的动作让女店主感到突然。

"哪儿呐？"陈晓峰失声惊呼的同时弯腰捡起地上的钱包，他夸张地说："哎哟，是我的，老板可以作证。"他说着话举着钱包给女店主看，可是他的身体仍堵住过道，没有让路的意思。

店主望着陈晓峰手上的钱包，记得他交房钱的时候掏出来过，还特别撑开钱包让她看里面没多少钱，所以她记得，她点点头，以示证明。

陈晓峰抓住背包人的手，使劲摇了摇，说："谢谢你，谢谢，就快走投无路了还差点把钱包丢了。"

陈晓峰说话时，乘机直视背包人的脸。

此人正是欧亚东。

欧亚东选择僻静的小旅店，原准备住一段时间，可是，凌晨进入马南山的建材市场，被保安发现并追赶，他决定暂时离开旅店。

陈晓峰的举动让欧亚东心中惊讶，想挣脱被陈晓峰握住的右手，没挣脱，再甩，仍没甩脱，从对方的指法拿捏来看，知道是小擒拿手，明白对方丢钱包是故意引自己上钩。欧亚东没有犹豫，右脚后撤，左脚虚步，双臂抱圆，手臂贯力，逆时针脱开陈晓峰的拿捏。

欧亚东用的缠丝劲，解开了陈晓峰的手指的劲道。

陈晓峰感觉到对方的缠丝手很熟练，力道浑厚，明白他就是自己要找的欧亚东。

容不得陈晓峰多想，他伸左手搭上欧亚东的右肩，右手迅速拿住他的小臂。陈晓峰这招用的是反关节擒拿法，他想再制住欧亚东。

陈晓峰料定欧亚东下一步会缩身跃起，往门外冲。

而欧亚东也明白了眼前这个人是警察，他是要赤手空拳逮住自己。想到这里，一股傲气从心头升起，从牙缝间喷出一丝冷笑。

"欧亚东，好久不见。"陈晓峰装出遇见熟人的惊讶。

欧亚东没接他的话，同时明白对手是不想让店主看出俩人正在较量。

果然，女店主并没看出两个男人手上都使着力气，看他俩似乎很亲热地搂在一起，说了一句："这世界还真小，在哪儿都能遇见熟人。"

欧亚东不言语，左手曲肘的同时右手握拳，突出中指关节用五成力撞在陈晓峰的曲池穴上，左手反手抓住陈晓峰的手腕，五指中有两个手指分别拿住陈晓峰的列缺穴和内关穴。

陈晓峰只觉左臂一麻，五指无力再抓欧亚东的肩，左手软软地垂了下来。

欧亚东乘机用肩膀搡开陈晓峰，两步冲出门外。

陈晓峰手臂一麻的愣神间，见欧亚东抽身蹿出门外，他没有迟缓，脚下发力，紧随其后冲出旅店大门。

欧亚东冲出门外，他原本可以快速甩脱陈晓峰，但当他听到身后有脚步声，反而放慢了脚步。

女店主一脸茫然，心想，朋友相识怎么刚见面转眼就跑出门外了。

陈晓峰跟在欧亚东身后。

欧亚东停下脚步，转身与陈晓峰面对面站定。

"你是谁？找我有事？"欧亚东问。

"你心中很清楚我是谁，怎么样？有没有胆量跟我去刑警队一趟，找你了解点事。"陈晓峰说。

"你是江湖人称玉面杀手的刑警队队长？"

"哈哈，想不到我的名头连你都知道，我开始喜欢这个江湖传说的名头了。"

欧亚东呵呵笑了笑说："对不起，我暂时没空跟你去刑警队，再见。"

他说完，不理陈晓峰，转身便走。

"等等，你觉得我会这么轻易放你走吗？"陈晓峰说着脚下一个滑步，冲到欧亚东前面，伸手拦住他。

欧亚东停下脚步，淡淡地说："你如果没带枪，你拦不住我，你也不是我对手，但我不会伤你。所以，你最好让开，也许我把事办完了，再遇到你时，能跟你走。"

陈晓峰在旅店与欧亚东交手的几个回合，知道欧亚东不是徒有虚名，手上功夫的确在自己之上。

没见到欧亚东之前，陈晓峰产生过几分担心，可交过手之后，这种担心反而消失了。

"我知道你想办什么事，我是警察，不可能让你在我眼皮底下违法。"

欧亚东望着陈晓峰，嘴角露出微笑，说："你说的话没错，因为你是警察，你有你的职责。可是，我也有我做人做事的原则。从某种意义上说，我们各自在为心中的那块领地活着。"

"你有领地？与杀人有关吗？"陈晓峰问。

"与捍卫有关。"欧亚东说完，从容地推开陈晓峰挡在面前的手臂。

陈晓峰在欧亚东手臂与自己接触的瞬间，反手抓住欧亚东的曲池穴。

陈晓峰被欧亚东用这招解除了扣住的手指，觉得是自己大意或轻视对方造成的，他要用同样的招数拿住欧亚东。

可是，陈晓峰的五指触到欧亚东的左手小臂，还没容他用力，欧亚东的手臂像一条滑溜的泥鳅，咕嘟从手指间滑掉了。

与此同时，陈晓峰感觉虎口一震，欧亚东的小臂像一根铁棍砸中自己的虎口。一股强硬的劲道，不容陈晓峰有反抓的机会，手被弹开了。

陈晓峰又一次愣住了，欧亚东施展开脚力，钻入胡同，三转两转不见了人影。

等到陈晓峰醒过神来，追了两步后停下了脚步。他没再往前追，望着欧亚东消失的身影，心中生出敬佩之情。他想，如果欧亚东是一名警察，一定是犯罪分子的克星。

第十六章
短暂较量

陈晓峰后悔惊动了欧亚东。

他原本对自己的擒拿功夫是有信心的，可是，与欧亚东交手之后，清楚单凭一己之力根本抓不住他。欧亚东应对进攻，没有丝毫慌乱，足以说明他并不惧怕外号玉面杀手的刑警队队长。

陈晓峰站在原地，望着欧亚东逃跑的方向，有一种不知所措的慌乱。以往交过手的罪犯，听到警察两个字，早已惧怕三分。可是，欧亚东没有害怕。

确切地说欧亚东不是逃跑，如果两人赤手空拳，以命相搏，结果肯定大不相同。

这些年，陈晓峰外出办案很少带枪，这时候，他的手下意识地摸向腰间。

如果这次带枪，会拔枪吗？他摇了摇头，却在心里告诫自己，今后外出办案别再托大，一定要带枪。

此时陈晓峰回忆与欧亚东的交手过程，觉得欧亚东并没有下重手，没有出过进攻的先手；如果他是一个十恶不赦的杀人犯，绝不会手下留情。

陈晓峰对欧亚东有爱惜之意。

欧亚东会去哪儿？他明知警察盯上他了，会不会就此离开邗江？如果就此杳无音信，韩石的案子如何往下调查？还有，自己与他交手的事，要不要向局里汇报？如果冉嶅知道了，正好抓住这件事不放，只要他以擅自行动惊跑罪犯这条理由，便可以名正言顺地写一份报告，撤了自己刑警队队长的职务。

巷子里还是如刚进来那般安静，太阳将陈晓峰的身影斜铺上水泥路面，一滴两滴汗水跌落脚边。

之前看到过的一黄一黑两条狗，此时仍站在巷口，同时望着站在巷子中间的陈晓峰，它俩竖起尾巴似乎想走过来，又垂下头，拖着尾巴往相反方向走了。

两条狗沿来路返回，步调没有变，一摇一摆，不时低头嗅嗅水泥路基，或绕电线杆嗅一圈。

两条狗不见了。

陈晓峰返回旅店。

女店主并没看出刚才两个男人是从店里以搏斗的方式出店的，她还以为是朋友相见时你推我搡喜出望外的一种热情方式。

她见陈晓峰单独回来，问："你的朋友这么快就走了？"

陈晓峰点了点头。

女店主说："朋友相见一次不容易。"她的言下之意是也不留下来叙个旧。

陈晓峰说："我多住几日，他有事要去办，事情处理好了，还要回来住的。刚好我这几天也没事干，住在你这里等他回来。"

女店主的圆胖脸挂满笑容。

陈晓峰原本敷衍她才这么说，说到朋友还会回来时，心头一跳。是呀，欧亚东会不会再回来，仍住这间旅店？他是为了马南山住在这里的，马南山还好好的，他不会就此罢手。

陈晓峰想起保安说马南山每周四来江塘，他恍然大悟，欧亚东凌晨去建材市场是探路，难道他的目的是提前潜伏在建材市场，寻机对马南山下手？

想到这里，陈晓峰心头有一种按捺不住的喜悦。

"老板，我多住几日，先把房钱付了。"

陈晓峰一扫刚才失手的沮丧，变得精神了。

女店主说："小夫妻拌嘴，别当真。她肯定不是真心撵你出家门，说不准她正在后悔呢。你散散心就行了，大姐的店虽然生意不好，但也不想挣你的钱。"

陈晓峰心里想笑，脸上却装出让大姐杵了痛处的样子，皱紧眉头，叹了口气。

"不说了，都是命。"

"你看你，失去信心了吧？她既然跟你结婚，肯定是爱你的。"

陈晓峰说了句谢谢，脸上仍表现出一副沮丧的样子，顺手拿着钥匙，回到房间，关上门，先给派出所所长打了个电话，告诉他自己这两天回队里处理几件事。之后又给闵娜打电话,告诉他与欧亚东交手的经过。

闵娜吓了一跳,问他:"你之前给我打电话时,根本就知道欧亚东住在哪儿了吧?"

陈晓峰小声说:"估计是这间旅店,没想到真撞上了。"

"你太过分了,为什么事先不告诉我?如果你出了什么事,我会有多难过你知道吗?"闵娜提高嗓门质问陈晓峰。

"我知道,所以我没告诉你。"陈晓峰知道闵娜真生气了,他"嘿嘿"赔笑,消除她的怒气,可惜闵娜看不到他赔笑的脸。

"我生气了。"闵娜说。

"对不起,我错了,下次不敢了。"陈晓峰小声求饶。

闵娜听到他嘴上认错,也不知道是不是真话,气也消了大半。

"欧亚东跑了,你还要留在江塘吗?"闵娜问。

"我估计欧亚东还会回来,他要做的事还没做完。"陈晓峰说。

闵娜从陈晓峰的话意中听出他想继续单枪匹马抓捕欧亚东,刚下去的气又冒出来了。她说:"我不同意你一个人在那边办案,明知道凭个人能力抓不到他,还要逞英雄,这是自私行为。"

"这怎么是逞英雄和自私?你回江塘时我讲过,这个案子暂时不宜人多参与。一旦展开调查,欧亚东以及同伙听到风声有可能会离开邝江,躲起来,那样我们就更难找了。"

"可是他与你交过手了,知道你是警察,你对欧亚东而言不是秘密,你单枪匹马逞英雄也是毫无意义的。"

陈晓峰不说话,他知道闵娜生气是在乎自己的生死,他沉默是不想在她气盛的时候往上顶话。

闵娜没听到陈晓峰的反驳,意识到自己情之切,话说过头了。她认识和了解的陈晓峰,不是逞英雄和自私的那种人。之前也没听到过队友背后议论他,这么说他,他会不会生气?

手机那边有陈晓峰的呼吸声。

"你生气啦?"

陈晓峰仍不说话。

"你不说话就是生我气了。"闵娜说着话,声音开始哽咽。

陈晓峰听到闵娜的哽咽,心一下子软了,连忙说:"没生你气,是我不好,让你担心了,我不说话是不想说出的话再惹你生气。"

"你回来吗?"闵娜柔声问。

"回来,我现在就回。"

"快回来,我想你了。"闵娜说出这句话,几乎声带哭腔。

"闵娜,我爱你。"陈晓峰终于说出心头的这句话。

"我也爱你。"

俩人收了电话,陈晓峰头枕双手躺在床上,闭着眼睛,想闵娜说的每一句话,止不住心头一股股甜水冒出来。

终于有人牵挂自己,担心自己了。

他闭上眼睛回忆闵娜的笑脸,幸福了一会儿,想着尽快回去见她。

可是,他又想躺一会儿,大脑走神,思绪又回到案子上了,脑子里开始整理侦破韩石案的前前后后。其实怀疑欧亚东纯属偶然,如果不是陪闵娜来江塘见卫水冰的奶奶,想起曾发生的事件,压根想不到韩石与欧家结下的仇,更不会知道欧亚东是谁。

过去破过的许多案子都是偶然发生的,这件案子中的人物是偶然发现的,可是案子本身却不是偶然发生的,其中究竟关联着什么?

陈晓峰猜测欧亚东离开江塘,还会不会回邗江找他的堂弟。想到这里,他坐起身,掏出手机给李崤打电话,还没等他翻出号码,恰好李崤的电话打进来了。

"陈队,你让我找的人找到了,欧宝松开机动三轮车拉客,一个人租住。"

陈晓峰挠着头皮,表扬李崤说:"干得好,欧宝松有一个朋友也是跑客运的。"

"今天上午我一直盯着欧宝松,他单独开车跑来跑去,没发现他与谁接触过,要不要先把他带到队里审问?"

"暂时不要惊动他,你今天跟着他,看看有没有人跟他接触。"陈晓峰说到这里,想告诉李崤自己准备回队里,他停顿了一下,没说出来。

与李崤通完电话,陈晓峰决定立即回刑警队,他下楼见女店主仍坐在柜台后面,无聊地在电脑上玩纸牌游戏空心接龙。

她见陈晓峰下楼,笑眯眯地问:"怎么了,想通了?是不是老婆打电话向你道歉了，求你回家？"

陈晓峰苦笑了一下说："没有，她没来电话，我自己去街上转转。"

女店主说："转转也好，想通了主动给老婆打个电话，小夫妻没什么过不去的难事。"

陈晓峰说了声谢谢。

胡诌的理由让店主相信了，陈晓峰感觉既好笑又有意思，由此又想到闵娜，他想如果与闵娜结了婚，一定不要与她发生吵架拌嘴的事，她生气了，要让着她。

他来到车站，回邗江的车一个小时有一班。他正准备买票的时候，闵娜打来电话说，开车上路了，让他去派出所等。

陈晓峰问："你哪来的车？"

闵娜说："我爸的，我爸来咱们局有事，我开了他的车出来。"

"你不藏着掖着啦？让我知道你爸是谁了？"陈晓峰问。

"对你藏着掖着没啥用，迟早你会知道的，只是让你知道我很早就喜欢你了，没面子。"闵娜说。

陈晓峰开心地笑了，说："是我很早就喜欢你了，你还在警校读书的时候我就暗恋你了！"

"你骗人，那时候你还不认识我！"

"只要你知道我喜欢你比你喜欢我更早就行了。"

"好吧，算你知趣。"闵娜说完得意地笑了。

"专心开车，现在不是说话的时候。"陈晓峰说完挂了电话，其实他想与闵娜多说会儿话，又担心影响她开车。

陈晓峰回到派出所，等了约两个小时，闵娜到了。

陈晓峰告诉所长和小单，自己回局里参加一个重案会审，案子审完了还回来，他没有将找到欧亚东的事告诉他们。

闵娜开的是季阳的警车，陈晓峰以前坐过。他上车坐在副驾驶位子上，小单站在车外望着警车，非常羡慕。

"我有面子，这个规格的警车来接我，还是位漂亮的女刑警开车。"

"少贫嘴，经过季局长同意的。"闵娜想说没有特殊关系，却又不失优越感。

陈晓峰冲车外的小单挥手告别。

闵娜脚下轻点油门,车子轻巧地驶了出去。车子上了主干道,陈晓峰这才问:"季局长知道江塘发生的事吗?"

"我没说,但我知道他来局里是因为你。"

"因为我?"陈晓峰有些惊讶,他望着闵娜问,"他知道我俩?"

"我说的不是知道这个,我怎么会告诉他这个,不过他似乎看出我调来你们刑警队是为了你。"

"未来老丈人出面帮我?"陈晓峰嬉皮笑脸地说。

"脸皮厚,谁是你老丈人?"

陈晓峰没往下说,只是笑。

"你真没受伤?"闵娜关切地问。

"没有,我感觉欧亚东没想伤我。"陈晓峰说到这里,仰靠在椅背上,将身子躺舒服些。他看到路面车不多,不担心闵娜还是新司机。

俩人不再说话,闵娜将车内空调调小一挡。

今天是个好天气,望着前方没有被两侧树梢遮挡的远方,天空碧蓝,一两朵白云沿树梢不时悄无声息地甩到车后。

"你累吗?要不要休息一会儿?"闵娜问。

"不累,跟你在一起,一点也不累。"陈晓峰说。

闵娜嗔怪地瞅了一眼陈晓峰。

"下一步你打算怎么办?还回江塘吗?"闵娜问。

"他应该离开江塘了。"

"不许你一个人去抓他,我要跟你在一起,要不我不放心。"

"有你在我才不放心呐,跟他交手,我还得照顾你,不输也得输。"陈晓峰说这句话的时候,显得有些激动,脸也涨红了。

闵娜从陈晓峰拔高的语气里听出担心自己参与会影响他,她不再说话,想到妈妈整日为爸爸提心吊胆的心情,却从没有听到妈妈抱怨或埋怨过爸爸。

没想到自己将来也要过这样的日子,闵娜眼角的余光扫了一眼陈晓峰,她没有后悔,心里说爱他就要为他分担危险。

第十六章 短暂较量

一辆货车会车时鸣响高音喇叭,陈晓峰睁开假寐的眼睛,货车驶过,陈晓峰望着闵娜问:"审问卫水冰能提前吗?你准备得怎么样了?"

"其实用不着准备,卫水冰不是小喽啰,知道自己犯的罪行,他抱定了必死的心。所以,他隐藏的那部分毒资说与不说得看他的心情,再审问只是我从心理学角度走的一次程序,也是我做研究的内容。"闵娜说。

"要不这样,放在下午审,季局长在,有他亲自在场,即便审不出结果,局里的某些领导也不会说徒劳无功、浪费警力。"陈晓峰说这番话意在袒护闵娜。

"你与冉麸究竟有什么过节?他要这么公开针对你。"闵娜问。

"没有任何过节,他是政工干部的时候,我与他没有太多接触,他代理局长之后我没有上赶着拍他马屁。思前想后,主要原因是我在一些公开场合说他不懂刑侦瞎指挥,这些话通过某些人的嘴传到他耳朵里了。"陈晓峰说。

"你的嘴以后得有个把门的,尤其在公开场合别说主管领导不足的地方。你懂刑侦,却不懂政工,眼下还不是输给了政工。"

"也算不上公开场合,在队里说过几回,没有别的部门的人在场……"陈晓峰说到这里没再往下说。

话说到这里,等于在说是武渊打小报告,讨好冉麸。

"武渊这几天挺积极……"

一个人想往上爬,首先要取得领导的信任,早期的手段是当小广播,出卖同事,吸引领导的目光,表明自己的站队态度。

陈晓峰鼻孔里哼了一声,没接闵娜的话,他不想她被人与人之间俗不可耐的小阴谋纠缠。

之后陈晓峰没再说话,他闭目伴睡。车子进入市区后,他睁开眼睛,撑开胳膊,伸了一个懒腰。

车子将要进分局大院的时候,陈晓峰问闵娜:"下午审吗?"

"听你的,就下午审吧!"闵娜满怀信心地说。

闵娜将车子停在办公楼的正对门,局里大多数人都知道是市局的警车,她故意这么做,是让一些人别对陈晓峰落井下石。

闵娜将车子停在冉麸的专车旁。

陈晓峰下车的时候,扫了一眼冉麸的车子,看到司机坐在驾驶室内,车子也是发动着的。看不清后排有没有人，因为车窗玻璃颜色太深。

闵娜下车，还没锁好车，恰好武渊开车驶进大院，速度很快，一个急刹车，紧挨着冉麸车子的另一侧停下来。

陈晓峰望着眼前的这辆警车，愣了一下，忘了上台阶，他望着武渊下车，熟练地按下遥控锁，"吱——咯哒"锁上车门。

武渊下了车才看到陈晓峰，他没发愣，主动朝陈晓峰走过来，满脸带笑，热情地伸出手说："陈队，你好，几天不见。"

陈晓峰醒过神来，被动地伸出手，眼睛还没从武渊手中的车钥匙上移开。

武渊见状，摊开手上的车钥匙说："陈队，你不在，车子我用了几天，还给你。"

陈晓峰想起闵娜说的话，冉麸宣布过由武渊暂代刑警队队长一职，车子也交给他了。

陈晓峰没接车钥匙，说："你现在是代理队长，车子该由你使用。"

武渊见陈晓峰不接钥匙，没再客气，说道："那我保管几天，等你回队里重新上任了，我亲手交还给你。"

陈晓峰想说什么，话到嘴边又咽回去了，他觉得没必要与武渊计较，代理刑警队队长是冉麸口头任命的，武渊执行也没错。

武渊冲闵娜点头打招呼，当他看到冉麸车子旁边停着另一辆警车时，认出是季局长的车子，他眨了眨眼睛，大脑快速转了几圈，他想，陈晓峰和闵娜坐这辆车来的吗？如此想着，他往台阶上看，没看到季阳的身影。

"你们也刚回来？"武渊试探性地问。

闵娜知道他想知道是不是坐这部车回来的，她点点头说："刚回来。"她边说边按了一下手中的遥控锁，"咯哒"，锁车的声音明显比武渊锁车的声音悦耳动听。

武渊有点摸不着头脑，心头犯了嘀咕。

"他俩从哪儿来？市局？陈晓峰失踪的几天究竟去了哪儿？怎么是开着季局长的车回来的？"他抬脚上台阶，大脑走神，左脚踩空了，差点摔趴在阶梯上。

陈晓峰跟在武渊身后，见状，伸手在武渊腋窝下抄了一把，将武渊提了起来。

武渊"哎哟"了一声之后连声道谢，但仍抢在陈晓峰前面上了台阶。

闵娜跟在陈晓峰身后。

陈晓峰此时有些无所适从，他不知自己要不要回办公室。冉麸是在刑警队办公室宣布刑警队队长的职务暂由武渊代理的，自己突然回到办公室，别人会怎么看这件事？

闵娜看出了陈晓峰的心思，看了一眼快步上台阶的武渊，故意提高声音说："犹豫什么？你又不是工作失职或犯错误被撤职，拿出点男子汉的勇气来。"

陈晓峰听了闵娜的话，男人的自尊心被激发了，挺起胸膛往前走。

陈晓峰回到办公室，打开门，几天没进来，心头有几分亲切感。办公室是单间，他进门之后，心里在想，冉麸会不会让自己把办公室腾给武渊。

闵娜跟在他身后走进门，说："我渴了。"

陈晓峰望了一眼饮水机，热水灯亮着，他拿出一次性杯子走过去。

闵娜说："这水循环烧了几天还能喝呀！你想什么呐，能不能集中精神。"

陈晓峰略带歉意地笑了笑，将饮水机里的开水放光了，电源灯跳成红色。

"对不起，我走神了。"陈晓峰说。

"我怎么发现你经不起挫折，与我喜欢的陈晓峰不是一个人。"闵娜不满地说。

陈晓峰诧异地望着闵娜，她的这番话像铁锤在他胸前擂了一下，疼得他大脑嗡嗡响。可是他不想让闵娜看出自己被刺激到的样子，脸上装出一副若无其事的表情，拿起鸡毛掸子，掸了掸沙发上的浮尘。他柔声说："坐下歇会儿，水开了我给你泡茶。"

闵娜似乎意识到话说重了，坐在沙发上，默不作声地翻着茶几上的报纸，不时瞄一眼陈晓峰脸上的表情。

陈晓峰坐在闵娜右手边，俩人都没说话，饮水机发出呼呼的煮水声，不一会儿，水烧开了，陈晓峰起身接水。

正当陈晓峰把接满开水的杯子递给闵娜的时候，陈晓峰的手机响了，他拿起来一看，是冉麸。

陈晓峰皱着眉头对闵娜说："是冉麸的电话。"

"接呀！怕什么？"闵娜说。

"我不是怕，我在想他打电话找我什么事，而且我刚回队里。"

陈晓峰思考间，手机铃声停了。

他拿着手机，停顿了几秒钟，按了冉麸的手机号反拨回去。

手机通了，陈晓峰说："冉局，您找我有事？我刚在洗脸，手上有水，没法接电话。"

冉麸问："你回队了吗？"

"我在办公室。"陈晓峰望着敞开的门答道。

"我和季局长在大办公室，你过来一下。"

冉麸说完挂了电话。

"季局长在大办公室，咱们过去吧！"陈晓峰对闵娜说。

闵娜脸上露出笑容。

"你笑什么？"

"我拿老季的车钥匙，老季不知道。"闵娜做了个鬼脸。

"啊，你够调皮的，你可是跟我说你爸同意的。"陈晓峰惊讶地说。

俩人一前一后来到刑警队集体办公室。

进门后，陈晓峰看到季阳和冉麸并排坐在沙发上。

陈晓峰看到季阳，心头如吃了一颗定心丸。他扫了一眼，李崤、虞敏菲、武渊、大李，全都安静地坐在各自办公桌前。

李崤、虞敏菲、大李见陈晓峰走进来，起身说队长好。

武渊坐在椅子上，身子动了动，似乎也想站起来，最终没起身。

陈晓峰冲队员点头，示意他们坐下。

冉麸余光扫了一下武渊，见他端坐不动，眼里有几分爱护之意。

"季局、冉局好。"陈晓峰说。

季阳点点头，冉麸没作声。

冉麸看到闵娜跟在陈晓峰身后，有几分惊讶。他此时还不知道闵娜是季阳的女儿，也不知道闵娜正与陈晓峰谈恋爱。

闵娜不言语，也没与谁打招呼，悄悄走回自己的座位。

陈晓峰看了看沙发，如果是平时，他会主动坐过去，但此时他不知该不该与市区两位局长坐在一起。他想找一张靠背椅，坐在季阳和冉麸对面，扫了一圈，看到文件柜旁边靠了几把椅子，便走过去拿椅子。

季阳看出了陈晓峰的心思，正要叫他坐过来，闵娜抢在陈晓峰的前面搬起折叠椅送到陈晓峰手上。

陈晓峰接过椅子看了闵娜一眼，他看懂了闵娜鼓励的眼神。

第十六章 | 短暂较量

李峭、虞敏菲、大李的目光在两位局长和陈晓峰身上转来转去，他们意识到有事发生。

武渊谁也没看，低头摆弄手机和车钥匙。

偌大一间办公室一时间变得很静，静得能听见自己的呼吸。

冉麸皱着眉头望着闵娜坐回座位，这才又将目光扫向陈晓峰。

陈晓峰打开折叠椅，坐在季阳的侧面，避开与冉麸有可能的直接对视。

冉麸有心刁难陈晓峰，看了一眼季阳，见季阳面无表情，似乎能看出他对陈晓峰并不上心，冉麸决定让季局长知道自己暂停陈晓峰刑警队职务是有原因的，同时要在队员面前公开让陈晓峰难堪，为下一步上报组织部门调换他的刑警队队长一职打下基础。冉麸想到这里，脸色一变，说道："陈晓峰，你连续几天不上班，跑哪儿去了？干什么去了？不请假不汇报，还有没有组织纪律？"

冉麸突然发问，让陈晓峰愣了一下，他原本以为有季局长在场，冉麸不会用这种态度对待自己。陈晓峰虽然愣了一下，但没慌，他清楚自己在秘密调查案子，能说清楚，也有证人。

陈晓峰看了一眼季阳，见季阳没准备说话的样子，便从容地望着冉麸，迎着他的目光，声调平稳地说："我在秘密查案子。"

"哈哈。"冉麸抬高嗓门，发出嘲讽的尖笑，接着说，"你要当独行侠吗？调查案子为什么要脱离全体队员？你一贯的表现是突出个人，我行我素，不把众人放在眼里，就是因为你这个毛病，我停止你的刑警队队长职务，你不适合干刑警，适合去治安科，抓社会治安，调解民事纠纷。"冉麸说这番话时，脸都涨红了。

冉麸的话让在场的所有人都怔住了，季阳也感到吃惊。

陈晓峰仍平静地望着冉麸。

冉麸说完这几句话，威风凛凛地扫了众人一眼，之后把目光停在陈晓峰的脸上。冉麸见陈晓峰对自己刚才说的话无动于衷，明显是藐视他，更火了，继续说："陈晓峰你目无组织，目无领导。"

冉麸的这两句话把陈晓峰惹火了，他霍地站起身，冲着冉麸大声说："冉代局长，你说完了吗？你如果真有本事，你开除我，没这本事你别诬陷我。我就是目无你这个领导又怎么样？但是，我没有目无组织，我这几天一直驻在江塘派出所暗中调查韩石的案子。"

冉麸见陈晓峰动怒了,心中暗喜。他就是要让陈晓峰着恼、动怒,只要他恼了怒了,说话做事就容易出错,只有这个时候才能抓住他的把柄,到时打发他离开刑警队便顺理成章,无人不服。

"季局长,你看看,他眼里还有谁?陈晓峰当着你的面如此放肆地顶撞我,他的眼里哪里还有我这个代理局长?"冉麸苦着脸对季阳说,之后又转向陈晓峰,转口说:"陈晓峰,你是白水分局培养出来的年轻干部,你却不服从管理,不听指挥,你这样下去很危险呀!"

冉麸说完这句话,又装出一副满脸委屈、语重心长的样子望着季阳,他意在向季阳求救,希望季阳这个时候能说几句话。他的目的很简单,拉季阳做盟友,回头给组织部的报告中添上陈晓峰不尊重市局领导的一笔。

季阳没看冉麸,而是直视陈晓峰。他听出冉麸当着自己的面故意找茬,挤对陈晓峰,还想拉自己当盟友。季阳在心里微微冷笑了一声,转脸问陈晓峰:"你说驻在江塘派出所调查韩石的案子,有谁能给你证明?再说了,调查案子,驻到下面的派出所,也应该向局领导汇报。"

"报告季局长,我去江塘派出所之前,冉局长已经停了我专案组副组长的职,我却不知道停职的原因。最主要的原因是韩石案子的嫌疑人只是偶然从另一桩意外伤亡事故的案子里牵扯出来的,那桩案子按民事赔偿结了。当时我并不能确定是'7·27'案子的当事人,所以进行暗中摸排。"陈晓峰面向季阳说,他没看冉麸一眼。

"有证人证明吗?"季阳问。

季阳的情绪没受冉麸影响,心平气和地与陈晓峰对话。

"报告,我是证人,去江塘有我在场,起因是我准备再审卫水冰,想着去江塘再与卫水冰的奶奶接触一次,寻找新的突破口。陈队长途经马南山的建材批发市场,想起曾经发生的拉砖手推车砸死人事件,联想到韩石是工地的老板,再想到韩石之死,因此留在江塘暗中调查。"闵娜说。

闵娜以立正的姿势面对季阳和冉麸。

李峥犹豫了一下,与虞敏菲对视一眼,得到虞敏菲的鼓励,他站起身,挺着胸脯说:"报告,我作证,陈队长是在调查韩石的案子,他命我暗中调查的人,就是江塘人,说明他发现了案子的重要嫌疑人。"

冉麸见李峥和闵娜为陈晓峰作证,既惊讶,又生气,他看了武渊一眼,希望他此时能站起身说话，指出陈晓峰的错误行为。

武渊低着头，右手手指间玩一支笔，似乎能感觉到冉麸期望的目光扫过自己的脸。

武渊低垂的目光看到桌面的车钥匙，刑警队队长的专车，全队唯一一辆公务警车，如果自己不能坐定刑警队队长的职位，车子要交出去的。再说，他知道冉局长这个时候需要自己站出来。想到这里，武渊抬起头说："陈队长，你既然是为了工作，为何藏着掖着瞒着队里？冉局长暂停了你专案组的职务，你便没在办公室露过面，明明因为个人的消极情绪，却要说得冠冕堂皇为了破案、为了工作，你这种行为影响了刑警队长期保持的作风与士气，也将带来不良的风气，我个人对你这种对抗上级领导的态度有看法。"

闵娜听了武渊的话忍不住了，她直面武渊说："陈队上午独自与嫌疑人交过手，你知道吗？这些日子你武渊在做什么？是一心扑在案子上，还是为了当刑警队队长四处活动？"

"闵娜，你什么意思？你才来队里几天，有发表意见的资格吗？你这么维护陈晓峰是什么意思？跟他什么关系？"武渊质问闵娜，目光几乎是怒视。

在座的刑警队员听到武渊质问出这样的话，既惊讶又失望。

闵娜气得脸色都白了，她没有退缩，没有尴尬，直视武渊说："我来刑警队时间短就不可以说话吗？你问我跟陈晓峰什么关系，那我告诉你，我是他的女朋友，不行吗？"

众人再把惊讶的目光落在闵娜身上，再望向陈晓峰。

陈晓峰望着闵娜摇摇头，示意她不要往下说，之后他看了季阳一眼。他看出季阳脸上表情有些复杂，陈晓峰也觉得闵娜这个时候公开关系，让季局长无法参与对事不对人的公正评说，尤其可能涉及人事变动。即便队里还没有人知道闵娜是季阳的女儿，陈晓峰也觉得不妥。

冉麸望着季阳笑嘻嘻地说："恋人之间相互袒护的心情可以理解。"他说完又转向闵娜说："闵娜，你刚到刑警队，一些事一些人你还不了解，不要意气用事，尤其在个人终身大事上一定要慎重，不要被个人英雄主义的假象蒙蔽。"

闵娜正欲与冉麸争辩，听到季阳的咳嗽声，便闭紧了嘴。

季阳抬头扫了李崤、闵娜一眼，点了点头，再转向冉麸说："冉局，我们先听听陈晓峰对案子的调查，对他停职或调职的决定待案子破了再做也不迟，你说呢？"

冉麸有些失望，他希望季阳这个时候能说几句话，重点是指向陈晓峰的，可是季阳只字不提。冉麸虽感失望，又不能当着众人的面明摆着提出来，于是说："季局长，听你的，以破案为重。"

"好的！陈晓峰你把案子的进展介绍一下。"季阳说这番话的时候，用爱护的眼神瞟了一眼陈晓峰。

"这件事的起因在于我陪闵娜去江塘看卫水冰的奶奶，我之所以要去江塘，因为我内心一直认为卫水冰在邡江宾馆被捕与韩石尸陈宾馆水箱有某种联系，想从卫水冰奶奶那边寻找有价值的线索。我们在途经江塘高铁站时，看到马南山建材批发市场的广告牌，这让我想起曾发生过的事件，而这块工地的施工承包方正是韩石。韩石的案子最早便定为仇杀，大家排查过韩石因工作结下仇人的可能性。因此我联想到被砖车砸死的老人的后人是否有报复的可能性。我和闵娜从卫水冰的奶奶那里了解到被砸死的老人的儿子名叫欧亚东，少年时期在河南少林武校习武，小学时与卫水冰是同班同学。大量信息汇集，许多事不是巧合，让我对欧亚东产生了怀疑，我这才决定留在江塘暗中调查。"

陈晓峰将掌握的情况做了简要叙述。

季阳用眼神与冉麸交流了一下，季阳问："闵娜前面提到你上午与嫌疑人交过手，究竟发生了什么事？你与欧亚东接触了？"

陈晓峰原本没打算这么快公开案情，既然季局长问了，他不得不说。

"事情是这样的，今天凌晨，江塘镇的马南山建材批发市场的保安报警，发生盗窃案，我随派出所值班民警一同出警。在案发现场听保安介绍案发经过，小偷并没偷到钢材，三名保安追击，看到小偷能轻松跳墙逃跑，我感觉不是普通小偷偷钢材卖钱的情况。回到派出所调看监控录像，看到小偷是从高铁站后面的村子里走出来的，我怀疑小偷住在村内，于是吃了早饭独自去查访。在一家私人旅店，见到一个与监控录像穿着打扮颇为接近的年轻人，我有意试探他的身份，与他短暂交手，知道他就是欧亚东。可惜没能抓住他，让他逃了。在这里我要检讨，我太轻视对手了。"

冉麸没听陈晓峰叙述案情，于是专心从他说的话中挑毛病，找他的茬。陈晓峰刚说完，他立即接口问："你与嫌疑人交手，没抓住他，让他跑了？"

"是，跑了。"陈晓峰心虚地说。

"不是他跑了，而是你不是案犯的对手，也就是说，你放跑了嫌疑犯，是不是？"冉麸突然抬高嗓门责问陈晓峰。

陈晓峰没说话，默默地低下了头。

"你到现在都不承认自己的缺点，独来独往，狂妄自大，目无领导，你怎么适合在刑警队？你适合当独行侠。"冉麸用嘲笑的语调说。

"你，你……我接受你的批评，但不能接受你的攻击……"陈晓峰委屈地说。

"冉局长，我对你这么说话有意见。"闵娜忍不住了，再次站起身。她没有害羞，没有紧张。

"陈晓峰冒着生命危险与嫌疑犯单打独斗，明知道面对的是一个在武校习武十几年的对手，丝毫没有惧怕，这样的人不适合在刑警队，什么样的人适合？如果是你，你敢吗？"

"你……你，闵娜，你刚来刑警队，你的手续还在办理中，还没正式调进来。如果你这样不分青红皂白，我不会在你调动手续上签字的。"冉麸有些气急败坏地说。

这时，季阳没看闵娜，而是威严地说："坐下，太不像话了！"

闵娜没再说话，老老实实地坐回座位上。

"太不像话了，这太不像话了。"冉麸脸色苍白地重复说，之后他转向季阳继续说："这是陈晓峰一贯不尊重领导起的坏作用、坏榜样。"

陈晓峰望着季阳，没接冉麸的茬。闵娜虽然没说话，但她仍是一副不服气的样子。

李峭一直想说话，却又因冉麸和武渊对陈晓峰的态度犹豫不决，傻瓜也能听出冉麸和武渊在联手针对陈晓峰，要把陈晓峰挤出刑警队。李峭知道，只要自己开口偏向陈晓峰说话，便得罪了冉麸和武渊。可是，陈晓峰的确是在工作，不是因为被停职闹个人情绪。再说，他当队长期间工作勤勤恳恳，不是冉麸说的那样。

李峭见双方都不说话，在场面僵持的时候，他灵机一动，站起身慢腾腾地说："陈队长安排我暗中调查的两个人，我一直没时间向你汇报，正好领导都在，我把调查情况简要说一下。"

冉麸和武渊惊讶地望着李峭，李峭没接他俩的目光，而是直接面向季阳。

"欧宝松是欧亚东的堂弟，独自租住，以三轮车拉客为生。另一个名叫瞿虎，是欧宝松的同行，平时各自拉活，跑的路线不同，暂时没发现欧亚东与欧宝松有接触。"

陈晓峰望着李崤点点头,季阳听了李崤的话,原本复杂的表情露出几分欣慰。

陈晓峰接着李崤的话题说:"我和闵娜去江塘镇的当天,中午在一家餐厅偶然遇见这两个人。从俩人与餐厅老板的对话中,知道其中一个是欧亚东的堂弟,名叫欧宝松。我便请派出所民警协助,拿到欧宝松的手机号,为了不打草惊蛇,我命李崤暗中跟踪调查欧宝松,掌握他在邘江的社会关系,我一直没有打过欧宝松的手机,以免引起他的警觉。我上午与欧亚东正面接触过,估计他会与欧宝松见面,我请求这个案子仍由我和李崤负责调查。"

"冉局长,您看呢?"季阳面向冉鼗,征求他的意见。

"季局长,您看这样行不行?这个案子由武渊负责,李崤协助。"冉鼗说。

季阳没有犹豫,说:"好,你是分局主管领导,听你指挥。"

陈晓峰、闵娜同时用惊讶的目光望着季阳,季阳似乎知道陈晓峰和闵娜的反应,并不看他俩,用不容置疑的语调说:"大家要服从冉局长的指挥。另外,陈晓峰是否继续留在刑警队工作,等韩石的案子破了再做决定,你看这样行吗?"

冉鼗心里虽不愿意,但他是明白人。季阳当着大家的面支持自己的工作,首先做了让步,他知道季阳喜欢陈晓峰的破案能力。

冉鼗装出痛快的样子说:"行,听从季局长指挥。"

季阳点点头,起身准备回市局。

闵娜说:"季局长,下午我们准备再提审卫水冰,请您参加并亲临提审现场指导。原计划下周提审,既然怀疑他与韩石的案子有关,目前能掌握的嫌疑人欧亚东也已浮出水面,建议尽快提审。"

季阳听了闵娜的请求,又坐回沙发上,说:"好呀,既然对破案有利,那就尽快提审,我现场观摩。"

冉鼗愣了一下,马上又改变态度鼓掌欢迎,脸上挂足恭维的笑容,他说:"欢迎季局长现场指导。"心里却在琢磨如何先压下闵娜的调令。

"提审时间定在几点?"季阳问闵娜。

"下午两点行吗?"闵娜问。

"好,就下午两点。"季阳说。

冉鼗看着季阳与闵娜对话,觉得自己又被晾在一边了,心里很不是滋味。他抢话题说："下午两点,刑警队全体观摩提审卫水冰。"

季阳看了一下手表,离提审时间还有一个多小时,冉麨见状,连忙对季阳说："季局长,先到小会议室休息片刻,如何?"

季阳说："不去会议室,就近我去陈晓峰的办公室坐一会儿,有关案子上的事我再详细了解一下,我们两点在审讯室碰头。"

冉麨听了季阳的话,不好坚持己见,独自回办公室休息,他的内心十分不愿意季阳与陈晓峰走得太近,又不能表露在脸上,只能装出有肚量的样子。

陈晓峰没言语,先回了自己的办公室。

闵娜跟在季阳身后,一同来到陈晓峰的办公室。

闵娜公开说自己是陈晓峰的女朋友,让刑警队全体队员都觉得新鲜。大家眼看着她跟在季阳身后进了陈晓峰的办公室,信了她的话,明白她不是意气用事,也不是有意激怒冉麨。

季阳进门之后,头也没回地说："关上门。"他似乎知道闵娜跟在身后。

闵娜吐了吐舌头,嘻嘻一笑,关上了办公室的门。

"你们俩怎么回事?"季阳严肃地问。

"爸,我爱晓峰,我俩公开恋爱关系了。"闵娜说。

她撒娇地走上前挽紧季阳的手臂,担心他反对。

季阳望着陈晓峰,又看了看身边的闺女,没对他俩的恋爱关系表态,而是说："你们别再与冉局长顶牛了,白水分局局长人选很快要落实了,别在这个时候表现出不尊重领导的行为,也别公开我与你们之间的关系,明白吗?"

陈晓峰与闵娜对望一眼,明白了季阳的话意。

"明白。"陈晓峰说。

"你先回自己的办公室,我与晓峰谈案子。"季阳对闵娜说。

闵娜吐了一下舌头,打开门走了出去。

季阳问陈晓峰："如果你的推测是正确的,韩石是欧亚东的杀父仇人,那么韩石已经死了,他为何要去找马南山?"

陈晓峰说："这个怀疑我想过,韩石接的工程是马南山的建材市场,那么砖车砸死欧亚东的父亲究竟是韩石所为,还是马南山所为?还是欧亚东在杀韩石的时候知道了另有真相?"

"嗯！"季阳点点头说，"也许砖车砸死人的事件背后另有真凶。"

陈晓峰点头说："这正是我担心的，马南山可是我们市里树起来的明星企业家。"

"管他什么明星企业家，只要犯法，都得伏法。"季阳有力地说。

"是！"陈晓峰望着季阳，开心地笑了。

第十七章
再审毒枭

季阳与陈晓峰面对面坐在沙发上,他详细询问陈晓峰与欧亚东接触的过程,听了叙述,基本肯定欧亚东就是杀韩石的嫌疑人。

季阳问陈晓峰下一步想怎么做。

陈晓峰说:"我想欧亚东还会回江塘,他没有达到目的不会收手。马南山建材公司的保安说了,马南山每周只在周四去公司。江塘的建材公司的真正功能是仓库、发货点,马南山去得少,欧亚东知道这个规律。"

"你想在马南山的建材公司守候欧亚东?"季阳问。

"是的,一旦抓捕动静大了,他就溜了。"陈晓峰回答说。

"可是,他知道警察找他,而且是在江塘找到的他,他还会去江塘?会不会改变时间地点,选在邗江对马南山下手?"季阳问。

陈晓峰思索片刻,摇了摇头说:"不会,我与他交手过程中,感觉出他是一个自负的人。明明知道我的警察身份,却没有逃跑,没有丝毫惊慌。他知道我凭个人能力,徒手无法抓住他。在我看来,之所以他选择在江塘下手,因为他土生土长在江塘,熟悉地形,逃跑路线烂熟于胸。更重要的一点,他是为父报仇,选在他父亲出事的地点杀了马南山,既报了仇,又以此慰藉亡灵。"

季阳听了陈晓峰的话,微微点头。

"这次你单独行动,一定要带枪,别托大,别伤到自己。"季阳爱护地说。

陈晓峰望着平时不苟言笑的季阳,内心涌起一股热流。

此时季阳内心对他有了另一层情感,因为他是女儿爱的人。

季阳望着陈晓峰，心情有些复杂，却忽然想起马南山也是江塘人，脱口而出："马南山也是江塘人，这里面有没有别的牵连。"

陈晓峰听说马南山也是江塘人，也感到惊讶。俩人同时陷入沉思，面对无言。

在季阳与陈晓峰谈话的同时，冉鳌打电话叫武渊去他办公室，冉鳌对武渊做了一番交代。

冉鳌说："武渊，大家都知道你是我的人，你要做出成绩，让不服你的人服你，我脸上也有光。韩石的案子，你要抢在陈晓峰之前将嫌疑人抓回来，到时在市局领导面前露一手，你的刑警队队长就十拿九稳了。"

武渊对冉鳌感激不已，用斩钉截铁的语气表态说："冉局，您放心，这个案子我一定要抢到头功，做出成绩给您看。"

冉鳌拍了拍武渊的肩，鼓励他说："好样的，我没看错你。你打算怎么做？"

"我还没想出具体办法，不过，嫌疑人身份已经暴露了，寻找他应该不难。"武渊说。

冉鳌对武渊说的话有些失望，他忽然觉得武渊未必真的能成为自己的帮手。

"陈晓峰知道嫌疑人的踪迹，你悄悄跟紧陈晓峰，关键时刻抢在他前面把人拿下。别忘了，陈晓峰没能亲手抓他归案，说明对手功夫了得。所以……"冉鳌死死地盯着武渊的眼睛，没往下说。

"我明白了，万不得已，我抢先开枪击毙他，我是头功。"武渊心领神会地说。

"输给谁也别输给陈晓峰。"冉鳌两眼放光地说。

"我记住了。冉局，我是您的人，一切听您指挥。"武渊说。

冉鳌对武渊后面说的话很满意，他对武渊点点头说："知道这层关系就好，你先去吧！我从治安队调几个人配合你的行动。"

武渊听了冉鳌的话，眼泪差点掉下来，他向冉鳌信誓旦旦表态的同时又为没有帮手而发愁。虽然暂代刑警队队长一职，但因没有正式的任命文件，刑警队没人听自己的，哪怕表面敷衍的人都没有。李崤、虞敏菲暗中帮陈晓峰调查嫌疑人，瞒得死死的，大李一直没正眼瞧过自己一眼，听到冉鳌调治安队人员协助自己，武渊感激得差点哭出来。

"不能抽调警力给你，只能抽几个保安跟着，你觉得行吗？"冉鳌似乎知道刑警队没人听武渊的调遣。

"行！谢谢冉局。"武渊说。

武渊听说是保安，心中虽有失望，嘴上却没表现出来。保安没枪，带根木棍，参与刑事案子根本不起作用。话又说回来，真调警察跟着自己，还不知谁听谁的。保安还好，能听自己指挥。

武渊走出冉麸的办公室，体内像充了气，脚有些飘。他的心中只有一个念头，只要抢在陈晓峰前面抓住欧亚东，这个案子的头功就是自己的了。那时，冉局长就可以名正言顺地把自己推上刑警队队长的位子。

重审卫水冰按时进行，季阳、冉麸和刑警队员隔着玻璃墙观看。

审讯室内，闵娜和陈晓峰并排而坐，俩人面前分别摆放着打开的笔记本电脑。

冉麸看着陈晓峰眼盯电脑屏，手指在键盘上敲击，似乎在记录什么，心里说，这人装样子还挺像那么回事。他想起闵娜公开他俩正在谈恋爱，心里竟然生出几分嫉妒。他默默拿定主意，案子办完了，将陈晓峰踢出刑警队，之后再拆开他俩。冉麸这么想，嫉妒便化成了报复得逞后的快感。他的脸上露出一丝微笑，让人看在眼里，以为他对陈晓峰、闵娜再审卫水冰持支持态度。

季阳面无表情，一如既往像一块冷硬的铁板。

不多时，卫水冰被带进审讯室，带他进来的警察将他安置在审讯座椅里，把脚镣固定了，离开审讯室并关上门。

闵娜和陈晓峰谁都没抬头看卫水冰一眼，他俩心里似乎预测到审讯不会有突破。

这次闵娜没有叫人给卫水冰送水。

卫水冰走进审讯室，快速扫了一眼审讯自己的警察，仍是上次审过自己的那名女警，他心里在猜测她这次打什么牌。

足足过了半分钟，闵娜和陈晓峰都没开口，连扫也没扫卫水冰一眼。

卫水冰满不在乎，眼盯手上亮铮铮的手铐，他给自己打赌，今天是男唱白脸，女唱红脸，男警先发问。或者是男警愤怒地冲上来对自己怒吼，狠一点的或许会给自己两耳光、两脚，先灭灭自己的士气，再由女警晓以大义动情演说。

可是，卫水冰没等到男警发问，忍不住抬起低垂的眼皮偷看陈晓峰和闵娜。

几乎在同一时间，闵娜、陈晓峰把盯在电脑屏幕上的目光抬起来，望着卫水冰。

卫水冰虽在心里打赌，却不想与警察目光接触。

对手攻破你的唯一途径是眼睛，只要不与对手目光对视，就不会暴露心底的秘密。这是卫水冰给自己的忠告。可是，在他偷看警察的瞬间，目光被对方同时逮住了。

卫水冰仰脸望着天花板，灯光刺得他赶紧闭上眼睛，就在他闭上眼睛的时候，他在心头狠狠地抽了自己一个大嘴巴。

"卫水冰，今天不是审问你，只是与你最后一次聊聊。"闵娜说。

卫水冰听到女警说话，紧了紧眼皮，心里说猜错了。

他把目光从天花板移下来，落在闵娜脸上，目光装作询问。

"你是否交代剩下的毒资不是今天提审你的目的。简单说吧，我在做一个课题，关于犯人拒绝与警察合作的几点心理构成。你适合我这篇论文的访问对象，所以我不是审问，权当作一个专访，你我谈话的形式是平等的。"闵娜轻松地说，她以记者采访问话的方式与卫水冰对话。

"你觉得我们谈话能平等吗？"卫水冰举着手上的手铐问。

"我前面说了，是谈话内容平等。如果你要求平等，当初别犯法，你今天就不会与我们在这地方面对面坐着。"闵娜说。

卫水冰别转脸，拒绝与闵娜讨论这种吃后悔药的话题。

"你奶奶身体很好，两天前我俩专门去看过她，她等你带女朋友回家给她看呢！"陈晓峰语气和缓地说。

卫水冰慢慢转过脸来望着陈晓峰，心想，这种话应该是女警说呀，怎么是你说？他的脸上并无感动和惊喜。

"别打感情牌了，用过的办法重复用，效用过去了。我告诉你们藏的五百万，的确是我感激你们带奶奶来见我，去掉我的手铐脚镣，让我在奶奶面前保全了自尊。事情已经过去了，我不会再告诉你们剩下的钱在哪儿。"卫水冰冷冷地说，说完了又别转脸。

"钱对于你来说没有任何用途，没有丝毫意义，你藏了多少钱没机会花一分。留给别人，别人花得痛快，那可是你拿命换来的。原本我们也不是要问钱的事，是你自己紧张自认为是有用的筹码。"陈晓峰没有退步，仍用刺激的话往卫水冰心里扎。

"你们最愿意办有钱的案子了，如果不是为了还有没拿到的钱，你们早在我的判决书上签字盖章，拉我出去赏一颗子弹了。不要钱你有兴趣有耐心坐在这里和我扯淡？哈哈，我早看透你们了。"卫水冰说着话，望着陈晓峰的目光不失嘲弄和讥讽。

陈晓峰心头满是怒气，隐忍了，没作声。

第十七章 | 再审毒枭

观察室里的冉麸看到这里,鼻子里哼了一声,不满地说:"没问出什么名堂,反而让犯人嘲弄,丢警察的脸。"

季阳听了冉麸的话,呵呵一笑说:"冉局长,别急呀,卫水冰是最后的挣扎,他总得死抱住自认为有用的筹码不放。"

"是,季局长说得对。"冉麸说,他赔着笑脸迎合季阳。

审讯仍在进行。

"卫水冰,你说错了,公安机关不是有钱才办案,而是专门打击你这类违法犯罪分子。你手上有没有钱都会抓你归案。告诉你,自从你逃了之后,我就没有好好睡过觉,每天都在想从某个角落或者地缝里把你揪出来。"陈晓峰说。他装作没有被卫水冰激恼,冷毅的目光死死盯着卫水冰。

"哈哈,你看,我才说了两句话,你就动气了。"卫水冰发出一声怪笑。

陈晓峰望着卫水冰得意的脸,心生厌恶,这个时候却又不得不隐忍,不让心头的厌恶流露在脸上。

闵娜一直在观察卫水冰与陈晓峰对话时的态度,卫水冰的语气冷淡又不失镇定,说明他的内心早已抱定一个目标。

她原本想从卫水冰说话时的态度,观察他用什么方法来接受审讯的,寻找突破口,却看出他主动把自己关进黑屋子里了。

闵娜想,用卫水冰的奶奶刺激他已不起作用。除了他奶奶,还有谁能触动他?

闵娜想到先稳定卫水冰的情绪,脚下不动声色地碰了一下陈晓峰。

"卫水冰,你有过女朋友吗?"闵娜柔声问。

卫水冰别转的脸慢慢转过来,望着闵娜,嘴唇动了动,轻声说:"谈过。"

"她爱你吗?"

卫水冰又把目光望向天花板,小声说:"爱过。"

"你女朋友肯定长得挺漂亮,其实你在女孩子眼里,是个长相帅气的男孩子,有让女孩子动心的地方。"

卫水冰嘴角挂着一丝得意的笑。

他是笑闵娜打没用的情感牌,得意自己的判断没错。只要有女警在场,她就会扮演打感情牌的角色,仅这一点,卫水冰觉得没超出自己假想的范围。

卫水冰不想让闵娜看出自己的得意,他没有忘记闵娜第一次审自己时留给自己的尊严。人不能忘了帮助过自己的人，不懂得感恩，下地狱也得被地狱的小鬼鞭答。所以，卫水冰表面很配合闵娜，顺着她的思路迎合她。只要是她问话，他都顺着回答，但绝不会告诉她真正的答案。

"唉！站在一个女孩子的角度来看，做你女朋友得有多累。"闵娜叹息一声说。

"我在农村长大，没有后台，父母没有更多的钱为我铺路，长大了只能靠自己。没办法，凭我的能力想让女朋友开心，我得付出超过你们城市长大的孩子百倍的努力。这是靠钱说话的时代，我的能力远远赶不上飞涨的物价。要想赚大钱，凭我的能力和智商，只能选择贩毒，要么抢银行。"

"你贩毒是为了女朋友？"闵娜问。

"事已至此，这么说是把脏水往曾经的女朋友身上泼，我不会这么做。一句话说到底，我不甘心从底层打工仔做起。如果那样，耗尽我这一生中最年轻的时段，也只能赚一套房子的首付。之后呢，得奔波于房子的按揭、孩子上学的学费，老婆孩子仍得跟着我过那种捉襟见肘的穷困日子。"

"那你要过怎样的生活？"

"过什么样的生活？我是一个即将被枪毙的毒贩子，说实话又有什么用，我的生活是我个人终生的理想。"卫水冰没有直接回答闵娜的问话，仰靠着把目光重又指向天花板。

闵娜看出他拒绝回答，没有往下问。

陈晓峰与闵娜对视了一眼，之后也把重心靠在椅背上，双手抱在胸前。

"欧亚东是你小学同学？"陈晓峰问。

这句话让卫水冰愣了一下，连忙坐直身子，他意识到自己失态了，重又把重心移回椅背。

"你知道欧亚东？"卫水冰问。

"我还知道抓捕你的当天，欧亚东也在宾馆。"

卫水冰没回答问话，眼睛死死地盯着陈晓峰。

观察室里，冉麸听到陈晓峰抛出这句话，身体轻轻颤抖了一下，他问："难道卫水冰真的与杀韩石的嫌疑人是同伙？"

冉麸的反应让季阳感到意外，他没作声,冉麸意识到自己失态了，连忙正襟危坐。

审讯室内，陈晓峰和卫水冰默默对视着，他俩都在对方的眼睛里寻找答案。

卫水冰抢在陈晓峰问话之前说："你想通过我找到欧亚东，还是把欧亚东看成我同伙了？我从你的眼睛里看出你们没抓到欧亚东。"

"欧亚东杀人案如果与你有关，你的罪名便多加一条，如果欧亚东牵涉贩毒案，他的结局与你相同。怎么样，有没有兴趣聊聊你的同伙？"陈晓峰轻松地说。

"欧亚东是我小学同学，不是我同伙，离死不远的我不能害一个无缘无故的人，何况他是我同村人，从小一起长大。"

"我可以相信你的话，但是，嫌疑人和你同村，又在同一间宾馆出现过，时间也吻合，我不得不怀疑你与嫌疑人见过面。"

卫水冰望着陈晓峰，没说话，目光发直、散乱。稍时，他恢复常态，脸上勉强挤出满不在乎的表情。

"死了这条心吧，我不会告诉你的，我拿命赚来的钱，交给你们，便宜让你们得了，还得接受你们的审判，我不是傻子。"卫水冰说道。

卫水冰的话让闵娜心头一激灵，剩下的钱在欧亚东手上？

陈晓峰也想到了这一层，他没有点明了往下问，即便点了，卫水冰也绝不会承认的，多问只能让卫水冰更加得意猖狂。案子走到这一步，要想破案，只能想办法尽快抓到欧亚东。

"如果抓到欧亚东之后，你还没被宣判执行，我带他来这里与你相见叙旧。"陈晓峰轻松地说。

"呵呵，凭你？如果你不用枪，你能抓住他？"

闵娜也看出来了，再审下去问不出答案，卫水冰有他的计划，没交代的毒资，不管是不是留给他父母和奶奶养老，他都不会告诉公安机关的。

她一时间不知如何看待眼前这个离死不远的毒贩子，他贩毒害了许多无辜的人，判他死刑是罪有应得。从人性的角度看他，能坚持到现在，他的心理素质还是过硬的。

"卫水冰你有没有想对你奶奶说的话，过几天我去江塘带给她。"闵娜小声说。

卫水冰听了这句话，垂下目光，过了一会儿，他抬起头说："谢谢，我没什么话带给她。"

"你准备就这样放弃你与亲人最后联系的机会？"闵娜问。

"我与亲人的联系不是由你们带几句话，而是我们在天堂再见面的时候。即便我生命今天就结束了，也再不给你们任何想要的东西，这是我最后最得意的时刻。"

"卫水冰你得意得太早了,我知道答案在哪儿。你得意于你托付了信得过的人,这个人逃不出我手心。"

卫水冰抬起低垂的头,望着陈晓峰的眼里满是惊讶。

"我不信。"卫水冰试探地说。

"虽然你没时间知道最终结果,但你得信,你碰到的对手比你想象的强大,要不然你也不会戴着手铐脚镣坐在我对面。"陈晓峰说完这番话,合上电脑不再看卫水冰一眼。

陈晓峰说的这番话让闵娜觉得特别提气,她望着陈晓峰,心头爱意更浓了。她冲他点点头,陈晓峰会意,闵娜按了一下电铃,走进来两名年轻的警察,将卫水冰带出审讯室。

走出审讯室之前,闵娜和陈晓峰同时关了扬声器的开关,她问陈晓峰:"卫水冰托付了欧亚东,但欧亚东不一定与贩毒有关?"

陈晓峰拿起桌面的笔记本电脑,冲闵娜点头,眼里充满爱意。

闵娜说的这番话,观察室里没人听到。

季阳和冉麸见卫水冰被带走了,相继起身往外走。旁听的刑警队员陆续跟在季阳和冉麸身后。

谁也没说话,只听到杂乱的脚步声。

陈晓峰与卫水冰对话,坐在观察室里的人都听到了,全神贯注的人听出了陈晓峰的话外音,走神的人没听懂。

武渊听懂了,他注意力最集中,陈晓峰和卫水冰的对话他一字不落地听进去了,他清楚地意识到卫水冰将没交代的毒资托付给欧亚东了。

闵娜最后说的话武渊没听到,只看到她嘴唇在动。

武渊落在众人身后,回忆对话的过程,想从中寻找闵娜说话的大概,最终没找到,他感觉耳孔发痒,心头发急。

季阳和冉麸没说话,众人在走廊与从审讯室里出来的陈晓峰和闵娜相遇。

季阳赞同陈晓峰的答案,当着众人没再问他。

冉麸表情没那么热烈,似乎有些沮丧或者是失落。

季阳回市局之前,陈晓峰同他小声说了几句话:"季局,我想今晚仍回江塘,我估计欧亚东会回去。"

"要不要派人协助？"季阳问。

陈晓峰感激地说："谢谢，不用了，我能行。"

季阳点了点头，没说话，掏了车钥匙扔给他说："开我的车。"

"季局……我……"陈晓峰感动得说不出话。

"我叫冉局长派车送我回市局，你开车小心点。"季阳说完转头走了。

之后季阳离开白水区公安分局，并没有和冉麸打招呼，他坐公交车回了市局。

陈晓峰回到自己的单间办公室，关上门静坐片刻，把能想到的细节再想了一遍，收拾了几件换洗衣服走出办公室。

他没有和闵娜以及队友打招呼，直到他开着车子出了公安分局大院，开出几公里之后，才把车子停靠在路边，掏出手机给闵娜打电话。他告诉她，自己仍回江塘派出所。

闵娜小声说知道了，虽没说太多话，免不了要嘱咐他注意安全。

陈晓峰又给李崤打电话，告诉他仍盯紧欧宝松，发现有可疑的人与他接触，立即电话通知他。

李崤接了陈晓峰的电话，没有耽搁，与虞敏菲仍去欧宝松租住的小区监视。

可是，陈晓峰没想到武渊会开车远远跟着自己。

武渊出了观察室没有回刑警队办公室，他坐在一楼值班室看着陈晓峰下楼开着季阳的警车走了。他感到纳闷，季阳的车子怎么会给陈晓峰开了，不容他想出答案，便全神贯注开车远远跟着陈晓峰。行走方向告诉他，陈晓峰是去江塘镇。

武渊放心了，事先他估计到了，陈晓峰一定会去江塘，欧亚东如果是嫌疑人，会在江塘出现。

第十八章
寻找真相

欧亚东叫了一辆出租车离开江塘镇。

他没有与欧宝松和瞿虎联系，意识到他俩在江塘发生车祸不是偶然，估计他俩就算没被警察抓了，也在监视之中。欧亚东此时最担心欧宝松、瞿虎与古雪燕联系，只要他们有接触，古雪燕和褚菁菁将纳入警方视线。

欧亚东心中有一种紧迫感，他想必须尽快解决马南山，把警察的视线集中到自己身上。只有把案子揽到自己头上，古雪燕和褚菁菁才不会受牵连。

他为了证实自己的判断，没有回家，而是回到租住的小区，躲在街口一个僻静的小饭馆内，静静地坐等。当他看到古雪燕去菜市场买菜，再等到她拎着菜回了小区，身后没看到有人跟踪，他松了口气。

即便亲眼看到古雪燕没有被跟踪，欧亚东仍没现身与古雪燕见面，他不知道自己身后有没有警察的眼睛。

他也没有贸然给她打电话。

看到古雪燕拎着菜回家，欧亚东去街边代销电话卡的店里买了两张电话卡，将原来的手机卡折断丢进垃圾桶，之后躲到僻静处给古雪燕打电话。

古雪燕看到陌生号码犹豫接是不接，隐约觉得是欧亚东打来的，接通后果然是他，顿感喜出望外。

欧亚东没有告诉她自己就在小区对面，而是冷静地交代她不要与宝松和瞿虎联系，警察盯上他俩了。

古雪燕听了欧亚东的话，既没有紧张，也没有害怕。她知道这样的事迟早会发生，她问："你好吗？有没有想我？"

欧亚东说："我很好，你放心，我很想你，等事情办完了我会回来。"

"你要小心，别忘了，你是要当爸爸的，你不能当了爸爸，就不见自己的孩子和妻子。"

古雪燕这句话击中了欧亚东的要害，他几近崩溃，眼泪差点流出来。

"放心，我要儿子也要妻子。"欧亚东说完硬下心肠挂断了电话。

之后他又给欧宝松打电话，告诉他不要与任何人联系，他说："警察一直在监视你，事情办完了，我自会与你们联系。"

欧宝松不放心地问："哥，你回江塘了吗？"

欧亚东听了欧宝松的话感到惊讶，问道："你怎么知道我去江塘了？"

"我只是猜测。"欧宝松说完便按了手机，没再与欧亚东通话。

欧亚东有些惊讶，心想自己没将想法告诉宝松呀！他怎么知道自己回江塘了？欧亚东望着手机，满腹狐疑地把电话卡抠出来折断随手扔了。

傍晚，欧亚东叫了辆出租车回到江塘，住进高铁站旁边的宾馆。

这天下午，陈晓峰直接开车来到江塘派出所，他将警车停进派出所院内，换上便服。

武渊相隔几百米跟着陈晓峰，看着他的车进入派出所，他没有跟进去，他知道只要自己开的车被陈晓峰发觉，便前功尽弃了。

他将车子停进旁边的灌木密集区，远远盯着派出所的大门，直到陈晓峰身着便装走出来。

陈晓峰回到与欧亚东交过手的私人旅店，胖老板娘起身相迎的同时有几分诧异。她问："你没有回家吗？还没与妻子和好？"

陈晓峰"嘿嘿"笑了两声，装出难为情的样子说："回家了，她不理我。"

老板娘听了他的话摇了摇头说："做男人，大度点，别太小肚鸡肠，你妻子会想明白的。"

陈晓峰小声说谢谢，准备去二楼他订的房间。在他准备上楼梯的时候，老板娘忽然说："你的朋友没给你打电话吗？他来找过你。"

老板娘说话的时候没抬头。

陈晓峰心头暗吃一惊，他停住脚步，暂时没有转身，以免被老板娘看出自己惊讶的表情。

"他有说什么吗？"陈晓峰转身问这句话的时候，镇定地呵呵笑了一声。

"他没留下什么话，只是问你在不在房间。"老板娘说。

陈晓峰嘴里噢了一声，算作回答，尽量装作若无其事。

他来到二楼，打开房间门，坐在床铺上，整理思路。

欧亚东来找过自己，这是陈晓峰怎么也没想到的。欧亚东的目的是什么？挑衅？示威？

这么说，欧亚东此时就在江塘，既然他敢上门找自己，说明他并不害怕警察抓他。只是不知他住在哪家旅店，也许他不会再挑偏僻的旅店。

陈晓峰希望欧亚东再出现，忽然想到他故意让自己知道他在江塘，是不是施放的烟幕弹，其实欧亚东是回邗江找马南山了。

想到这里，他坐不住了，起身准备出门，又觉不妥。如果欧亚东仍在江塘，自己岂不是被他拖着来回跑。他没有犹豫，连忙掏出手机给季阳打电话，把欧亚东之前来旅馆找自己的情况简单向他汇报了一下，并说出了自己的担忧。

季阳听完陈晓峰的电话，不急不慢地说："不用紧张他回邗江，我已经派特警暗中监视马南山的住处，只要他出现，不会让他逃了。"

陈晓峰听了季阳的话，松了口气，紧接着大脑里又跳出另一个问题。

马南山不出现，欧亚东就不会出现，便无法抓到他，如此下去，耗时费力，浪费警力。

在陈晓峰思考的片刻沉默间，听到季阳说："我知道你在想什么，我也想到了一个方案，让马南山去江塘引欧亚东出来。"

"如此一来，这个案子就公开了。"陈晓峰有些担心地说。

"欧亚东知道你是警察的身份，这个案子已经公开了。"季阳说。

"我是担心欧亚东觉察警方公开抓捕，离开江塘，离开邗江，再不出现，那就很难再找到他了。如果他哪一天又潜回来，杀人案仍会重演。"

"所以我们得制定一个周密的抓捕计划，你别回来，今晚我会带便衣特警去江塘与你会合。"

陈晓峰听到季局长晚上带特警来江塘，心里既高兴又担心。

不知为什么，陈晓峰感觉对待欧亚东的案子，与以往所有案子有所不同。以往

第十八章 | 寻找真相

的案子按照制定的计划，能让犯罪分子乖乖走入设置的局内，可是，欧亚东不会按警方给他的步骤走，总觉得他始终会快一步。

陈晓峰挂了电话，仰躺在床上，闭着眼睛，大脑无法停歇，像无法停止旋转的空竹，嗡嗡作响，吵得他神经一抽一抽的。他无法静心思考，只好睁开眼睛，盯着天花板。

陈晓峰此时很想去附近宾馆旅店查找欧亚东，又觉得这样做太冲动，过早惊动他不利于下一步的抓捕，应该等季局长带特警到了，按制定的计划进行。

想到这里，陈晓峰躺在床上，紧张的情绪像松开的弹簧，绷紧的身体也跟着放松了，他觉得应该好好睡一觉，等晚上与季局长汇合。

不知不觉陈晓峰睡着了。不知过了多久，他被手机铃声吵醒，伸手摸到手机，没看谁打来的，手机贴在耳边，睡意蒙眬地"喂"了一声。

在他"喂"的同时，大脑已经清醒了一半，睁眼看窗外，天色不知什么时候暗下来的。

"队长，是不是我吵到你了？"

电话是李崤打来的。

"李崤呀，有事你说，我刚睡了一会儿。"

"对不起！我知道你最近累了，本不想打电话给你的，但我觉得事情有些严重，不得不吵醒你。"

李崤的话让陈晓峰头发一下子竖了起来，他"霍"地坐起身。

"什么情况？李崤你慢慢说。"

"下午我一直跟着欧宝松，直到他把三轮车开回出租屋附近停了。可是，他没进家门又走了。我便一路跟着他，他走到公交站，没上公交车，而是扬手招了一辆摩的，让我猝不及防，没能跟上。原以为他去找瞿虎，我打电话给敏菲，敏菲说没见到欧宝松，我只好与敏菲碰头，之后跟着瞿虎。瞿虎回家吃饭，再没露头，我俩又等了一个多小时没见欧宝松来找他。我想，如果欧宝松是来找瞿虎，俩人居住地坐摩托车只要十分钟路程，我怀疑欧宝松去见别的什么人。"

陈晓峰揉了揉眼睛望着窗外，看到天色变暗，他愣了愣神，心想自己怎么睡得那么死，两个多小时过去了，竟然没醒。他意识到李崤在电话那头等自己说话，连忙振作精神，大脑快速地把李崤说的情况过滤了一遍。瞿虎不是重要角色，欧宝松不去找他，很可能是去见欧亚东。难道欧亚东回市里了？想到这里，陈晓峰冷静地对李峙说："李峙，你和虞敏菲去欧宝松住处等他，如果回来了，立即拘留他带回队里，瞿虎不用监视了。"

"是，队长，我和敏菲这就去找欧宝松。"李峙说。

"尽量别惊动欧宝松的邻居。"陈晓峰特别交代说。

陈晓峰挂了电话，看了看手机上的时间，已近六点，他估计季局长会在天黑之后到。可是，李峙的电话让他对欧亚东的去向产生了怀疑，不得不将情况向季局长汇报。

季阳带着四名特警正在来江塘的路上，听了陈晓峰的汇报，愣了一下，既感到突然，又觉匪夷所思。欧亚东真的如此神出鬼没？可是，如果他真的回了邗江，此行江塘已经没有多大意义。

想到这里，季阳命司机停车。

坐在后排的三名特警也听到季阳接电话的内容，静静坐着等待季阳指令。

季阳按下车窗，掏出一包烟问："有人抽烟吗？"

四名年轻的特警同声说："谢谢局长，不会抽烟。"

季阳听了，"呵呵"笑了笑说："不会抽就不要学，不是好习惯。"他说完就打开车门下了车，站在路边，点着一支烟，吸了一口，望着路灯下的朦胧夜色，缓缓地吐出来。

烟雾被微风带进夜色深处。

季阳心想如此由欧亚东牵着鼻子走，不如牵着他的鼻子。他要找马南山，那就把马南山带去江塘，放他在明处。

季阳认识马南山，但是没有深交，俩人在市里的招商工作会上见过。招商会结束后的晚宴上，马南山主动来敬过酒，交换过名片，但季阳始终与他保持应有的距离，因为他是商人。季阳此时想主动给马南山打电话，想找他的名片，却想不起放在哪个角落了。于是，他打电话给守在马南山家外围的警察，命他带上马南山去江塘派出所汇合。他说只要在马南山面前提季阳的名字，他肯定会配合。他特地交代两名警察不要坐马南山的车，叫一辆出租车跟着他到江塘汇合。

季阳如此安排好了，狠狠抽了几口烟，摁灭烟头的余火，然后将烟头丢进垃圾箱。他上车后，对司机说："继续开车。"

警车还没到派出所，便接到护送马南山的警察打来电话，他说："马南山执意要带保镖，怎么办？"季阳一听就火了。他没好气地说："把电话给马南山。"

季阳听到马南山在电话里说"季局长您好"，便打断他的话说："马南山，你摆什么谱？带保镖来公安局？什么意思？你要不要带保姆带厨子来呀？我告诉你，别在警察面前装腔作势，你屁股干不干净，自己最清楚。"

季阳说完话，没等马南山回应，便掐断了通话。

坐在后排的几名特警暗中冲季阳的背竖起大拇指。

季阳估计马南山接了电话会积极配合的。

季阳来到派出所，他看到陈晓峰和派出所施所长已经站在大门口等候了。

车停稳定后，季阳下车和几个人一一握手，之后来到会议室。

众人坐定后，先是喝茶抽烟闲聊。

聊了一会儿，季阳把话题转到正题上，他说把马南山带到江塘，是为了诱捕欧亚东，同时征求大家对这个计划的意见。

陈晓峰首先表示支持，他说："与其派人等候欧亚东，不如让马南山在眼皮底下。但是我有个顾虑，如果有警察跟在马南山左右，欧亚东肯定不会露面。我感觉欧亚东对马南山的生活以及工作习惯了如指掌，甚至连他身边的保镖是谁都一清二楚。"

陈晓峰的话让季阳陷入沉思，他认同陈晓峰的顾虑，可是，马南山不在警察的眼皮底下，其安全更难保证。

季阳目光转向施所长，忽然想起了之前冒出来的疑问。

"马南山是江塘人，过去两家有结怨吗？"季阳问。

施所长抽了一口烟说："我来江塘五年多，拆迁之前的事我听到过一些传闻。马南山与欧亚东两家原本是邻居……"

这句话让季阳和陈晓峰同时感到惊讶。

施所长正要往下说时，听到院子里有停车声，季阳侧耳听着院内的动静。

陈晓峰见状说："是不是马南山到了？"说着起身走到窗前，推开玻璃窗往下张望。

院里暗，看不清有几个人。

不一会儿，听到杂乱的脚步声从楼梯方向传来。

施所长说："马南山来了，还是让他自己说吧！"

季阳拿起架在烟灰盅上的香烟,抽了一口说:"也好。"

马南山与两名便衣警察前后脚走进会议室,见到季阳,眉眼带笑伸出双手快步紧走几步,惊喜地说:"季局长您好!听说您找我,不知什么事把您惊动了。"

季阳没有起身握马南山伸过来的热情的双手,语气不冷不淡地说:"马董事长,请坐。"

季阳的冷淡让马南山的热情笑脸与伸出的手僵住了,但他不愧是久混生意场的,对季阳的冷淡仅有片刻的尴尬,瞬间又挂上笑容,按季阳摆手的方向坐了下来。

季阳直视马南山单刀直入地问:"马南山,你与欧亚东一家过去是邻居,但是,你的年龄与欧亚东相差悬殊,你们不是同代人,过去的仇怨是怎么结下的?说说你们两家过去的事。"

马南山听了季阳的话,愣了一下,脸上的表情显得不自在。

"季局长,我们两家原先的确是邻居,但没发生过什么过节……"

陈晓峰不认识马南山,但看出他赔笑的外表下掩藏着虚假,他最看不惯奸商的嘴脸,便忍不住没好气地冲着马南山说:"马南山,现在不是请你来做客的,这个时候还藏着掖着,你的仇人正在到处找你。"

"我的仇人?"马南山说着话,脸上装出无辜的表情。

"邗江宾馆水箱里的抛尸案你没听说吗?死的人是韩石,你不会说不认识韩石吧?你在江塘的建材公司的工程不是他承建的吗?"

马南山听到韩石的名字,左右腮帮子垂挂的两块形状略有区别的肥肉抖了两下,不知是害怕还是与韩石之间有不可告人的秘密,担心被问出来。

马南山垂下头,目光盯着桌面。他沉默了几秒钟,在思考如何回答季阳的问话。稍时,他像是鼓起很大的勇气,抬起头说:"我家祖上与欧家一直为争地边而闹不和,吵架斗殴时常发生,在我爷爷那辈便结下了仇恨。我家到我这是第四代,一直单传,人丁单薄,所以一直被欧家欺侮。有一天,我看到欧亚东的爷爷把我父亲推倒在地,我便发誓,长大后我一定要拆了欧家的房子……"

马南山说这番话时表情显得很痛苦,似乎受了莫大的委屈。

陈晓峰耳听马南山的话,回忆与欧亚东交手的过程,觉得欧亚东不像马南山说得那么霸道、蛮不讲理。

"马董事长,你的话让我产生了疑问。如果你们马家一直被欧家欺侮,欧亚东的父亲怎么会去工地当一名小工，挣点小钱为生。"

"我承租这块地投资兴建建材市场，是夹杂了我的私人恩怨，但我没犯法。我有市、镇两级政府的批文，并按赔偿合同给予了赔偿的。欧绪忠的死与韩石有关，与我这个投资商没有任何关系。"

陈晓峰望着马南山，大脑里跳出几个字：过河拆桥，无情无义。

陈晓峰把目光从马南山脸上移开，望着季阳，等待他安排工作。

季阳也在想，马南山这人太无耻了，他把报复行为写成了合法的文书，却并不掩饰无耻的嘴脸。可是，作为执法机关却不能对这种无耻行为予以法律的制裁，还得出警保护这样的"成功人士"。

季阳有些厌恶马南山，却又不能被厌恶的情绪影响到工作的正常进行。

"我们今天不追究你们两家过去的仇怨，不以某个事件定性好人坏人。保护公民的人身安全是我们公安机关的职责，所以今天把你请到这里来，这是对你的人身安全负责，但是你必须全力配合。"季阳冷静地说。

"我的人身安全？"马南山听后吓了一跳，惊愕地站起身说道。

"你也许不知道，或者你知道装不知道，欧亚东在找你报仇。"季阳说。

"找我报仇？有没有弄错，我是有合法征地手续的，又不是争地边，砸死他父亲的是一车砖头，又不是我，凭什么找我报仇。"

"你有实力，所以你显得高明，但是你严肃点，这个时候我们不与你讨论案子之外的事。"季阳手中的打火机在桌面磕了一下，发出清脆的响声。

施所长望着马南山说："你要知道问题的严重性，征地手续是不是合法，不属公安机关的调查范围，一车砖头砸死人是意外还是人为，这是公安机关调查的范围，如果你想活命就得听我们的安排。"

马南山听说过欧亚东从小去武校练武，有一身本领，想到这里，他额头出汗了。他扫视会议室内的人，所有人的表情和目光都冷冷的，他清楚自己的老板身份在这里一毛钱不值。想到这里，他闭嘴不说话，索性垂下眼皮，嘴里轻声说："我听你们的，听从吩咐。"

季阳耳听马南山说话，想到拉他来江塘一是为了保护他，同时也是用他作钓饵。既然如此，就放他去公司上班。想到这里，他已经有了主意。

"马南山，你从明早开始，正常在江塘的公司上班，仍用你的保镖。"

马南山望着季阳有些糊涂了,还以为自己的态度惹季阳生气了,不愿意动用警力保护自己。

"季局长,我错了,我态度不好……"

季阳知道他往下要说什么,立即打断他说:"放心吧,即便你是个坏人,在没查清楚之前我们也不会丢下你不管。"

季阳的话把大家逗笑了。

马南山面红耳赤。

"马南山你可以离开了,回你的公司住,今晚应该不会有事。欧亚东不会想到你今晚回江塘,明天的事我们会有安排,再说你还有自己信得过的保镖。"

"季局长,我可以不走吗?我不想离开您,住在这里我心里踏实。"马南山说。

施所长呵呵一笑说:"抱歉呀马老板,派出所没空余房间给你睡,你还是回公司,地方大。"

马南山无奈地站起身,带着司机走出会议室,显得有些狼狈。

马南山上车离开派出所,立马给保安经理打电话,让他通知所有保镖到江塘集中。

季阳见马南山离开了,对特警组组长说:"派两名兄弟暗中跟着。"

施所长接口说:"季局长,今晚由我们派出所出警!辖区警对环境熟悉。"

季阳想了想,同意了。

施所长走出会议室去布置警力。

季阳望着陈晓峰,再看一眼特警组组长说:"我们的人员明早接替派出所的同志,便服上岗,是直接进马南山的公司,还是守外围,你们有什么想法?"

"马南山有保镖,估计他会精心安排保卫,我们进去与他们格格不入,不起作用。我觉得主要力量守外围比较合适,人员分布在围墙外面,便于掌握进出人员,更利于识别身份。"陈晓峰说道。

特警组组长是个中年的黑脸汉子,他点点头说:"我同意陈队长的意见,我料定马南山肯定龟缩在办公室内不敢露头,欧亚东要想寻仇,必须从公司大门或者围墙进入,我们能够第一时间做出反应。"

"嗯!好。按你们的想法布置警力,是否要安排狙击手?"季阳问。

陈晓峰没说话,望着特警组组长。

第十八章 | 寻找真相

"我觉得没必要,区区一个欧亚东,要这么大阵势,也太高估他了。"特警组组长说。

"我同意,况且,埋伏狙击手反而让欧亚东知难而退,没机会抓捕他。"陈晓峰说。

季阳没说话,点点头。

"明早我们的人悄悄接手,我暂不去马南山的建材批发市场。"陈晓峰说。

季阳明白陈晓峰是有意回避,怕被欧亚东认出来。

特警组组长说:"明早我先接手。"

布置完工作,季阳的心情轻松了下来。

陈晓峰却在想另一个问题,欧亚东究竟在邡江还是在江塘。

施所长布置好当晚的值班警力,之后带季阳和几名特警去事先定好的招待所休息。

陈晓峰没有去招待所,而是回到私人旅店。

陈晓峰不知道武渊一直在暗处跟着自己。

这晚,武渊见到陈晓峰和季阳都去了江塘派出所,心里很不是滋味。这说明市局支持陈晓峰的工作,他感觉自己的后台没有陈晓峰硬,当不上刑警队队长,可是,他又不甘心,便将看到的情况打电话报告给了冉藜。

冉藜听完武渊的汇报,态度强硬地说:"你别担心,区里的人事我有提名权,关键是你要把事情做得漂亮。陈晓峰和季阳都去了江塘,说明欧亚东就在江塘,你要小心行事。"

冉藜的话,让武渊失落的情绪重又得到填补。

武渊见陈晓峰独自去私人招待所住宿,没与季阳住在一起,心中既紧张,又有几分兴奋。

陈晓峰独住私人旅店是更接近目标,还是另有目的?

武渊看着陈晓峰进了旅店,房间灯亮了,这才走进旅店,在一楼开了间房。

这一夜,武渊房门一直虚掩,没锁上。只要陈晓峰从二楼下来,他就能听见动静,随时准备跟着他。

整晚武渊都绷紧了神经,一直处于蒙眬假寐状态,可是,他没能等到陈晓峰下楼的脚步声。

对决

第二天天刚亮，武渊终于听到动静了，是陈晓峰下楼的声音。他浑身一激灵，翻身坐在床沿，听门外的动静。他听到陈晓峰与老板娘打了声招呼走出了旅店，便顾不上洗脸刷牙，穿上衣服，匆忙撸了把脸，抹了抹眼角的眼屎，拉开房门。

武渊看着腕上的手表，分针走了一圈后，他走出房门。

老板娘见武渊满脸倦容地走出来，有几分惊讶。她面带微笑地问："这位先生，昨晚没睡好？"

"睡得还好，只是睡迟了。"武渊说着，做了两下扩胸运动，掩饰疲倦。但他脚下没停留，几步跨出旅馆大门。

他站在路边看了看，陈晓峰的身影已经不见了。

武渊估计陈晓峰是往高铁站去了，或者在某一个早点铺吃早饭，他没有着急，慢慢往前走，小心翼翼。

陈晓峰没有在路边吃早饭，也没有去马南山的建材批发市场，而是去了派出所。他估计季局长起床了，去派出所食堂陪他吃早饭。

这个时辰，行人熙熙攘攘，下田干活的农人肩荷锄头往镇子外头走。如果不是镇子里的人，他们一眼就能认出来，擦肩而过的人看陈晓峰的眼神带有些许疑问。

陈晓峰自顾自地往前走，偶尔回头往周围扫一眼。他不是担心后面有没有人，而是希望看到欧亚东的身影。

武渊跟到高铁站广场，看到陈晓峰穿过十字路口的红绿灯，估计他去派出所，便不想继续跟着。后来，武渊看到陈晓峰没有直行去派出所，而是沿着人行道往北走，就没有急于穿过十字路口，隔着马路望着陈晓峰。

武渊看到陈晓峰在离建材批发市场大门不远的地方与两名便衣说了几句话又返身往回走，去了派出所的方向，便没有再跟他。

武渊看到两名便衣在建材批发市场大门外走走停停，之后两人分开，各自沿着围墙往后面走。他看了一下手表，还不到上班时间，决定先去吃早饭，便沿着高铁站旁边的一条小巷往里面走。

武渊找到一间不起眼的早点铺，走进去坐了下来，要了碗豆花、两根油条，稀里哗啦吃完了，精神头又上来了，便又要了碗豆花。

这时，走进来一位年轻人，武渊感觉年轻人与自己年龄差不多，身材匀称，比自己结实。

这个人正是欧亚东。

武渊见过欧亚东的画像，画像是板寸头，而此时欧亚东戴着假头套，中分的发型，与画像区别大了去了，所以，武渊根本没往嫌疑人身上想。

欧亚东比武渊更为警觉，他选在武渊右后侧的座位坐下了。

武渊心思没往欧亚东身上想，觉得进来的年轻人是附近村里的，经常干农活，有一副结实的身板。

欧亚东也要了豆花和油条，似乎不是很饿，将油条慢腾腾地往嘴里送。其实他边吃油条边打量武渊，忽然，他看到武渊右侧腰间的衬衣下鼓鼓囊囊的，心头猛然一惊。他端起豆花碗，轻轻地喝了口豆花，目光从碗边盯着武渊的腰间，根据形状判断是不是枪。

欧亚东在影视基地的拍摄现场，见过演员腰间别枪的样子，此人腰间鼓起的形状能看出是手枪套，他猜到眼前这人是便衣。

欧亚东心想，警方已经派人对马南山的建材批发市场周边布置了警察，正等待自己现身。他心里这么想，脸上并无吃惊的痕迹。他在小旅馆与刑警队队长交过手，知道警察会很快派人在马南山的建材批发市场附近蹲守。

终于来了。

欧亚东暗自庆幸在早点铺遇到警察，如不然还麻痹大意呢。

武渊耳听油条被牙齿切开的清脆断裂声，想到自己开来的警车停在人行道的树丛边。他想，警车停在路边很容易引起行人注意，迟早会被巡逻的保安或警察发现的，应该先把车子藏起来。

想到这里，他起身付了早点钱，走出小吃部。

欧亚东匆匆吃完早点，也走出小吃部，远远跟着武渊，见他往南走，并不是去马南山的公司，便停下脚步。他心生疑问，难道这人不是警察？

武渊不知道欧亚东正跟在身后，心思只顾避开对面路边的便衣了。他来到昨天停车的人行道上，开着车，沿途找到一家带院子的汽车修理厂，把警车开了进去。

汽修厂老板是个秃顶男人，见大清早一辆警车开进来，不知出了什么事，虾着腰跑到武渊的车子边，一脸媚态地问："您好，请问有什么能帮到您？"

"老板，麻烦把我车子检测一下，今天先放在你这里，我有一些公务去派出所处理，等办好了我会来取车，取车的时候跟你结工钱。"

"瞧您说的,啥工钱不工钱的,检测一下车子又不费多大事。"老板仍满脸媚笑。

武渊把车钥匙递给老板,掏出工作证给老板看了一下。

老板连声说:"不用看不用看的,我哪能不相信您嘛。"

武渊点点头,表情严肃地离开了。

秃顶老板看出他正在执行一项神秘的任务。

武渊做完这一切,重新回到高铁站的广场,这里离马南山的建材批发市场最近。

欧亚东没有继续跟随武渊往南走,但也没离开,他站在购票大厅内,从窗口观察广场和对面马路上的行人。

没多久,欧亚东见到武渊走回来,站在广场边,往对面张望,心头再度一惊。

第十九章
最终对决

欧亚东没有离开江塘，但确实打过电话给欧宝松。他是让欧宝松尽快离开租住的地方，估计警察应该已经监视他了。

没想到这个电话让陈晓峰误以为欧亚东回了邗江，因而放弃了在周边旅馆查找欧亚东的打算。

欧亚东在高铁站后面的私人旅馆开了房间，他没有整日待在旅馆内，担心警察大搜捕，将自己堵在房内。他大多数时间在高铁站广场附近的绿化带或花坛边不起眼的地方，脚边放一只行李袋，手上捧着一本书或杂志伴作看书。第一眼见到他的人都会以为他是准备外出打工，或是等人。

其实欧亚东看书的眼睛不时瞟向进出马南山建材批发市场的车辆，马南山的奔驰车只要进去，他便能看到。

此时，欧亚东见武渊的目光也盯着马南山的建材批发市场大门，灵机一动，回身去售票窗口买了张下午去上海的车票，装进上衣口袋。他这么做是防止遇上警察盘问，作为掩护。

武渊在高铁站广场附近徘徊，完全没想到身后的售票大厅内站着自己要找的人，正目不转睛地盯着自己的一举一动。

欧亚东望着武渊的背影，设想另一种可能，如果马南山今天出现在江塘，一定是警方的安排。

他想，既然是诱饵，咬还是不咬由自己决定。

但是这个诱饵究竟会不会用马南山本人？如此想着，欧亚东反而想看看警方摆什么样的网等自己钻。

高铁站广场上首先聚拢的是各式小贩，卖早点的、卖各种饮料矿泉水的、挑担子卖水果的沿人行道站成一排，赶第一趟班车外出的旅客也陆续走进售票厅。

欧亚东这才走出售票处，眼角余光仍瞟向武渊，担心他突然回头，认出自己。

欧亚东原本准备暂时先回旅馆，到下午再出来看看情况，忽然看到武渊欲跨过栏杆准备过马路，要去对面的样子。他有些奇怪，往对面望去，远远见到马南山的建材批发市场大门被两名保安推开了，不多时，里面开出一辆黑色轿车，正是马南山的奔驰车。

欧亚东心头咯噔一沉，如果马南山昨晚住在公司，自己就错过了一个绝好的机会。

也就是说，从昨晚开始，马南山的公司周边已经布置了警察。

欧亚东埋怨自己太大意了，可回头一想，不知情也好。如果知道马南山昨晚就在公司，自己不会甘心，也许宁肯冒风险也要闯进去。

真的那样做了，自己也就暴露了，而眼下，尚能把握主动。

欧亚东望着奔驰车开出大门，往南开，方向像是邗江。

没等欧亚东想明白，见开大门的两名保安又使劲将两扇铁栅门推上了，并从里面上了锁。

欧亚东心生疑问。

这个时间点大门上锁，不用开门做生意了？还是马南山根本就不在车内，还在公司？

究竟哪种可能性成立？

欧亚东首先想到打出租车跟着奔驰车看个究竟，又觉不该贸然露面，也许外号玉面杀手的刑警队队长正和马南山坐在茶几边喝茶，等待自己。

欧亚东告诫自己，不要急躁，欲速则不达，先弄清情况再决定。

如此想着，他的心头反而涌出一种兴奋感。

只要知道马南山的行踪，主动权就在自己这边。

欧亚东静静地观察马南山公司周边行走的零星行人，他发现有两个人一直在围墙边转悠，不用说这两人是便衣警察。

欧亚东感觉长时间站在售票大厅，会引起不必要的怀疑。想到这里，不再迟疑，退回旅馆。

此时，欧亚东内心有种危机四伏险象环生的不安感。他不知道警察会不会对江塘镇所有宾馆旅店进行大搜查，如果这么做，自己藏身的这个小旅馆很快便会成为清查对象。

欧亚东决定暂时离开江塘，到附近的镇子里躲到晚上再回来。于是他戴上假发套，还用梳子将假发往两边分，让中分分得更清楚，又在上嘴唇上抹了两撇淡淡的灰色暗影，像刚长出的胡须。收拾完后，拎着行李袋便出了房间。他开的房预交了一个星期的钱，所以他进出旅馆，老板并不问，还客气地打招呼。

欧亚东出了旅馆，上了一辆私人拉客的小面包车，拉客面包车内没有别人，他掏出一张没用过的电话卡塞进手机，给欧宝松打电话。

他担心欧宝松被警察抓了，尽管欧宝松与案子牵扯不大，但是警察一定想从他身上查到有关自己的信息。

电话打通了，欧亚东咳嗽了一声。

他听到欧宝松说："哥，我出来了，不在邗江，没敢回家，住在同学家。"

欧亚东心头松了口气，用手捂着嘴小声说："暂时不要回家，也别去拉客。等我的事情做完了，你再露面，那个时候警察不会找你。"

欧宝松回应地"嗯"了一声，之后问欧亚东："哥，我知道你在江塘，我昨晚叫同学去找你，没找着。"

欧亚东一听就生气了，压低声音呵责欧宝松："不要乱来，你不是帮我，是给我添乱知道吗？"

欧宝松听到欧亚东生气了，立即不敢说话了，过了一会儿小声说："哥，我知错了。"

听到欧宝松认错，欧亚东心又软了。

欧宝松从来都是听他的话，没有违背过，他也爱这个堂弟。

"安心待几天，跟谁也别联系，你嫂子那边也别打电话。"

"哥，你可不能出事呀！"欧宝松说这句话的时候声音有些哽咽。

"放心吧！事情做完了我会联系你。"

"哥，有一件事我告诉你……你别生气。"

欧亚东准备挂电话的时候听到欧宝松吞吞吐吐说了一句话，立即警觉起来。

"什么事？背着我做了什么事？"欧亚东生气地问。

"哥，我只想为你做点事……"欧宝松胆怯地说。

"你说，我不生气。"

"昨晚我在马南山家的楼下没看到马南山的奔驰，后来又去他情人住的楼下，也没看到车子。我估计他住在江塘……"

"我知道。"

欧亚东说完，没让欧宝松继续说下去，拆了手机后盖，掏出电话卡折断扔出车窗外。

欧宝松说的话，让欧亚东想到马南山的车开走了，警察并没有撤离，说明马南山还在公司。

欧亚东坐在后排，仰靠在椅背上望着窗外。

今天天气晴朗，阳光上了楼顶，远处的天蓝得让他心头哆嗦了一下。

不知道多长时间没安静地看过蓝天白云了，也没在意过阴晴圆缺。

阳光从车窗外照进来，落在欧亚东的腿上，有手绢大小。他伸出手，张开手掌，在腿上舒缓地抚摸，似乎要把阳光烫平在腿上，贴身带着。

欧亚东此时想起了古雪燕，她苍白的脸和担忧的眼神，如一根银针扎进他的心头。无法言语的疼痛由心尖扩散，要将他的躯体撕成两半。

他收起摊平在腿上的手掌，蒙住额头，其实是蒙住眼睛，乘机抹去涌出来的泪水。

她会吃不好睡不着的。

这样的生活是自己带给她的。

自责埋怨和检讨时常在欧亚东独处的时候涌出来。

面包车驶出江塘镇主道，路面有些不平，司机想多跑两趟，开得又快，车身颠簸得厉害，把欧亚东从不能自持的自责中颠醒了。他伸手在腿上拧了一把，心中暗骂自己关键时刻娘们叽叽的。

半个小时候后，车子在邻镇停了下来。

欧亚东下车付了车钱，走进路边的一间小卖部，给一个朋友打了电话。

不久，他的朋友骑着摩托车来接他。这天，欧亚东在朋友家吃了午饭，还喝了几杯酒，但他没敢多喝，担心喝多了误事。之后他假装喝多了，倒在床上一觉睡到晚上七点多。

吃了晚饭，他回到江塘，在旅馆外面磨蹭到九点多，没发现什么异常，这才回到房间。

欧亚东静坐片刻，拉开窗帘，推开玻璃窗。

窗外对着一条死胡同，翻过围墙就是村道，他静心听了听，没有什么异样，关上窗，拉上窗帘。

他拿起一张椅子，走进卫生间，站在椅子上，伸手揭开一块泡沫塑料天花板，从里面掏出一只小行李袋，再把天花板合上。

欧亚东简单洗了个澡，换上黑色紧身衣，外面再套上白天穿过的黑裤子、白衬衣，仍旧戴上假发。

之后，他从里面把门反锁了，推开玻璃窗，双手攀窗棂，身体顺着墙壁，落到地面。

欧亚东攀上围墙，见村道两头无行人，翻过去，轻轻落地。

蹲在墙脚的一只黑猫被吓得"嗷"一声怪叫，窜出老远。

十点之后，高铁站没有车停站，路上行人也少了。

欧亚东走出村道，来到镇上的主道，仅碰到一对谈恋爱的年轻人往村里走。

他没过马路，而是沿着人行道往南，反方向行走，意在试探马路对面有没有埋伏便衣。

欧亚东走了约一公里远，这才穿过马路，返身往回走。

他没有沿人行道走，而是走进村内，他要绕到马南山的建材批发市场后墙。

欧亚东心里清楚，自己熟悉地形，警察也早就摸清了地形，何况有派出所的警察协助。

所以，他估计后围墙会有警察蹲守，不知道是一个还是两个。

从村内往马南山建材批发市场方向走的时候，他的脚步没那么急，他知道自己的白衬衣在朦胧的月色下会格外显眼，很远便能被警察发现。

欧亚东略佝偻着背，步速不疾不徐，像一个四十多岁的人。

远处偶有狗吠。

村里大多数农人睡得早，一两家开着院门，白炽灯的灯光洒在门前空地上，格外晃眼。

欧亚东几乎没碰上行人，所以，略显迟滞的脚步声虽拖沓，但显得很清晰。

当欧亚东离建材批发市场后围墙越来越近的时候，脚步故意更显迟重，鞋底拖擦水泥路面的刺啦刺啦声，让人头皮发麻，头发竖起来。

离围墙还有二十米远的时候，欧亚东加快了脚步，快步靠近围墙，他不用寻找，便知道上次钻过去的缺口位置。

但他似乎没准备翻越围墙的意思，而是贴着墙根快走，他的目的是引出埋伏在暗处的警察，为退路清理障碍。

欧亚东刚走出几步，从一个草垛后面跳出一个人，拦住他的去路，两人相距仅十几米远。

"站住，你是哪里人？这么晚还不睡觉？"

欧亚东站住了，没往前走，压低嗓门，用略显苍老的腔调回答说："我是村里的，去村北头看一个朋友。你是谁？你不是村里人。"

欧亚东说着话继续往前走。

"我是警察，你站着别动。"

欧亚东没听他的话，继续往前走。

"站住！"警察一声怒吼，同时掏出了手枪。

"我再说一遍，我是警察，正在执行任务，你举起手来，我要核对你身份之后放行。"

警察说话的同时打开了手枪保险。

"好好，我不走！"欧亚东说着举起双手，等待警察走近。

第十九章 | 最终对决

警察举着枪,靠近欧亚东,举起对讲机报告情况。

"报告队长,后围墙外一名穿白衬衣的男子往北走,被我拦住了。"

参与行动的人都有对讲机,季阳也听到了。

陈晓峰是现场指挥,他拿起对讲机问:"多大年纪?有没有身份证?"

"外表看不出年龄,身形和说话约四十来岁的样子。"警察报告完了,问欧亚东:"有没有身份证?"

欧亚东连忙说:"我带了,给你看。"他说着伸手去裤子口袋里掏摸。其实他没带身份证,口袋里有一张别人给的名片。

陈晓峰听说约四十来岁,有些放松了,说道:"核对身份证,没有疑问就放行。"

警察回答"是"之后,慢慢靠近欧亚东,他还算警觉,仍举枪指向欧亚东。

欧亚东举双手虾腰一动不动,待警察离自己一步之遥,嘴上说:"给!"便借递名片手上晃动之机,脚下轻滑,没等警察看清怎么回事,左手抓住枪管,往怀中一带,轻松夺枪在手。

欧亚东一招得手,没有犹豫,在警察被夺枪愣神的瞬间,右肘击中他的膻中穴。

一阵钻心的疼痛从胸直袭至警察的大脑,他的眼前一阵晕眩、发黑,软软地倒在地上。

欧亚东没有犹豫,右脚撤一步,架起警察的右手,从他腰间掏出手铐,将他双手铐上,又在他后脑轻击一掌,将他击晕了,把他拖到草垛后面藏好了。

之后,欧亚东从容地捡起对讲机,将手枪插回警察腰间。

他脱去白衬衣和裤子,卷成一团,塞进草垛内,露出一身黑色紧身衣。

欧亚东找到墙垛缺口,伸臂攀缘,屈腿,轻松滑过围墙。

他猫腰顺着墙根前行,身手轻捷,听不到一丝脚步声。

他熟悉围墙内的地形了,快速来到马南山的办公室后窗下。

他知道屋里不仅有警察还有马南山的保镖,还不确定人数,所以,要在没被发现的情况下,选择时机下手。一旦被发觉,警察与保镖联手,功夫再高也难对付。

欧亚东贴着墙壁站起身,看到室内有灯光,窗帘蒙得严严实实。

他望着亮灯的窗口,忽然感觉一筹莫展,无能为力,又不敢弄出一点动静来。

他把玩手上的对讲机，想对策，忽然，他灵机一动。

他猫下腰，将音量拧到最大，右手大拇指捏住对讲按钮，将对讲机放在草丛快速拨拉。连续做了两次，把时间控制在十秒之内，之后迅速关掉对讲机。

果然，所有打开的对讲机都听到了疑似激烈的搏斗和呼吸声，无暇呼救。

欧亚东听到办公室的门打开了，以及两个人冲出去的脚步声。室内有人用对讲机大声喊："各单位注意，报告位置！"

欧亚东如法炮制地又做了两次，听到对讲机里说："快，支援四号岗。"

他知道后围墙是四号岗。

冲出办公室的人往大门口跑，屋内仍有人影走动，至少还有两个人或者更多。

欧亚东没多想，不管马南山是否在室内，都不能失去这稍纵即逝的机会。他吸一口气，脚下生风，一溜烟蹿到办公室走廊下，伏在墙脚暗影下，看到几条黑影冲向大门口。

整排办公室唯有一间开着门并有灯光射出来。

他脚尖点地，直扑亮灯的办公室。

欧亚东在后窗看到里面人影移动的位置，其中一个人始终站在右侧接近门口的位置，他冲进房门的一刹那，直接扑向那人。

欧亚东估计这个人是马南山的保镖，果然没错，正是去商场给马太太送过钱的男保镖。

男保镖本就不是欧亚东的对手，况且又是突然袭击，仅一掌便被击晕了。

欧亚东没有出重手伤他，而是挥掌击他下颌。

L形沙发里坐着两个人，马南山和陈晓峰。

保镖倒地的同时，陈晓峰已抢身冲到欧亚东身侧，左勾拳击向欧亚东的太阳穴。

欧亚东虽收回了右掌，但陈晓峰出拳的速度让他暗吃一惊。

一股劲风袭上欧亚东脸颊的时候，他头往后仰，脚下往后滑了一步。

陈晓峰左拳没能击中目标，捕捉到欧亚东必后撤，随即改拳横臂曲肘击向欧亚东胸口。

欧亚东没有再退，他知道再退要绊到门槛了。他伸臂架住陈晓峰击来的左肘，右手鹰爪抓向陈晓峰的曲池穴。

陈晓峰左手被架，顺势反抓下压，腿成弓步，右摆拳直击欧亚东下颔。

欧亚东抓向陈晓峰左臂曲池穴的手落空，心中更加佩服玉面杀手不是徒有虚名。

俩人在旅店交手时，陈晓峰的顾忌比欧亚东多一些，也有轻敌之意，因此让欧亚东逃脱了。

这一次陈晓峰有足够的心理准备，下手没有丝毫松懈，所以一开始两人过的几招，他没落下风。

欧亚东知道陈晓峰下的是重手，一心要擒拿住自己，如此一来又激起了他的傲气。

如果是切磋武艺，欧亚东会花点时间陪陈晓峰玩玩，但这个时候是玩命，没时间陪他玩。

欧亚东眼见陈晓峰右拳已近，又无退路，忽然下蹲。与此同时，口中大声说："对不住了！"

欧亚东双手握拳环抱胸前，抖腰，"哈"一声呼喝。

一股劲力，像一股旋风，直扑陈晓峰面门。陈晓峰无法稳住下盘，蹬蹬后退几步，身子往后摆了几摆，这才站稳脚跟。

欧亚东无意伤陈晓峰，一招得手，抢身上前，直扑马南山。

坐在沙发上的马南山看到两个人打斗，比武侠片里的打斗更为眼花缭乱，看得他目瞪口呆。

欧亚东扑向他时，他连本能的躲避都没有，喉咙被欧亚东捏在鹰爪状的指间。

"住手！"

陈晓峰掏出手枪，推弹上膛。

"只要你手指用力，我的手指便会扣动扳机，你未必一招杀得了他，但我这一枪能射中你头部。"

欧亚东仇恨的双眼盯着马南山，再转向陈晓峰。

"一个警察绝不会容忍对手当着自己的面杀了要保护的人。"陈晓峰说。

欧亚东没理会陈晓峰是否会开枪，他双眼喷火盯着马南山。

"马兴冬，原来是你，我第一眼见你便觉眼熟，我现在知道我父亲为什么会被一车砖头砸死了。"

马南山面如死灰，冷汗淋漓，哆嗦着说："我听不懂你说什么，你父亲是韩石叫人砸死的……"

欧亚东厌弃地松开捏住他喉咙的手指。

马南山见欧亚东松开手指，似乎清醒了，抓起茶几上的对讲机，双手抱住按下对讲按钮，大声呼救："快来人呀，救命呀……杀手在办公室……"

马南山的突然呼救是欧亚东和陈晓峰始料不及的。

原本欧亚东不想当着警察的面伤他，此时再看他扭曲的脸，毫不犹豫，挥左摆拳击在他下巴上。

马南山连哼也没来得及哼出声，身体一百八十度转了个圈，趴在地上，昏倒了。

陈晓峰似乎听到马南山下巴骨的碎裂声，与此同时，他也意识到欧亚东对自己一直手下留情。

"你走吧！"陈晓峰说。

"你不抓我？"欧亚东问。

"再问一句我就会开枪。"陈晓峰铁青着脸说。

欧亚东不言语，冲出门外，往后围墙跑去。

转眼间，他来到围墙下，正准备攀越围墙，忽然听到身后一声断喝："别动，你的身手再快也没有子弹快。"

欧亚东没料到围墙内有警察埋伏切断了退路。

他站着不动，思考如何制服对方再脱身，闭上眼睛举起手。

这人不是别人，正是武渊。

天黑之后，武渊避开两名便衣，掏出工作证，让门卫看了看，大大方方地走进马南山的建材批发市场院内。

门卫知道警察在办案，问也没问便让武渊进来了。武渊没去办公区，只身藏在一堆钢材堆的暗影里。爬围墙进来的人他看到了，料定这人就是欧亚东。他见几名警察往大门外跑，里面没有陈晓峰的身影，他佩服陈晓峰遇事临危不乱。

武渊眼见翻墙进来的人乘乱冲向办公室，这才悄然起身，靠近围墙，躲进深草丛中。

果然不出武渊所料，欧亚东得手后仍从进围墙的缺口处撤退。

欧亚东举起手慢慢转身，望着举枪瞄准自己的警察，虽看不清武渊的脸，但因为他背对路灯，身形轮廓让欧亚东认出是在小吃部遇到的便衣。

"欧亚东，我等你很久了，你身手再好，武功再高强，照样会输给有枪的人。"武渊得意地说。

欧亚东听了武渊的话，没有反驳，只是从牙缝间挤出两声轻笑。

就在欧亚东动脑筋寻找脱身办法的时候，忽然从墙边的草丛里窜出一个人，挡在欧亚东身前，双手推他，大声喊："欧宝松，你快跑！"

欧亚东听到有人叫自己欧宝松，愣了一下，他认出是欧宝松。

欧亚东呆住了。

"放下枪，你有枪，我也有枪。我俩同时开枪，最多一起死……"

欧宝松的话没说完，武渊手中的枪响了。

"砰砰。"两声枪响，两粒子弹射进欧宝松的胸膛。

欧亚东抱住将要倒下去的欧宝松的身体。

"哥，我们这个家不能失去你，失去你连一点机会也没有了。"欧宝松附在欧亚东耳边说完这句话，用力推了欧亚东一把，之后捂着胸口倒在地上。

欧亚东看到血从欧宝松的指缝间流出来，微弱的灯光下呈酱油般的黑色。

陈晓峰站在武渊身旁，被眼前的变故惊呆了。他愣愣地望着倒在地上的欧宝松，又望着武渊手上的枪。

欧亚东没有逃跑，抱起欧宝松泪流满面，对陈晓峰哽咽着说："麻烦你帮我叫救护车好吗？"

武渊愣愣地望着欧亚东抱着欧宝松，他不明白草丛里怎么还有一个人，离自己藏身的草丛仅十几米。

"哥，你快走……你如果被抓住，我这条命就白丢了。"

"弟弟，我不能让你为我这么做呀！"欧亚东紧紧地抱着欧宝松。

"哥……哥，我求求你，你快……跑……不要想着为我报仇……"

欧宝松说完这句话，脖子一软，晕了过去。

欧亚东以为欧宝松死了，心中悲痛万分，他放下欧宝松垂软的身体，擦了擦眼泪，纵身上了围墙。

武渊再次举起枪，陈晓峰见状，抬手托起武渊的手臂。

"砰砰"两声枪响，子弹射向天空。

欧亚东没理会身后的枪声，翻越围墙，消失在黑漆漆的夜色中。

陈晓峰没理会愕然而立的武渊，走上前弯腰试探了一下欧宝松的鼻子，尚有气息，他掏出手机拨打120。

武渊怒视着陈晓峰大声说："你为什么阻止我？你与嫌疑犯是什么关系？我要投诉你，嫌疑犯是你放跑的。"

陈晓峰望着欧亚东逃跑的方向，不知为何，心头反而轻松了许多。

对于武渊大声的责问，陈晓峰没有动怒，他望着武渊，平静地问："既然跑的是嫌疑犯，被你打死的这人是谁？你为什么要对一个毫无威胁的平民开枪？"

"他不是平民，他手中有枪。"武渊不服气地说。

陈晓峰取下欧宝松手中的手枪，掂了掂，是一把塑料玩具枪。

陈晓峰不说话，把枪递给武渊。

武渊接在手中，枪的重量让他知道是玩具枪，他望着欧亚东逃跑的方向，眼神发呆，面有愧色。

稍时，武渊恢复镇定，他看了看地上的尸体，满不在乎地说："他不是平民，是主犯。我听到他喊欧宝松，说明他就是欧亚东。"

陈晓峰听到武渊强调伤者是欧亚东，明白他打的是什么主意，反而点点头反问他："你调查过吗？你知道同案有几个嫌疑人？"

"这个我不管，我只知道警察要将案犯绳之以法。"武渊振振有词地说。

"武渊，这个案子你去结吧，你想要这个功劳转正刑警队队长，我成全你。"陈晓峰望着武渊轻蔑地说。

"我没有抢功，是你包庇罪犯，阻止我朝同案犯开枪，是你将他放跑的，我会在报告里写上这句话。"武渊怒视着陈晓峰说。

"你怎么像个失心疯？你想怎么写就怎么写，只是我要告诉你，你要有能力有勇气承担所做的事。"陈晓峰说完，不再与武渊争吵，他打开手电筒沿欧亚东逃跑的路线查看，没有发现血迹，知道他没受伤。

救护车来了，下来几个穿白大褂的医护人员，将欧宝松抬上救护车。

陈晓峰跟着上了救护车，他要随伤者去医院。

武渊原本想开车跟着救护车的，他见陈晓峰钻进救护车内，心想不对呀，他为什么要陪着嫌疑人？想到这里，他跟着爬进车厢，与陈晓峰并肩挤坐在一起，脸色铁青。

陈晓峰对医护人员说："我俩是警察，这个伤者是涉嫌一宗案件的嫌疑人，请你们尽力把他抢救过来，我们有话问他。"

医护人员听了，连忙查看欧宝松右胸的伤口，将听诊器探在欧宝松的胸脯上，过了十几秒钟，医护人员摘下听筒说："他还没死，似乎没伤到心脏。"

陈晓峰听了医护人员的话，松了口气，轻声说："快，送去医院抢救！"

武渊望着紧闭双眼躺在担架上的欧宝松，心里犯起了嘀咕。如果他不是主犯，自己开枪要了他的命，这个报告写起来很麻烦了。尤其陈晓峰是目击者，他不作旁证，自己真的很难说清楚。

武渊想到这里，希望昏迷中的欧宝松别再醒来，只要他死了，自己一口咬定他是主犯，便无人替他申辩。

陈晓峰看了一眼武渊，明白他心里打什么主意，不敢大意，护送欧宝松到医院。之后他打电话叫李崤和虞敏菲到医院值班守护，自己也没有离开。

抢救欧宝松的过程，武渊也没有走，他坐在手术室走廊的长椅上，心情焦躁地望着手术室的大门。

抢救欧宝松一直持续到凌晨，医生走出手术室，小声说伤者死了。

欧宝松胸中两枪，虽没有伤及心脏，可是，流血过多，最终还是没能救活。

武渊松了口气，他打电话向冉敤报告，大声说自己亲手打死了犯罪嫌疑人，向另一名嫌疑人开枪的时候被陈晓峰阻止，让他逃跑了。

武渊说这番话的时候,眼睛盯着陈晓峰,目光充满挑衅又不失得意。

陈晓峰没作声,对武渊的挑衅视而不见。他走向医生,询问抢救情况,之后默默走到走廊尽头给季阳打电话。

"报告季局长,嫌疑犯没能抢救过来。是武渊开枪击中的,他是这个案子的首功。"陈晓峰说这番话的时候,故意抬高声音,让武渊听到了。

武渊虽达到目的,却面露迷茫。

季阳听了陈晓峰的汇报,思忖片刻后轻声说:"让队员回去休息,明天继续查找逃跑的犯罪嫌疑人。"

几天后,刑警队正准备召开总结表彰"7·27"破案有功人员大会,闵娜向冉代局长报告说卫水冰开口交代了,余下的毒资在马南山手上。

冉䴓对闵娜说:"叫武渊到我办公室来,卫水冰移交检察院结案。"

陈晓峰没有参与表彰会,而是拿起"7·27"案件宗卷重新审阅着。他要重写调查报告,欧亚东父亲的死不是意外事故,幕后操纵者是原名马兴冬的马南山,并重新立案。

入冬,古雪燕挺着大肚子来到江塘,她跪在欧亚东父母的坟前给未见过面的公婆烧纸。

2015 年 3 月 27 日 深圳